当代中国最具实力
尤凤伟中分

金山寺

尤凤伟 著

中国言实出版社

图书在版编目（CIP）数据

金山寺：尤凤伟中短篇小说选 / 尤凤伟著. —北京：中国言实出版社，2016.1

ISBN 978-7-5171-1726-1

Ⅰ.①金… Ⅱ.①尤… Ⅲ.①中篇小说—小说集—中国—当代②短篇小说—小说集—中国—当代 Ⅳ.①I247.7

中国版本图书馆 CIP 数据核字（2015）第 313172 号

出 版 人：王昕朋
责任编辑：胡　明
文字编辑：张凯琳
美术编辑：张美玲

出版发行　中国言实出版社

地　址：北京市朝阳区北苑路 180 号加利大厦 5 号楼 105 室
邮　编：100101
编辑部：北京市海淀区北太平庄路甲 1 号
邮　编：100088
电　话：64924853（总编室）64924716（发行部）
网　址：www.zgyscbs.cn
E-mail：zgyscbs@263.net
经　销　新华书店
印　刷　阳谷毕升印务有限公司
版　次　2016 年 3 月第 1 版　2022 年 1 月第 2 次印刷
规　格　710 毫米×1000 毫米　1/16　19.5 印张
字　数　340 千字
定　价　48.00元　ISBN 978-7-5171-1726-1

目录

金山寺

这是一种职业性警觉，宋宝琦即使沉睡中也会被一声短促细微的短信振铃惊醒，且懵懂状态中反应准确无误：一把从枕边摸起手机且对准位置：您好您好是哪位？

短信短信！身边的老婆比他更神，黑下有风吹草动她总是先知先觉且头脑异常清醒。接下来男人把手机举在女人面前让她念。这也是常态，所以如此一是他不用找眼镜，省去一通麻烦。另外，也是最具实质意义的：他"现阶段"外面"清爽"，无暴露隐私之虑，乐于顺水推舟自证清白。

老婆念："僧人"要出事！

迷蒙中一惊：什么?! 什么?!

老婆又念一遍："僧人"要出事！

他翻身坐起，一把抓过手机，又迅速从床头柜上摸出眼镜，他看到的信息与老婆念出来的无异，不由自主"啊"了声。

"僧人"是谁？老婆问。

"嗯，同事。"他含混说。

他没再睡着。

上午，市政府召开文教口领导干部碰头会，贯彻省政府召开过的体制改革会议精神，作为市政府大管家的副秘书长宋宝琦，可以说这是他的会。有老话"国民党的税，共产党的会"，是说后者靠开会吃饭，在这上面马虎不得，所以办会者多有压力，诸事亲力亲为不敢在领导眼皮子底下出纰漏，宋宝琦自是如此。直等到分管文教口的钱市长开始对着麦克讲话，他才松了口气。思想在瞬间开了小差，回到那条让他心里一直不安的深夜短信上。他晓得发短信的人此时也在这间会议室里开会，像其他与会者那般正襟危坐，在事先发下的讲话稿上装模作样地描描画画，心里实不知在想什么。他冷不丁想到，此时该人想的怕也是"僧人出事"这桩事吧。该与"僧人"是党校同学，也是好友。以现在的说法，党校的同学为同党，而同党间又常常会生发出一些不寻常的事端，以他所知，本名尚增人的"僧人"党校毕业后不久升为县级丹普市委书记，而会场上的"同党"李为则升为大市文教局书记兼局长，两人来往密切。而今，尚僧人在书记任上出事，难说不会挂拉着其同党李为。他不由为李为担起心来。

一上午的会。会毕作鸟兽散。这时他收到李为发来的短信：我在车上。他心里立刻明白。

由舞蹈演员转行为司机的小马将他俩拉到海边一家菜馆，李为让小马回去了。这里他们来过几回，店不大，清静，

菜品亦不错，重要的是环境，窗下便是海，海天一色，浪拍沙滩。正应店名"涛声依旧"。

不等酒菜上来，宋宝琦便迫不及待地问李为：消息确实？

李为点点头：来自纪检委。

宋宝琦其实也想到消息出处是纪检委，这类事纪检部门是正头香主，这说明他那里面有熟人，他问：问题严重吗？

李为说这个不晓得，不过要一般般人家也不会管。

宋宝琦问："僧人"他听没听到风声？

李为说：好像没有，前几天还兴高采烈地来电话，说他亲手抓的一个大项目已竣工，各方面都满意，很快要举行剪彩仪式，要我去参加，对了，他还让我告诉你，请你也去。

宋宝琦说：这样，那就是还蒙在鼓里。又问：什么时候对他采取行动？

李为说：这，属高度机密，人家哪会讲。按常规，确定了就不会久拖，

金山寺 ③

怕夜长梦多。

宋宝琦心想也是的。

服务员送来酒菜时，两人打住话头，同时把眼光投向窗外的大海，海景美不胜收，然而他们什么也没看见，眼前唯一片茫茫的蓝。

服务员离去，李为端起满满一杯啤酒，仰脖灌进肚里，把嘴一抹，吐出一个字来：操！

宋宝琦看看李为，没吱声。

还不到一年啊。李为感叹说。

宋宝琦能体会李为的意思："僧人"尚增人就任书记不到一年时间就出事，太过急切。他仍未吱声，只在心里道：不是有句话叫一万年太久只争朝夕吗？不过客观上讲，上任一年出事尚属正常，某市一交通局局长上任还不到两个月便被双规，而"僧人"是远不及的。尽管这么想他心里还是替"僧人"惋惜。依他的条件，仕途上还是大有作为的。不想前程就这样断送了。

两人喝了一会儿闷酒。李为突然问：这一两年你和"僧人"走得近吗？

他看了李为一眼，惊讶于他怎么会问出这么一句话来，哪怕再弱智，也会猜到他话的潜台词："僧人"出事会不会牵连到他，就是常说的"拔出萝卜带出泥"。当然他也晓得李为是出于好意，出于对他的关切，否则也不会深夜发短信，更不会冒昧问出这么一句话来。他对着李为摇了摇头，说没有远近这一说。

是吗？李为思忖说：但，你对他是有恩的呀。

这话指向似乎更明确了。他没反驳，因为李为并没有说错，自己确实对"僧人"是有恩的，这恩就是帮他坐到书记的"龙墩"上。这个李为是始作俑者，他比任何人都清楚。那是一年多前，作为市政府办公室主任的他在丹普市副书记任上挂职已经快三年，恰这时，市委鲍书记调任大市任副书记，按常规市长孙广德会填充这个空出来的位置，成为书记，但他的年龄到了"杠杠"上，没戏了。在这种情况下，市委市政府居副职的，许多人都盯着这个位置，思谋着能上位。一时间各种传闻飞扬。不久集中在两个人身上，一个是副书记尚增人，另一个是来挂职的他。而他对此无动于衷，挂职官员属"飞鸽"干部，期满便打道回府，即使要提拔也是回去后的事，所以他不当回事，每当有人在他面前说到这件事，他也是一笑置之，不入心。倒有些隔岸观火的心态。事情常常这样，愈是没有念想，最终就落在你头上。一天李为打电话给他，说已得知市领导倾向于让他接手书记一职，干一届后再回大市。又说他要到丹普出差，到时一聚。当时他不知晓李为是为何而来。但能聚一聚也是高兴的。到达那天晚上他与尚增人尽地主之谊，宴请过程并未涉及书记职务话题，饭后他与尚一起把李为送至宾馆，尚率先告辞，他留下与李为说话，很快就说到主题上。李为问他对留下任书记有何考虑，他说他没思想准备，也没认真考虑。李为点头说，根据你的情况，回大市也会升任正局，所以在丹普干不干书记无所谓，而这一职对"僧人"却大有所谓。下面竞争激烈，机会稍纵即逝，过了这个村就没有这个店，所以他让我与你商量一下，看能否把这个机会让给他。其实不等李为把话说完，他就明白李为此行是专程为尚当说客，让自己把到手的书记一职让给尚，让尚成为丹普一把手。他晓得，通常情况这是很扯淡的事，不过就自己的实际情况而言，李为分析得对，挂完职回大市升正局是手拿把扨的事，而尚就不同了，也许这是他升迁的最后一次机会。也正因为看明白了这一点，作为两人共同朋友的李为才能开这个口。于是理解万岁这句话在这里就体现出来。他理解尚增人，也理解李为。他当即表示同意，这事就谈完了。不久市委组织部来人征求他的意见，他首先对领导给自己的信任表示感谢，后又以孩子即将考大学需要回去照顾为理由，婉拒了这次提职。来人又征询他对尚的看法，他毫不吝啬地说了一通好话。尔后的事情也如他所料，尚上位。从这一点看，也确如李为所说对他有恩，甚至可以说恩重如山。只是世事难料，尚履新不到一年便出事了，仕途一败涂地。李为的愤怒也在情理之中。不仅李为，他自己也难以接受这一现实。他叹口气。僧人走到这一步，也用不着大惊小怪，一把手，过去叫父母官，现在叫老板，想不走歪都难啊。

李为苦笑说，论究起来倒是咱俩害了他。他为主一方，就急于搞出政绩，弄了个什么丹普世纪园工程，这你知道，人人都知道工程是个大泥沼，没有提着头发飞过去的本领，谁能逃得脱？

他说话是这么说，可一旦摊上事，这些就不能论究，只能按倒霉处理了。

李为又呷了一杯。后把杯子往桌上一磕，脱口说自己倒霉，别人可要跟着不清爽！

这话的意思再明白不过。都知道李为与尚增人过从甚密，在某个范围里他也讲过帮尚上位的事，尚出事，自然会有人把眼光盯向他。他想到刚才李为说他对尚有"恩"的话，这不就是把眼光盯上他了吗？当然不是幸灾乐祸，而是担心，以他与李为的交情，这他能肯定。

他说李为你放心，我和"僧人"之间没啥事。要说有只一桩，春节他请我去丹普寺院烧香，回来时他让人在车后备箱里放了几盒当地特产，有海参海米鲍鱼，他要是交代出来，我承认，上面要撤职就撤职，要入刑就入刑……

李为淡淡一笑，说这要发生在国外，撤职入刑不是不可能的事，可在咱这里，肯定不会以此追究。大家还不会相信，帮这么大的忙，仨瓜俩枣打发了，太不靠谱。

实际上这也是李为对他讲的话，他不大相信尚能如此不讲游戏规则。他很想问一句：尚又是咋样向你报恩的呢？讲恩，你比谁都大呀。牙关一咬，终是没说出口。须知这是最隐秘的事体，特别在这关口。

李为突然发现了什么，盯着宋宝琦面前满满的酒杯，问：你咋不喝了？

宋宝琦说下午陪李市长去保税区视察，哪敢多喝？

李为调侃：为人不当差，当差不自在。还是早些当上一把手吧，比方在下，喝多了倒下睡觉，哪个敢管？

他回：别忘了利益与风险共存呵。

李为哑然。或许想到了尚增人吧。

回机关的路上，宋宝琦感到身心轻松。庆幸尚增人没把他的帮忙当回事，以让他得以"清爽"。真是不做亏心事，不怕夜半鬼叫门啊！

在保税区吃了晚饭，宋宝琦与谭秘书一起把市长送回家，回到自己家中央一套刚播完晚间新闻节目，许是与市领导夫人的身份有关，安安愈来愈关注国内外时讯。晚七点晚十点的两栏新闻是必看不可的。宋宝琦应酬回来常常看不到，安安就补课似的把当天的重要新闻大事转述于他。其实这时醉意未消的宋领导唯见她嘴唇翕动却听不见声了。

今天他喝的不多，有心事。自然还是为"僧人"的事。他认为如果李为的消息确实，李市长一定会知道。双规一个中层干部铁定须经常委会拍板。视察过程中他一直寻找与市长过话的机会，却苦于区里一大帮子人的前呼后拥，根本寻不到空隙。直到饭前见市长一人在大堂吸烟区吸烟，便赶紧给自己点上一根凑了过去。他怕再有人步他的后尘，赶紧开口说李市长有件事需向你请示，下周丹普新落成的世纪园要开剪彩仪式，您去吧？李市长连想都没想说句不去。他赔小心说丹普那边……李市长打断他：丹普那边，不就是尚增人吗？！他开他的庆功会就是了，我没空。他住口。也无须再说什么，市长明显的情绪化已说明了一切。

此刻，他将自己的情绪带进了家，打开了闸门："僧人"完了，完了。

安安问："僧人"是谁？

他说：丹普市委书记尚增人。

安安对上了号，他完了？怎么完了？

他说：怎么完了？要双规。

安安问：为啥？

他说：还用问？

安安问：事大吗？

他说不大也不会动他。一两个亿的大工程，他掌控，人家拿钱砸，还不往死里砸！

安安就不再问，给男人泡了一杯茶。放在茶几上。

宋宝琦问：年初一从丹普回都带了些啥玩意儿？

安安脸上现出惊色：怎么？挂拉上咱了？！

宋宝琦不耐烦：到底带回了啥？

安安说哪记得过来，没那么好脑子。

宋宝琦说别的我不管，只丹普回来带的，还在不在？

安安说：应该在，年前把储藏室清理了一次，该送的送，该丢的丢，年初一才从丹普带回来的，不好处理，应该还在那儿。

宋宝琦挥挥手：快去看看。

又说全部拿出来。

盯着安安提溜在茶几上的"僧人"谢礼，宋宝琦如同望着一堆不明危险物，心中极为不安，甚至恐惧。假若如官场惯用伎俩，礼品挂羊头卖狗肉，变更了"内容"，那么其所具危险是显而易见的。以李为所说自己对"僧人"有大恩，那么可与"大恩"相对应的报答，自不会是个小数目，其效应足以让自己翻船。如此的事体怎能不让他心惊胆战？如同儿时在老家看杀猪，杀巴子（屠夫）在举刀将猪开膛之前，总会念叨句：有膘没有膘但看这一刀。而对于眼盯着礼盒的他，当是有祸没有祸但看里面的"货"了。他苦笑着摇摇头。

拆。他说。

拆？安安用眼光问。

拆开看看里面有没有别的。他说。

安安明白了他的用意，一惊，问句：这些礼品够贵了，海参一盒三四千，鲍鱼一盒两三千，还能……

宋宝琦打断：不知道有比海参、鲍鱼更贵的？

啥？

钱！

安安眨巴眨巴眼，领会了。就动手开启礼品包装，打开后仔细检查，直至拆完也未发现有异。哦，正常礼品。

面对一片狼藉，宋宝琦先愣了一阵子，而后轻吁一口气，心里不由嘟噜句：你个尚增人，倒是放了在下一马啊！啥个叫劫后余生，这就是了。

卸掉压在心头上的石头，他轻松无比，站起身在厅里踱着步子，像在"复读"自己在仕途中走过的一步步，奋斗了二十多年，直到今天走到地级市副秘书长的位置，虽说算不上两袖清风，但总体上说自己是清廉的，归其原委，一是怕出事断了前程，另外所从事多为没有实权的差，没实权办不了实事，人家自没必要拿钱"砸"你。他不由想，要是当初不把丹普书记的位子让出去，接下来，结果又会怎样？会不会像今日的尚书记那般，走到末路？这个，他不敢断定，更不能嘴硬说自己不会。尚也好，其他贪腐被查或未被查的人也好，一开始未见得就无所顾忌，是走着走着才身不由己，他记得在一本书上看到这么一段话，一个人向一位道行深厚的大法师请教：船在什么地方最安全？大法师回答：在远离大海的地方。回答可谓饱含禅意，然而翻过来想，远离了大海，船还是船么？正因为船对大海有种本能的渴望，所以才一往无前驶向海的深处。这几乎成为颠扑不破的真理。无可奈何？他深深叹了口气。

宋宝琦这一晚倒睡得安稳，中间还钻进安安的被窝"操练"了一把。

第二天陪李市长去经济开发区视察，开发区刚开建时他在筹委会办公室干过一段，与现任开发区主任孟先知同为办公室副主任。关系不错，后来分开亦经常联系，互相让对方帮办一些事，办完在电话里道声谢，如此而已。说来官场上也不像有人认为的那样锱铢必较，义气还是有的。不过像今天这种情况，到了他孟先知的地盘，酒是要多喝几杯的。

常常是这样，走马观花般地视察，压轴戏还是在酒场里。经过多年官场洗礼，个顶个，喝酒不在话下。不过今天李市长情绪不高，不肯喝，宋宝琦就成了众矢之的。特别当着市长的面，须摆出一副舍己救主的姿态，另外从"僧人"的纠葛中得以解脱，心情轻松，喝酒正当时，就一杯接一杯地喝，很快就过量了。于是就故伎重演，从兜里摸出手机，做接电话状态到走廊里。头脑发热，稀里糊涂播了李为的号码，听到对方的应声，急不可耐地报告佳音：李为李为，你放心，放心，我没事，没事。不等对方反应过来，接着把清查礼品无异常的事和盘托出。跟句：真得谢谢"僧人"啊。

电话那头生硬地一笑：哈，老兄你说倒背了，是僧人应该感谢你！

哦哦，他谢了，谢了。他分辩说。

哈，几盒劳什子土特，那也叫谢？

虽带着醉意，他仍明白了李为的意思：依他之所做，"僧人"的答谢是远远不够的。不合规矩，荒诞不经。事实上他自己也清楚，李为的质疑是摆在"理"上的，符合当下价值观念。而问题在于，"僧人"对他的无理正是歪打正着，为他之所求、所望。这般他才没有麻烦呵。

事情不对呵，真的不对。李为的声音透着认真："僧人"不会这么弱智，脑子再短路也不至如此。尽管有句话叫什么大恩不言谢，那是扯。你再仔细想想，查查，别出纰漏。当然，谁都不希望有事。可事常常不以人的意志为转移……

他啊啊着，心里却有气：你小子是认准我受了"僧人"的巨贿了，可在哪里？你检举，检举出来我认！

不讲了。挂了。

回到房间接着再喝。心中有纠结，喝得更无节制，甚至有些癫狂。李市长有些于心不忍，朝众人说句不要再灌宋宝琦了，再喝得在这落宿了。李市长的号令下得有些迟，他已经醉态毕露，嚷着叫孟先知再拿两瓶茅台出来，一人一瓶"吹喇叭"。让李市长给挡住了。

回程，汽车驶上快速路便疾速前行，车灯的光柱刺破暗空。一如既往，市长秘书小谭坐副驾位置，宋宝琦陪李市长坐后排。而与以往不同的是，今番打盹迷糊的是宋宝琦，清醒的是李市长。不久，把持不住的宋宝琦把头靠在李市长的肩膀上发出鼾声。李市长倒体恤，没做反应，小谭看不过眼，向后撂胳膊碰碰宋宝琦，呼声秘书长压着市长了！宋宝琦就惊醒过来，意识到自己的失态后连声说对不起。李市长说以后我不喝，也用不着你代，没这本经嘛。宋宝琦说是，以后注意。李市长问听人讲春节你去丹普拜佛烧香了？一听市长问这码事宋宝琦打个愣怔，一下子醒了酒，一时不知做何答。李市长说怎么不和我打个招呼，一块去跟佛亲近亲近？他说封建迷信的事，谁敢向市长说呀。李市长说都说那座寺院做法事很灵，拿你来说，上香不久就升官了嘛。他赶紧说就算有点滴进步，也是市委、李市长的培养呵！李市长笑了一声，说你个大宋行呀，喝醉了官话还一套一套的。他说这不是官话，是事实。李市长问你什么时候开始对佛有认识的呢？他说不瞒市长说我是一俗人，不仅对佛家缺少认识，还一直抱有成见。李市长问为什么抱成见？他说怕是受民间故事《白蛇传》的影响吧，法海和尚不择手段拆散白素贞和许仙一对恩爱夫妻，还把白素贞压在雷峰塔下面受苦，心里不接受，所以……李市长说这是传说，历史上那个真实的法海可是个了不起得道高僧。他说是这样，那市长给讲讲真实的法海，以拨乱反正。李市长说我也是一知半解，弄不好就以讹传讹。小谭说市长太谦虚了，讲讲也让我们长长见识。宋宝琦说市长讲讲吧。李市长就讲起来，说法海是唐代人，父亲裴休是当朝宰相，以现在的说法是官二代了。法海的母亲吃斋念佛，所以法海在娘胎里就开始斋戒与佛结缘了。出生以后，父母认为，官场险恶，富贵虚渺，所以决定送子出家，法号法海，砍柴三年，担水三年，闭关修炼三年，又在师傅的引领下，三次云游，46岁来到镇江金山，此时金山上有一个寺院叫泽心寺，败落已久，法海找到一个低矮的岩洞栖身，看到寺庙破败，杂草丛生，非常心痛，一天他在佛像前起誓，一定要将寺院重新修复。后法海不畏艰难，挖土修庙，有一天意外挖出一大箱黄金，法海不为金钱所动，上缴镇江太守，太守上奏皇上，皇帝深为感动，下旨将黄金发回，修复庙宇，几年之后，残破的庙宇终于修葺一新，再次迎来旺盛的香火。法海圆寂后，人们将他原先修炼的那个山洞取名法海洞，为他塑了一尊石像，供奉在里面。你们说，这个法海与欺压白娘子那个残暴法海是不是有天壤之别呀？市长一席话只讲得车内的人感慨不已。宋宝琦说没想到市长的知识这么渊博，有空一定向市长好好请教。小谭说市长讲的这个真实法海坚守信仰，不存私欲，值得我等今人学习效仿呵，李市长说金山寺在唐朝时，叫江天禅寺，后改为金山寺，应与法海和尚和黄金的故事有关，说来也是颇有意味呵。大家连连点头称是。小谭说佛教博大精深，劝人积德行善，用现时的说法算正能量。李市长说是正能量。小谭说"文化大革命"时将它当四旧破了，现在开始昌盛起来，许多人皈依佛门，不少官员家里都设了佛堂，整日香烟缭绕。李市长说这都是老婆们干的，也无非是求告个平安。平安是福嘛。小谭说是。宋宝琦问：市长，要是让你在东方佛家与西方的基督中举手，你怎样举？李市长答非所问：我举"中特社"。都笑。

回到家，宋宝琦重新进入醉酒状态，直挺挺倒在床上，呼呼大睡。却没有睡久，醒来时见安安坐在床边望着他。四眼一对，他心里倒泛出些许温情，问句咋不睡了？安安不语，赶紧起身去倒了杯温茶端来，喝下后也就恢复了常态，对安安说把你的手机给我。安安问干啥？他说给孟先知发个短信。安安问你不是刚从他那儿回来的么？他说刚想起一件事。安安问啥事？他说我突然明白过来，李为告诉我"僧人"要出事，除了是关心我，让我从中脱出来，还另有一个目的是让我把信透给"僧人"，安安说他和"僧人"那么铁……他打断说正因为铁所以要避，在这关头，当事人的铁哥们电话都有可能被监听，这个他清楚。安安有些紧张起来，问那你呢？他说应该不会，可也不敢贸然行事，所以迂回一下，把李为的短信转发给孟先知，让他透露给"僧人"。安安问孟先知敢出头？他说差不多，一是孟和"僧人"是老乡，也是挂拉亲戚，知道了这事会急，另外孟这人挺仗义，没城府，心直口快，一炮就打过去了。

说着他就把"炮弹"提供给孟先知："僧人"要出事！

孟没立即回应。也在情理之中。

尽管心情有所放松，但心里还是替"僧人"忧患，即便与其没有利益瓜葛，也不希望他出事。

只是"事"说来就来了。下了班司机小邹送宋宝琦回家，宋宝琦有意无意地问句：小邹，上回从丹普回来，人家给的啥，还记不记得？小邹想了想，说是海产品吧。你、我，张梅一人一份。他哦了声。一般到下边去，礼品少不了司机的份。小邹说的张梅，是办公室的会计，不知从哪儿知道自己要去丹普进香，找到他，提出跟车一块去，说要去许个愿。他不好不答应，就让她同行。礼品有她一份，也在情理之中。小邹又想起什么，说对了，尚书记还送了你一个笔筒。笔筒？他打个愣怔。小邹说对，很壮观的，包装盒上印着毛主席诗词。下车后你给了张梅。他"啊"了一声，瞬时记起有这回事。送行时，尚一个人来到他房间，把小邹说的那个笔筒递给他，笑着说句听说你老兄的书法练得不错，借借主席的仙气，更上一层楼。因都知道他练书法，送文房四宝大有人在，"僧人"送这个，他没当回事。一起下楼来到车前，小邹很有眼色地从他手里接过笔筒，放进提前装了礼品的车后备箱里。回市里车开到自家楼下，小邹和张梅一起下车帮他从后备箱里拿东西，又要帮他送到家，他谢绝了。也就在这一刹不知怎么心血来潮，把笔筒往张梅手里一递，说这个你带回去吧，得空练书法也不错嘛。张梅没推辞，道声谢收下。这是个简单过程，没当回事的事，忘记了不足为奇，而一旦记起来又会很清晰。这如从天降的清晰记忆让他打了个寒颤：莫非僧人真正的"意思"就藏在笔筒里么？有可能，很有可能。如果是这样，尚对自己的"表示"就落到张梅手里了。这一刹，张梅那张带着可人笑容的脸油然现在他眼前。他倒吸了一口气。

推开门，就听安安在讲电话，见到他，朝他摆摆手继续讲，讲的什么一概不入耳，他心里正陷入要不要把笔筒的事讲出来的纠结中。讲必然要带出张梅，而张梅跟他去丹普他没告诉安安。没别的，只觉得多一事不如少一事，女人，特别是官员女人在对自家男人的戒备上总是神经过敏，风声鹤唳。问题是现在不讲以后不得不讲可就转不过脖来了。权衡一番，觉得还是讲为好。

安安收了电话，说今天孟先知发来短信，问我是谁？我没回。

他说不回对。

过会儿又来一条。

说什么？

问是啥意思。

他哼了声：啥意思？让你通风报信。这还不明白？

安安又重复老问题：他会给"僧人"报信么？

他说应该会吧。

安安问：就算"僧人"知道要被处理，还有挽回的余地吗？

他说这得看他的法道了。

趁安安不再追问，宋宝琦就把"僧人"送笔筒的事讲出来，说主要是家里这类东西泛滥成灾，就顺手了给张梅。至于笔筒里放没放别的，还是个未知数。

开始安安听得很迷茫，等明白了是咋回事，眼一下子瞪得溜圆，喊：赶紧把笔筒要回来呀！

出于宋宝琦的预料，安安并未追诘被他隐瞒了的张梅丹普行，直奔主题到笔筒上，可见她对事情的轻重是有数的，只是思维尚过于简单：送了人的东西能说要就要么？或说这件事早已复杂化了，"内涵"远不是一个笔筒。比方如果里面有"货"，张梅会承认并交出来么？通常情况，自己吃个"哑巴亏"也没大要紧，问题是不弄清真相，以后的事就无法进行有效应对。他把自己的担忧如实告诉了安安。

这，这可咋办哩？安安扭动着手指，这是遇纠结时的习惯动作。

他自是不指望她能对这桩"策略性"极强的事拿出个办法来，叹口气说：想想，好好想想。

早晨起来，宋宝琦脑子里已形成一个思路，不过没和安安讲。

上午，李市长听财税口汇报情况，讲起来后他退出小会议室，本想直接去财务处找张梅，想想觉得不宜太郑重，就回自己办公室用座机拨过去，张梅听出是他，立刻用欢快的语调说句领导有什么指示，请讲。他笑一声，说没指示。觉得心跳得有些急，便定了定，又说小张不好意思呀，张梅说领导有事只管讲，一定照办。他又笑笑说：小张你记得年初一从丹普回来，我送你一个笔筒么？张梅笑说记得记得，领导的"恩典"怎能忘怀呢？他说瞎说瞎说，那么个不值钱的东西算啥个"恩典"。他不等张梅接话，紧接问道小张那个笔筒你开始用了吗？张梅说还没有，领导让我练书法，我真想练，可这段时间老爸的身体欠佳，老跑医院……说到这儿张梅大概反过味来，问句领导是不是要……他赶紧打断张梅的话，说小张是这么回事，我老弟那天来电话，说要练书法，让我给弄套文房四宝，别的都有，就是少个笔筒，所以……张梅在那边嘻嘻笑，说这么大的领导还"翻小肠"呵，行啊，还给你就是了。他跟着张梅笑，说给了东西再要回来，是不像话，不过，我保证再送一套上佳的。张梅说行是行，不过要罚。他问怎罚？张梅说再去丹普还要带上我呵。他大包大揽：一定一定，没问题。

稳妥起见，他借口事急让司机小邹拉着张梅回家取。

不多会儿，小邹把笔筒送到他的办公室，放到茶几上。他现出不经意的样子瞅一眼，像看个无足轻重的物品，而心却加速了跳动。呵！哪里是无足轻重，是举足轻重啊！

门在小邹身后刚刚关闭，他便弹簧样从沙发椅上弹起，三步两步奔到茶几旁，哆嗦着手从塑料袋里把笔筒掏出来，入眼的是考究庄重的厚纸壳外包装，上面印着一只圆柱形青花瓷笔筒，笔筒上印着毛主席诗词《沁园春》手书。他不深究，只一眼带过，便着手查验是否有被拆启过的迹象，反复端详了一阵，未发现有异常，便着手打开顶盖，把笔筒从里面拿出来，在这一过程中答案已经彰显：笔筒是空的，一无他物。开始，他怔了怔，待完全认定眼前的事实，他长吐一口气，全身轻松，如同卸下一付千斤重担。

上苍保佑，终是逃过这一劫啊！他心里默说，眼前同时现出大年初一在丹普寺院烧香许愿的那一幕，他记得当时许了三个愿，头一个便是仕途通顺，厄难不及，现在看，当是灵验了。

他想想，给李为发了个短信：放心，我没事，绝对。

李为很快回答：没事就好。

但愿"僧人"也没事。

共同心愿。

然而许多事并不以人的意志为转移，丹普市委书记尚增人终是被双规，有内部消息来源的李为在电话里对宋宝琦讲了个大概，声音透着不安与沮丧。他问尚被控制在哪里？李为说目前还在丹普。他问事情严重不？李为说交代中，难确定。匆匆挂了电话。

他赶紧上网，见城市论坛头条便是尚被双规的消息。没有更多实际内容，仅消息而已。然而对当事人而言，短短几行字已为灭顶之灾。

呵！"僧人"完了！

在无尽惋惜嗟叹中，他再次为自己没身陷其中而感到庆幸。他也清楚是尚的不按常理出牌，把他从网眼里放出来了。世事难料，这话对极。

尽管未被尚案牵扯，但他仍密切关注，得空便上网，察看动态。随着时间的推移，案件已渐渐"发酵"，各种说法铺天盖地。让网民大做文章的是尚跳高式身败——刚起跳便摔倒(李为亦对此事耿耿于怀)，何以如此速朽，网民也有自己的见解：权力过于集中。对此，了解丹普情况的他是认可的。尚当上书记的同时又兼任了人大常委会主任一职，这在中国官场司空见惯，不足为怪(却让人想不通)。问题在于恰逢市长到"点"下野，一时没合适的人接，尚又临时接过这一摊。智慧的网民将其调侃为"三头六臂尚"，"三头"无须再说，"六臂"是指尚大权在握后进行了一次班子调整，调整是官样说法，实为重新洗牌，尚将重要部局的一把手都换成"自己"的人。将这么一副官人"形状"称其为三头六臂是恰切而传神的。只是春风得意的尚没记住有句叫"成也萧何，败也萧何"的话。

渐渐地，尚案的"发酵"已不仅限于网上的空口把式，而进入实际阶段，办案人员频繁找"相关人"谈话，落实问题。孟先知电告他"谈过了"。李为也电告"谈过了"，还加句：你也做好准备。他不以为然：谈有可能，但没什么可顾虑的，平常心应对即可。

那天刚上班，秘书便告知李市长在办公室等他。他不敢怠慢。办公室除了李市长，还有一男一女两位客人。李市长笼统介绍说这是纪检委的两位同志，找你了解些情况，好好配合。他说好的，主动上前与"两同志"握手。李市长说我有事出去，就在这儿谈吧，不受干"扰"。他晓得市长说的有事是去快落成的铁路北站检查工作，本来他也要陪同去的。

李市长出了门，宋宝琦以主人身份从饮水机接水泡了茶，端在客人面前。脑子趁这空当转：他们会了解些什么呢？

年龄五十上下浓眉大眼的男客当为主谈。待他坐下，三十左右清秀的女客冲他一笑，介绍说这是孙处，我姓丁，小丁。他朝孙处点点头。虽在机关多年，并没见过这位孙处，包括小丁，他们的工作性质属那种昼伏夜出的类型，常人难得一见，包括他这个大管家。

孙处喝了几口茶，眼光随着放杯子的手落下，并不抬起，仍盯着杯子，和蔼得近乎讨好说：宋秘书长，冒昧打搅，不好意思，请务必理解。

他说：理解理解，你们公务在身，不必客气。

小丁拿出本子准备做记录。

孙处抬起头，看看宋宝琦，说：如果您认为是不当问题，可以不予回答。如果口误，提出来可以不作数。

很客气呵，他心想，可视为对领导的优惠政策么？笑一笑说哪能哪能，说了的就要负责嘛。

孙处也笑笑，说：宋秘书长是个敢作敢为的人呐。

这话让他有些不爽，孙似乎认准了他有问题，就看能不能敢作敢为了。他想干啥？

孙处说：事情是这样，丹普市委书记尚增人严重违纪，现已被双规，这秘书长自然知道，我们来是想就有关问题向您做些了解。

他说孙处长只管问，知道的我肯定说。

孙处点点头。问：秘书长从什么时候起认识的尚增人？

他想想说这个记不太清。

孙处问那熟悉呢？

他说熟悉应该是到丹普挂职之后吧，一个班子内，住同一座宿舍楼，同在市政府餐厅吃饭，低头不见抬头见，常委会，书记碰头会，一起出席。

孙处问：秘书长认为尚增人同志是怎样一个人呢？

他说：从旁边看，是很正常的一个人。有魄力，也实干。不过被双规了，就不能从表面这么看了。

孙处略顿顿，说冒昧问一句，秘书长与尚增人的关系怎样呢？

他说这怎么讲呢？

孙处说怎么讲都行。

他说正常，应该说正常。

孙处点点头，说应该是这样的，可有些人认为你们的关系比较密切……

他一笑：过从甚密？沆瀣一气？狼狈为奸？

孙处：言重言重。

他说外面有种说法，丹普书记这把椅子是我让给尚增人的，但稍微有些常识的人都知道，这不可能。行车讲礼让三先，官场不讲这个。

事实上……

事实上每个人的情况不同，同一个职位，有的人想得，有的人不想得，比方我，不想要书记一职，是想回家督促孩子备考，怎么能认为我与尚是私相授受呢？

孙处说当然不是，你的情况是明摆着的，即使不留丹普，也不影响……

他知道孙处没说出口的话是不会影响后面的升迁。

他不吱声。孙处喝了口茶，又说：正如您所言，事情因人而异。对于尚增人同志，书记一职可遇而不可求，重大无比。所以，你的后撤，事实上是成全了他，他应该很感激你……

他一下子明白，绕了半天，却与李为所想如出一辙。不过他并不特别反感，投桃报李是人们的思维定式，是美德，否则便为不堪。

他沉默。

一直忙于记录的小丁趁这空当为每只茶杯里续了水，又对他一笑。

孙处喝口水又将眼光又盯在杯子上，过会儿，说话的语气有所沉哑：宋秘书长，公务在身恕我不恭，能否回忆一下与尚增人同志之间可有不当往来？

他问什么叫不当往来？他盯着孙处看。

孙处说这个秘书长应该清楚。

金钱？财物？

孙处不语。

金钱没有，财物么，尚增人送了我几盒海产品。还在，如果这算尚增人对我的贿赂，过会儿我回家取来上交。

孙处摇摇头，说如果仅仅几盒海产品……

别的没有，肯定没有！他打断说。又问句：尚增人讲给我好处了吗？

孙处说对不起，这个我们有纪律不能讲。

孙处站起身，向宋宝琦伸出手，说句务必请秘书长理解。

他不能理解，明明没有干系的事，别人就是认定你有干系，不是撞见鬼了吗？

谈了，他也如实做了回答，他觉得事情已到此为止，事实却不是这样。中间只隔了一天，孙处和小丁再次登门。

这回是在市府小会议室。

落座后孙处对再次打扰表示歉意。希望对他们的工作继续予以支持。

他轻松说：没问题。

孙处点点头，说：好的，我们接着上回谈，你说尚增人同志请您去丹普寺院上香，前后是个怎样的过程？

他心想怎么问起这档子事？不搭界嘛。便说年前，大约小年后一两天，尚增人打来电话，说这几年寺院极红火，香客蜂拥而至，拜佛许愿据说很灵，问我想不想去，去他提前安排，因我爱人和小孩要去兰州岳母家过年，只剩我一人在家，也无聊，就答应去。初一日出前赶到，尚增人带我们一行上山，又由寺院大法师引带敬香、敲钟，中午尚增人陪着吃了一餐饭，便回来了。简单说就这么个过程，还需要详细说吗？

孙处说已经很详细了，不过有一点想和秘书长排对一下，尚增人有讲相关费用一事么？

费用？什么费用？

孙处看着他：香火呵。

呵，这个尚增人没讲。

秘书长没想到会有一个费用问题？

当时没想到，只想是由一把手安排的，一切都不成问题。

是这样，应该是这样。但佛事不同于其他，要虔诚，官再大，香火钱不敢不付。

他又"呵"了声，一下子明白过来，硬把他往尚增人的事上拢，症结原来在这笔香火费上啊。其实他不是没听说过关于官员进香拜佛的一些事，只是脑子一根筋，觉得三头六臂的尚增人能把他地面上的所有事摆平，用不着自己多操心。原来问题出在这里。

他诚恳说：我还真没想到这个问题，要是提前想到，我肯定会自己付。

孙处说：这个我们也相信。问题是即使秘书长想付也未见得事先能准备那么个数目呵。

他脱口问句：多少？

孙处不想卖关子，说十万。

他不吭声了。十匝百元大钞在眼前飘浮。

小丁友好地起座为他添了茶水，说句喝点水。

他渐渐缓过劲来。望着孙处问道：这十万是尚增人付的吗？

孙处摇了摇头。

那是谁？他问。

一私企老板。

尚增人说的？他问。

是。孙处如实回答。

他终于明白，在让官这件事情上，尚确是按"大恩"谢了自己，以这种方式。

他问他还说什么了？

与秘书长相关的，就这。

他意识到自己问了不该问的问题，其实孙处已经向他透露了本不该透露的话，其善意应该心领了。同时，他也知道事情不会止于此，不管什么人付了钱，都是与他有关联的。尚增人讲出来，自是想撇清自己，找出个"相关人"替自己担当这一块，减轻一些罪责，对此他也能理解。现在的人对许多乌七八糟的事都能理解，见怪不怪也是一种修行啊。

他发现孙处又在盯着茶杯看。他忽然明白，孙极力避免与自己对视，是因为他的眼光里有一种难掩的职业性严酷，便努力避免以此冒犯自己这个"市领导"。他同样领情。

他试探问：纪检部门欲怎样定性这十万块钱呢？

孙处悄悄抬下头，眨着眼说：这个领导让我们先听听秘书长的说法。

我？

对。

他说：实事求是讲，我不认为这笔钱应该算在我名下。

孙处不接话，只转头看了小丁，小丁低头在记。

他继续说：一，我不知道要花这么多钱。二，钱的来龙去脉我一无所知。

孙处低着头说：按说秘书长应当知道做这种高端法事的行情，十万也是优惠了的。

他问不优惠能有多少？

孙处说三十万五十万都是在谱的事。

他说这行情我确实是不晓得的。而问题的根本之处是我并没见着钱。

孙处说是没见着，但钱是为你花出去了，你是受益人呐。

受益人？精神受益人？他似乎是自言自语。

也可以这么讲，物质是可以转换为精神的。那就是转换成本。

噢，上升到哲学层面了，很深奥呵。他不无讥讽地说。

孙处说：哲学也谈不上，可从法律层面上看，事情还是很明显的。

请讲。

孙处尽量从眼里透出和善，说：尚增人同志授意老板买单，属索贿性质。那老板肯于付钱，属于行贿性质。而落到秘书长身上，则属于贿赂对象了。

他觉出孙绵里藏针的毒辣，一定要把他栽进去。便质问道，那么收款的寺院该怎样认定？

孙处说：寺院属正常佛事活动，功德箱里面的钱是善男信女自动放进去的，不是非法所得。

对这一点，他无话可说。

孙处歉意地笑笑，说秘书长别误会啊，我们只是想大面上把事情撸一撸，这样对秘书长也有益处啊。

阴阳怪气。他想。这些人你就不知道他哪句话是真哪句话是假。他既然要把事撸一撸，就不妨一撸到底，落得个心里清爽，便眼盯着孙处问：你们纪检是不是已有定论，这十万块钱是我的受贿款项？

孙处把眼光与他对视，良久方说：对秘书长说句真心话，这个我不知道。最后由领导来定。

这次谈话到此结束，对方都悻悻的。勉强握了下手。

接下来的日子宋宝琦就很不好过了，可谓度日如年。他左思右想，也无法推断事情会朝哪个方向发展。他不大相信自己会彻底翻船，那来无影去无踪的十万块强栽到自己身上很"狗血"，可他又深知官场的事向来难测，事说大便大说小便小，只看握权把子的怀哪种心思。另一个让他隐忧的因素是今年是他的本命年，这道无形的阴影一直印在心里面。当初答应去丹普进香也与此有关，希望能保佑自己迈过这道坎。而结果适得其反，惹出这番事来。想想只怪自己借花献佛心不诚。有时他也事后诸葛瞎寻思：早知如此当初就不该把书记一职让给尚，自己留下干一届，再回大市说不上能干上副书记或副市长。呵呵，他晓得事到如今想这些已经晚三春……他不由又想到那个关于船与海的典故，觉得人生是耶非耶真他妈的很悖论，难说难道。

他联系不上李为，李为也不联络他，不晓得是怕惹麻烦，还是本身已经有了麻烦。特殊时期，什么情况都可能发生。

他也思谋着从顶头上司李市长那里套点口风，又担心不慎出错，偷鸡不成蚀把米，便作罢。

一把刀始终悬在头顶，又不知啥时落下，心神不宁，烦躁不安，抑郁的各种症候亦渐次显现。感觉像到了世界末日。

这天是周六，安安的学校有活动，临出门安排他买鲜奶，说小铺里的不保险，要去大超市。近期的事情他没和安安讲，这人看似很有章程，其实心理承受力很差，知道了会比自己更焦虑。

超市离家不远，步行十分钟便到。他推着购物车在货架中间穿行，忽听有人呼了声"秘书长"，旋尔一个同样推购物车的秀气女子笑盈盈地站在面前，他稍稍一愣，认出是与孙处一道与自己谈了两次话的小丁。他高兴地与小丁打了招呼，除了寒暄，偶然相逢的两人似乎也没多少话可说，便客气地挥手再见。而没过多久，小丁又转回，伸手递给他一张字条，说秘书长要有事就联系我。他笑着点点头，顺手把字条塞进口袋里，没多想。

回到家，放下东西，又习惯地把零钱掏出来放进门边的一个纸盒里，这时看见混在其中的小丁给他的那张写有电话号码的字条，他的心倏地一动，意识到小丁这一举动似有某种深意。再联想到谈话过程小丁投向他关切而友好的眼光，心想莫非她是暗示自己，想知道案子的内情她可以提供？对，是这样的，一定是这样的。自古有云"朝中有人好做官"，她就是"朝中"人，知道朝中内幕。

想好了，便不再迟疑，给小丁拨了手机。小丁平静地问句是秘书长吗？他说是我是我。小丁说有事请讲吧。他一时竟不知该从何讲起，而怎么讲又都显得唐突，小丁不吱声，等着。他轻咳一声，小心翼翼地问：小丁，那事，有什么进展吗？小丁说那事 Pass 了。Pass？为什么？小丁笑笑，问难道秘书长不希望是这个结果？他赶紧说，不是，不是，只是……小丁说秘书长不用说了。我知道你怎样想，这事有些超乎常规，程序走到上面，上面集体无语。他说怎么会……小丁说想想也在情理之中，这事佛是一方事主，哪个愿多事，惹佛不高兴呵？呵！呵！是这样，原来是这样。他真的没想到这一层，可仔细一想，也确在情理之中。

当他要向小丁真诚道谢时，小丁已挂机。

满天阴霾一扫而空。生活重新美好。

又过了几天，他接到张梅一条短信：领导，对你讲，上回在丹普寺院许的愿，已经灵验。非常感谢你呀。我想在国庆长假期间南下去金山寺上香，你可愿同往？

他满身发起热来，不待细想，便打出两个字母：OK，发了出去……

相忘江湖

老唐来电话的时候，李长吉正在酒店里搓麻将。明知自己"工作中"还把电话打来，他寻思一定是有急事。这一阵子"犯小人"，窝火事不断。果如其料，老唐声音慌乱说公安来公司抓人。他打个颤，结结巴巴问：你，你说什么？老唐说公安刚刚从公司抓走一个人。他"啊啊"了两声，吁了口气，问抓了谁？老唐说是印刷厂一个合同工。他又问为什么抓？老唐说眼下还不清楚，马上去摸摸底。他说好，我这边的事一了就回去。讲完电话"工作"重启。

　　把完完全全的赌博行为说成"工作"着实有些荒诞不经，而在此时此地却是名副其实的，当事人亦各有领会心照不宣。到了年根公司须对方方面面需"打点"的人做到"厘清"，只是在当下官商场诡谲语境下必须防患于未然，以"安全"为前提，所以就"寓贿于乐"在麻将桌上如此这般。说起来这也不算什么新伎俩，很普遍，行之有效的发明总会很快被推广。连一向不精于此道的李长吉也渐渐驾轻就熟，什么时候赢、什么时候输，输赢的数额是多少，一切皆在掌控之中。到最后礼送出去了，又不留隐患，你乐我乐大家乐。

　　将送钱的"工作"完成，李长吉匆匆赶回公司。老唐连忙回报，说他问了分局一个熟人，情况基本搞清，是三年前的一桩旧案，刚刚侦破，就抓了人。李长吉问犯人叫什么名字？老唐说叫庄海阳。他似乎没有印象，又问在哪儿作的案？老唐说枣庄。他说与咱们没关系，人家公事公办咱也没辙。停停又问还有别的问题吗？老唐说这个庄海阳是我的老乡，也是我老弟的同学，当初是扑着我来的，就安排在印刷厂干活。小伙子挺机灵，也肯干，没多久就成了技术大拿，他这一走，那岗位别人一时还顶不起来……李长吉听出老唐的弦外之音，也不想让他再绕圈子，遂问句老唐你的意思是想把他"捞"出来？老唐赶紧点头称是。他说不知他犯的事是大是小，大，想救也难，小，倒可以试试看。老唐连忙附和说李总说的是，我想也大不了，真要是大案也不会拖到今天才破。他说但愿如此了。停停又说：老唐你就酌情处理吧，需要我做什么你就讲。老唐连连点头。其实他要的也就是老板这句话。

第二天李长吉去杭州出差，那里的一家食品在他们厂印商标与外包装，是个大客户。到了年底，该做的事同样不能缺。飞机一落地，他按惯例给老婆宋佳(与两位影视明星重名)打电话报平安，同时把一些他认为要紧的事嘱咐又嘱咐，如开车带儿子外出不要忘记锁车门；不要让儿子自己去饮水机接水；不要让儿子自己吃鱼……说起来，李长吉是可划入"好男人"之列的，事业有成，对家庭有责任感。

在杭州的"事"倒是顺畅。李长吉一身轻松，欲打道回府，然而做东道的却一定要尽尽地主之谊，一再挽留，说西湖新增添了几处景点，值得一看，也预约了导游人员。盛情难却，李长吉答应多住一日。

第二天吃过早餐，李长吉在酒店大堂见到了前来接他的女导游小单。小单面容姣好，身材窈窕。也算见过世面的李长吉眼前端的一亮，他觉得她漂亮，又不止于漂亮，身上有一种既艳且媚的气韵，常说的摄人魂魄的那种。那瞬间李长吉的心跳不兀地乱了节奏，体温也有些上升，为了掩饰"好男人"不当有的凡此种种，赶紧从口袋里摸出一张名片递给小单，小单看了看，笑笑说句幸会了李总。

握了下手，李总就将自己交给了小单。

所谓新景点，其实也没啥特别之处，泛泛一看而已。导游小单见客人兴趣不大，也就顺水推舟与客人聊起天来。李长吉发现小单是个很有趣的人，也很坦诚，有些涉及个人隐私的话也不很在意，好像在说别人的事。没过多久，李长吉便从她的"自报家门"中得知，她是福建人，家在农村，十年前外出打工。李长吉倒真没想到，这个十分时髦的小女子竟与自己有着相似的身世，惺惺相惜，距离在瞬间拉近。

不觉太阳当顶，李长吉建议找个地儿吃午饭。小单说好。她把李长吉带进一家其幽雅当与景区相称的饭店。不是旅游旺季，店内客人不多，他们捡一个靠窗子的座位对面坐下。李长吉先点了几样菜，又让小单再点。小单笑说先讲下 AA 制呵。李长吉也笑，说看你一个爽快人，咋还这么客套。小单依然笑着，说不是客套，是应该。李长吉说没有什么应该，导游吃客人是正当防卫。小单说只是你这么认为。李长吉问难道真有与导游搞 AA 制的客人？小单说有呵。不管怎样小单还是点了一个菜：西湖醋鱼。李长吉好奇地问你们本地人总吃也吃不够？小单说给你点的，这一家做得很地道，你尝尝，也算不虚此行。李长吉感受到小单的善解人意，他点了点头。又问小单喝什么酒，小单说随便了。一声"随便"让李长吉对她的酒量不敢轻视，遂要了瓶白酒。

等菜的时候，小单又拿出李长吉的名片看，李长吉趁机仔细端量着她，长发从面颊两侧垂下来，使她的面庞显得清瘦娇美，两只浅蓝发卡调皮地镶嵌在两耳上方，模样与神情都很像一个清纯的中学女生。

看着看着小单的嘴角抿出了一丝笑。李长吉难以领会，问句笑什么呢？

小单眼光仍停留在名片上，轻合嘴唇说李总的名字起得好呢。

好？好在那儿？

吉呀，不单吉，还长久吉呢。

李长吉笑了，问能告诉一下你的芳名吗？

小单说声对不起，从手提包里拿出名片，李长吉想她为什么不早些给自己呢？也许从开始就不打算与自己联系吧，心中便有种被轻视的失落。他看了看名片知道她叫单春。他说你的名字也很好，小单问好在哪儿？他朗诵：冬天来了，春天还会远吗？小单笑说咱俩就互相吹捧吧。李长吉也笑。菜陆续端上桌，李长吉对小单举起杯，道声辛苦了，谢谢你。

小单端杯说应该我谢您。

一喝起来，李长吉就清楚自己对小单酒量的估计不错，自己今天是他乡遇"酒友"。他是从农村出来的，从小跟着爷爷喝"庄户酒"，酒量跟着个头长，后来进城打工，酒变成了解乏解闷之物断无节制，再后来忽然有了转机，当起了小老板，酒场里的功夫更是风生水起。而小单呢，虽说是介女流之辈可谁都知道那句"女人不可忽视"的话，何况她的职业本身便与酒有亲缘关系，不会喝练也练出来了。果然，那巾帼不让须眉的豪气很快便显现出来，只要李长吉对她举杯，断无推辞，紧跟李长吉的节奏，一杯接一杯，一瓶五粮液很快见底。李长吉又要了一瓶，这时小单开始主动出击，提出换大杯，李长吉打了个哏，他知道自己没有问题，对小单却没完全把握，如若她本意要醉，自己将如何收拾残局？而此时他对小单的职业身份亦开始有所猜忌，单单是个女导游？还是兼有其他？想到这一层，他便多了一种心情，杯是换成大的了，却对小单举起了白旗，表明自己不能再喝了，彻底缴械投降。事实上真正缴械投降的却是小单，已明显有了醉意，两眼迷离，面庞红润，话也多起来。李长吉听着她有些口无遮拦的酒话，对她的所知渐渐增多：她幼年丧父，少年丧母，后来跟伯父母一起生活，因无法忍受寄人篱下的滋味，初中毕业便外出打工，漂泊多地从事过多种职业，被人骗过，进过拘留所，结过婚又离了，有个五岁女孩在原籍由姑妈替她抚养……看着小单诉说时眼里闪烁着的泪光，李长吉不由在心里叹息：这样一个女子怎会让男人弃而不顾呢？真是应了那句"红颜薄命"的话了，他心想莫非她今个确是向他要醉？将自己心中的苦楚向他这个不相干又注定今后不会再相见的人倾诉？李长吉觉得自己的判断不会有错，只是此情此景他一下子变得木讷无措，不知该如何为小单排解纷扰的心结。

　　只在一瞬，李长吉察觉到小单的神情有异，目光飘忽，面容疲惫，哈欠连连，像一株活鲜植物陡遭霜打。诧异间又见她以极快的动作从包里摸出一盒白色大健香烟，抽出一只点燃了，连着大吸了几口，烟雾飘过来，李长吉不由抽抽鼻子，他闻到烟中有一股异乎寻常的香气，脱口说句好香呵。小单眼神怪怪，回句香风毒雾呢。回想刚才她神情的变宕与这句若隐若现的话，他心里一惊，想莫非她在吸食毒品？他曾听人讲有这种吸食方式，通常用大健牌的烟，小单亦是。他怔怔地，不知何以，过了一会儿小单似乎又恢复到先前的样子，她用歉意的眼光看看李长吉说声李总不好意思。李长吉摇了下头，对事端已经确认，他没吐音，心里继续思想着这桩发生在自己眼皮子底下不寻常的事，吸毒本不光彩，她为什么不加以回避？他开始对眼前这个女子的"复杂性"有所认识：在她呈于人前的纯美豪爽的背后，当有着许多不为人知的纠结与悲苦。他倒是觉得自己应该将这事说破，如果印证了自己的疑惑，就应当对她加以劝诫才是，尽管素昧平生，但对事不对人。这时小单已将烟掐灭，冲着李长吉嫣然一笑，说李总有话要说是吗？李长吉心想这女子也真是聪明透顶，什么也瞒不过，可这么聪明一个人怎么会不晓这档子事的厉害，任其沉沦？他回敬句你知道我要说什么吗？小单嘴角扬起一笑说应该知道吧。他说既然这样还有说的必要么？小单咯咯地笑出声来。李长吉突然生出对小单的愤慨来，心想已经沦落到这般田地，咋还没心没肺地笑得出来呢？口气变得像审讯：里面有那东西是吧？答：是。问：什么时候吸上的？答：五年前。问：是怎么吸上的？小单笑了，说人人都是审判者呵。他意识到自己的不当，忙说声对不起。小单说没关系开玩笑的，停停又说，也是一言难尽呵，大凡沾上这个的人，要么是好奇，想试，一试就试上了，要么心里有悲苦，想麻醉自己，还有是被别人加害的，他本想问问她是属于哪种情况，想想又觉得不妥，便转过话题说小单我知道你不希望我对这件事说三道四，况且我也没有这权力，可我还是要说，把它戒掉吧，一定戒掉，下决心戒掉！小单说李老板的话就像革命真理，认真领会，坚决照办。他疑惑地望着她，问：真的？小单一下一下地点着头，指指面前的香烟说等把这盒吸完就彻底忌了。李长吉觉得话有诡异，追问干嘛非要吸完？怕浪费？小单说也算是吧。李长吉想了想说道，这好解决，把它送给我吧。说着伸手把烟连同打火机移到自己身前。小单稍稍怔了一下，随后说行呵，你这是釜底抽薪。他问有意见？小单说没意见。他说这样就从现在开始……小单接他话说悔过自新重新做人。李长吉说态度端正可要替话做主。小单学东北二人转腔调说必须的。他并不完全相信小单下的保证，因为戒毒复吸的情况很普遍。便说以后我会不断打电话对你进行检查。小单说欢迎检查。他说违反诺言要重罚。小单问遵守了呢？他说那就重奖。小单说那我就等着拿奖了。李长吉一时精神大振，端起酒杯说我们为今天的约定干杯！一声脆响过后，两人一饮而尽……

以酒而论，李长吉最终承认自己是败给了小单，离开饭店时他已有些步履蹒跚，小单什么事没有，一路上细微周到，直至把"客户"送到酒店里。在电梯开启的那一刻她冲李长吉问句：要我把你送到房间里吗？李长吉一时语诘，话未出声电梯已关上门。

酒醒之后，李长吉似乎还记得小单在电梯外说的那句话，不由得心跳脸热，心想小单这么说是什么意思呢？总而言之，杭州行为李长吉留下了难以尽言的想念。

旧历"小年"的前两天李长吉返回本市，飞机刚落地接老唐电话问他今天能不能回来。他说已经回来了，在机场。老唐连说太好了太好了。他等着下文。老唐说是这样，庄海阳的事已经与公安做了沟通，他是从犯，案底也不大，最重要的是人还没交出去。可以变通处理。他说那好啊。老唐说只是那个法制科的侯科长有个要求……他问什么要求？老唐说侯科讲久慕你的大名，想认识一下，您看……李长吉心里明镜似的，却不说破，问什么时候见见？老唐说今晚，这事不能拖，夜长梦多。李长吉心想也难为老唐为自己的老乡这么尽心尽力，便答应下来。

事情在晚上的饭局上得以解决：放庄海阳出来。那位黑胖侯科长说也算那庄福大，一是单位力保，再是枣庄方面让咱们协助抓人，人抓到了，可又联系不上，看样在忙年哩，这正好，就当咱们没抓到人。李长吉连忙举杯向侯科长和他带来的一干人敬酒致谢。侯科长喷着酒星说你李总亲自过问这面子怎么也得给呀。李长吉又举杯向侯科长"单敬"，其他人"赞助"。一时杯交错、气氛热烈融洽。

晚上回到家，儿子已经睡了。刚洗过澡的宋佳在客厅里看电视。漂亮的丝绸睡衣、湿亮的长发在荧屏忽明忽暗中闪烁着诡异的光。也算老夫老妻了，老婆呈现出的这一切自心知肚明，小别胜新婚嘛。两人对视一眼都没言声，李长吉提着脚跟去了儿子房间，黑着灯，只能看到睡在小床上儿子的轮廓，由此对儿子的关爱只具仪式上的意义，仅此亦足也。他很珍惜自己这份得来不易的家庭温馨。与其他所谓成功人士不同，他在爱与性的方面很是专一，没有婚外情，也不乱搞。这大抵与他的婚姻状况有关。很多成功人士是在"成功"之前解决的婚姻问题，成功后面对已与自己"不般配"的糟糠之妻心里不平衡，就折腾起来，能离则离，不能离则搞个婚外恋外加"一夜风流"什么的，反正不想亏待了自己。而李长吉的婚姻比别人慢了半拍，是在"成功"后才开始组织家庭，如此才和各方面条件上好的宋佳组成了家庭。有言：好饭不怕晚，好婚姻亦是。他永远不会忘记那年春节带宋佳回家成亲，全村人投向他的羡慕的眼光。

回到客厅他在宋佳身边坐下，陪她一起看电视，是一档娱乐节目，主持人正采访一位当红女星。女星神采飞扬地讲述着自己的明星之路，抑或是她的说话方式引起李长吉的兴趣，便认真盯着屏幕看，只听女星拿腔拿调地讲：那时我们家很穷，然后，家里不想让我报考电影学院，然后，我的音乐老师对我很好，然后，他对我说，然后，他说你的条件很好，不考可惜了，然后，他是个非常有责任心的老师，然后，我到现在都非常感谢他，然后……那一年报考的人特多，然后……李长吉再也忍耐不下去了，愤愤道然后然后，哪这么多然后呵！宋佳说你不常看这档节目少见多怪呢，现在的明星说话都这样然后然后的，有一回我数了数一个姓范的女星五分钟说了四十八个然后。李长吉质问：她到底想干什么！啊，到底想干什么?！宋佳笑了，说你想干什么？就算人家多说了几个然后你也用不着歇斯底里呀。李长吉连声叹息说什么素质呵，这样的素质中国的影视业还有前途吗？这时他的手机响起短信铃声，他拿出来看，上面只一行字：知道吗你是个不错的人。没有落款，看电话号码他知道是杭州导游女小单，心不由一跳，赶紧扣了手机。宋佳看在眼里问句谁呀？他实话相告：杭州的一个女导游，陪逛了一天西湖，宋佳一笑问单是陪逛？李长吉说还陪了一餐饭，宋佳说离三陪还差一陪呀，李长吉笑笑，心里清楚宋佳并不怀疑自己的忠诚只是敲山震虎而已。就反过来逗她，说她还想三陪？想得美。宋佳问长得丑？他说很漂亮。宋佳问那怎么不上步？他说我可没那么傻。宋佳倒听得有些傻了，偏着头问：傻？怎讲？他说肥水不流外人田呵。宋佳笑骂声混账东西。这晚"肥水"就浇灌进自家这一亩三分地里了。

第二天上班，李长吉上车后，没急着发动车，给小单发了个短信：收到信息迟复见谅，过会查你，说实话信守诺言了吗？未见小单回复，便上路了。

先去了一趟区政协，送一份增补新委员的个人材料，同时给替自己操办这事的邝副秘书长送份年礼——一枚一万八千元的钻戒。年后两会便要召开，这事必须紧锣密鼓地进行，不能耽误。如同所有的个体业者，他很看重这个委员头衔，有没有是大不一样的。

回到公司，老唐赶来向他汇报，说庄海阳已被分局放出来了。李长吉颇为欣慰地点点头，觉得侯科长很给自己面子。老唐说他想当面向你表示感谢。李长吉"哦"了一声，说不必了。老唐说小庄已经来了，在门外，你见见吧，你救了他，磕几个响头也是应该的。

被老唐领进来的是一个十分瘦弱的青年，一身深蓝色工装，工帽戴得端端正正，脸色苍白，眼睛里闪烁着怯懦与感激涕零的光。他走到李长吉身前"扑通"一声跪在地板上，李长吉没料到他会这样（事后他想是不是老唐让他这样），愣怔间跪地的庄已经磕了三个头，李长吉赶紧上前把他扶起来，说别这样别这样。尔后老唐便引庄海阳坐到会客区的沙发上，李长吉也坐过去，有些怜悯地看着刚才给自己磕头的这个人，问你在里面吃苦了没有？庄海阳说没。老唐说还没送看守所，要到了那儿就少不了遭罪。李长吉问以后你有什么打算？庄海阳惊诧地望着李长吉，说我还想在厂里干。李长吉摇摇头。庄海阳几乎是进着哭腔说李总我一定好好干活，不再做犯法的事。老唐也帮他说话，说小庄的本质是好的，而且有了这次的教训，一定会痛改前非，重新做人。李长吉说老唐你怎么也糊涂起来了呢？咱这边的公安把人放了，你能保证枣庄方面不会自己来抓？一句话说得庄海阳大惊失色，用求救的眼光看看李长吉又看看老唐。老唐亦神情严峻，说我咋就没想到这一层呢？要是枣庄把人抓走，咱就彻底没辙了。李长吉说所以这事不能掉以轻心，要从最坏处着眼，我的意思是小庄赶快离开厂，也不要回家，找个没人知道的地方躲起来，以后真的没事了，想回来，就回来。老唐连连点头，劝导庄海阳说，李总考虑的全面呵，也是真心为你好，你就听李总的。李长吉转向老唐说让小庄去财务把工资开了，年度奖金也开。庄海阳站起身朝李深深鞠了一躬。

　　事算完了，老唐带着满脸错愕愁苦的庄海阳离开，李长吉陡然想起了什么，叫住问，小庄你是哪年犯的事？庄海阳嘟囔回答：2006 年。李长吉说是 3 年前的事呵。老唐插言说，李总只怪我马虎，小庄的案情没向你汇报，是这么回事，那年小庄在枣庄干装修，一个姓邹的工友拉他去做案，两个人配合着偷了一个老大爷的钱包，当时跑脱了，一人分了两百多块钱，后来也平安无事，直到前段时间那个邹在枣庄再次作案被抓，公安突审，他就供出了以前的案子，供出了小庄……李长吉心里陡地一惊，半晌无语，直到老唐和庄海阳又要走了，他才说出一句：小庄，那个邹咋能这样做呢？当初你们没讲好互不牵连吗？小庄哭咧咧说俺们讲了，讲好不出卖朋友。老唐叹口气说公安审案子可有一套，再坚固的攻守同盟也不管用……

　　李长吉的面前陡然变得漆黑一片，周遭万籁俱寂，如同一只原本在草原上肆意奔跑的动物被一箭穿心……

　　不知过了多久，他渐渐复活过来，然而不是活在当前，而是在时空的深处，庄海阳般的年纪，庄海阳般的神情模样，那时的他最确切的叫法是民工李长吉，一块干活的工友叫他吉子……他一度想努力忘掉的一幕又现于眼前、耳畔：吉子，帮我寄封信。寄谁？解放。解放？俺爹，他叫解放。呵。这信先不寄，要是我半个月内回不来，就寄出去。解哥，你要去哪儿？干啥？你别问。怎么？有些事还是不知道的好。我要知道。知道了没好处。咋？知道咱俩就上了一条船。咱俩现在就是一条船。我说的那条船不是这条船。你说清楚。我不能。你说。你知道了以后要后悔。我不后悔。好，那我就说，可有一条，永远不能对别人说。我不说。我要去闯江湖。闯江湖？对，兄弟，老这么给人当苦力不中，一辈子翻不了身，不甘心。你想咋的？干一票。干啥？弄点钱。咋样弄？咋样能弄到就咋样弄。解哥，别，可别，这样做太危险。撑死大胆，饿死小胆。解哥，快断了这念头，不能干，算我求你了。吉子，别劝我了，劝也没用，这事我想了很久了。解哥万万不能往火坑里跳呵。不跳火坑你指出条金光大道来，指出来我就走，一定走。我指不出来，可是……吉子，别欺骗自己了，想不做牛马，就得给自己找条出路，这个世界没咱们走的路，那就自己趟出一条路。解哥……

连李长吉自己都没想到的是，极力反对解哥铤而走险的他最终竟然上了他的船，和他一块干了那"一票"。后来他想，一定是听解哥说这回他有百分之百胜算自己才动了心，另外，从根本上说自己是认可解哥的，为改变自己的命运，冒一回险是值得的，也是他们这号人唯一的途径，后来的事实也证明了自己的这一步险棋走对了。

干那"一票"的整个过程就像一根钉进树桩里的铁钉，永嵌在自己脑海里，欲除不能：是一个雷雨交加的黑夜（如书中常写的"月黑风高夜"），解哥和他上路了，一人穿一件黑塑料雨衣，像两个黑衣侠。解哥在前领路，三走两走来到一处高耸的楼盘前面，解哥抬头向上看看悄声说句吉子咱成了，声音里透着激动兴奋。他们没有马上行动，装成行人样围着楼座转圈，没见异常，尔后他与解哥走进一个门洞，一前一后爬楼梯（不敢乘电梯）。在四楼的一个防盗门前停下脚。楼道里没有灯，借着闪电的光亮他看见解哥异常狰狞的脸，吓了他一跳。闪电熄了又亮了，又见解哥拿钥匙的手在颤抖。解哥有钥匙他不吃惊，事前解哥告诉他有钥匙，是给这户人家搬家时偶然捡到的，他藏了起来，那时他就想这把钥匙以后会派上用场，能打开通往富贵的门。看来他们是有运气的，这套房子当是一家富户的"外宅"，平常没人来住，这正是解哥认为他有胜算的依据。就这样他们进到一个空门。幸运的是空门不空，他们收获颇丰。用解哥的话说是一辈子没见过这么多钱财，而自己又何尝不是如此？按照原先的约定，他们将所得钱物对半分了，仅现金一人便分得五万八千块（很吉利的数字），剩下的零头两人去酒馆喝了一场酒。赶在喝醉之前两人庄严约定：今后各走各的路，永不相见。看起来有些决绝，却都清楚这是不得已而为之。从此他与解哥音信全无。他时常想起解哥，特别是在他用得来的"第一桶金"做起小生意，又一步步做大，当起了小老板，他对解哥的惦念也更加强烈。吃水不忘打井人，是解哥给了自己这次改变命运的机会，尽管他知道事体很"狗血"，犯了罪，可他照样感念着解哥。他一度想打听一下他的下落，弄清他目前的处境，但终归是忍住了，一方面有当年两人的约定，另一方面心里也有一种隐隐的忧虑：自己现今的一切毕竟得来不易，他不想节外生枝，惹出什么事端来。就是这种复杂的心情纠缠着他，如果不是庄海阳的事情给了他猝不及防的一击，也许会永远将解哥埋在心底，相忘于江湖。而今在庄海阳的引领下解哥横空出世，让他惊惧的是现于自己面前的竟是在那个"月黑风高夜"见到的那张狰狞的脸，解哥以讥讽的口吻对他说：吉子兄弟，你现在混好了，一定把我给忘了，我可忘不了你呀。他没有忘记解哥，也相信解哥没有忘记他，两个曾生死与共的人怎能说忘就忘了呢？那个与小庄一起犯事的邹某不就没忘记小庄么，三年之后还是把他供了出来。

如果说这是一起"事变"，那么这事变给李长吉带来的冲击是剧烈无情的，他被告知：发生在小庄身上的事同样有发生在自己身上的可能，自己多年的苦心经营将功亏一篑，付之流水。要是让他从这个世界上找出一件最为可怕的事，那就是这一桩了。是的，没有别的，就这一桩。

至此，李长吉已清醒地意识到自己正面临一种无以复加的危机，这种危机在以前被他忽略了。内心的狂躁像地震与海啸，像所有能想象到的末世灾难摧毁了自己往日带有沾沾自喜成分的满足感，还有将事业继续发扬光大的想望与自信。总之，一起都要毁灭了，一种悲凉的情绪将他的神思占满，茫然无措中陡然想抽一支烟，他不属真正的"烟民"，是抽"耍烟"的那种，而此刻欲念竟十分强烈，手往身上乱摸，一向不带烟的他竟然摸出一盒来，也不细看，抽出一支便衔在嘴上，又再摸，又如愿摸出火机，他打着将烟点上，连着猛吸几口，烟雾在半空中飘散开来使周围的一切变得扑朔迷离，同时也将自己与现实暂时分隔开来，精神似乎得以舒缓，他踱到会客区，坐在沙发上，一边吸烟一边重新想着与解哥的纠结，他已经能够理性地来看待这件事情了，看这件事给他带来的忧患。解哥是个好人，不是坏人。分辨出一个人是好是坏并不难。还有，要靠近好人，远离坏人，这样能趋利避害，这是人们通常的看法，包括他。可自从做起了生意，这个概念就渐渐模糊起来，客户坐在对面，你能先察言观色，待判断出其人品指数后再决定是否与他谈生意吗？当然不会。谈及解哥，即使他再仗义，一旦有事也会首先想怎样对自己有利，就像小庄的那个伙伴邹某，他清楚供出别人可冲销他一份罪。坦白从宽，中国讲，外国也讲，现在讲，古时也讲，"从实招来，否则大刑伺候"。面对"攻心"，有人能不听蛊惑，有人不能。遭到肉刑，有人能扛过去，有人不能。这时他记起自家村远近皆知的曲家二兄弟的故事。在打鬼子的年月，曲家老大是抗日队伍的敌工，来往于沦陷区与国统区之间传递情报，后来被日本人识破，严刑拷打，就叛变了，替日本人做了汉奸，没多久被抗日队伍处死。也是罪有应得。问题是抗日队伍不知出于怎样的考虑又让他的兄弟接替他，这个曲老二不敢不答应，但提了一个条件，说他们曲家人皮肉太嫩，怕疼，经不住拷打逼问，叫他干可以，但不能让他知道任何秘密，也不与那边的"接头人"直接见面，这样一旦落到敌人手里，即便经不住严刑逼供，也供不出什么东西，就成不了叛徒。没说出口的是，这般就不会像他哥曲老大被"锄"了奸。说来这要求有些可笑，歪理一个，可队伍上的人还是应了，按他说的做，少出一个叛徒毕竟是好事不是坏事。后来的事还真叫曲老二言中，他像他哥一样被抓，一样有大刑伺候，但结局完全不一样，没叛变，想叛变也办不到，他活下来了，一直活到九十二岁去世，就是前几年的事，也算是寿终正寝了。回想到这段不搭界的陈年往事，当可举一反三勾连眼前这件"他妈妈"的事，解哥解小放一旦再次"犯事"，他能做到遵守诺言不把自己供出来吗？曲老大没有做到，曲老二也没有做到，后者只因用了一点小狡黠保住一条命。不坏的结局只能算个案。他想解哥不是金石之身，照样经不住如狼似虎花样翻新的审讯，会讲出以前的旧案，会讲出他这个同伙，这几乎没有疑问，既符合逻辑又符合生活实际。既如此，多年不见音讯的解哥当是悬在自己头上一把无形的刀，在某个谁也无法预料的时刻，这把刀便会落下，将自己斩首。李长吉想着自己所面对的前景，一边一支接一支地吸烟，白过滤嘴烟蒂不断在烟缸里增多，簇拥成一朵绽放的白菊花。

整整一个上午，李长吉都待在办公室里，一会儿坐下，一会儿站起来走动着，俨然一头困兽。后来他听到短信振铃，犹豫了一下还是看了，是小单，回他早晨"检查"的：是的，但是……感谢李哥。看似莫名其妙，但他心领神会，他相信小单是做到了，"但是"后面没写出来的当是"很痛苦""很艰难"之类的诉苦吧？这瞬间，那天一起吃饭时她突然显露出的倦容映现在眼前，心想真是各家有本难念的经呵。尽管心事溃败，他还是给了小单回复：坚持就是胜利！小单立即回了：谨记李哥教导。他想笑没笑出来。

正在这时，印刷厂那边打电话向他告急，说那个兰作家气势汹汹地来厂，指名要见他，他知道这事回避不了，便回说自己这就过去。

　　公司离印刷厂十分钟车程。李长吉边开车边寻思如何应对那个兰作家。因做这个行业，免不了要跟一些文化人打交道。他清楚能在出版社拿版税出书的作家用不着自己跑印刷，唯有自费出书的才自己紧忙活。他能理解他们的促狭处境，点灯熬油地写了很久，到头来还得自己花钱印书，很不容易的，他不忍从中赚钱，保本即可。可这个兰作家愣是让他招架不住，起先在他这儿印了一本写某企业家的书，书刚印完某"主人公""进去"了，几千本书压在库房，几万块钱挂在账上。前不久他又来印书，前事却只字不提。有言同样的错误不能犯第二次，他欲回绝，兰作家却先发制人告知：这本书是写马副市长的，意思是让他看着办。也是自己有私心，觉得如能通过这本书与负责抓经济的马副市长挂拉上，当是一件好事。谁知天上哪块云彩下雨？何况是马副市长这块大云彩？他就答应了兰作家。可不久前他听到一则传闻：马有严重经济问题，此时正在国外考察，回来即对其"双规"。如在从前，马是好是歹与他没有关系，可现在不同，正印着兰作家写他的书，这就成了"关系人"，不能掉以轻心了。他问负责印刷厂的老唐书印到什么程度，老唐说版已排好，很快要开机。他说先停下。他想一定是兰作家发现事情搁置才对其兴师问罪。

　　在老唐的办公室见到兰作家，证明了自己的判断，兰很不冷静地质问书为什么要停印，说他向马市长保证年前见书，毁约不是一般的诚信问题。他心想难道神通广大的兰竟没听到有关马的传闻？当然他不能把传闻告诉他，也不能将真正停下来的理由如实相告。见他不说话，兰又再次抬出马，说市长在国外还打电话问这本书的情况，要求回来就要见到书，他心里清楚兰所说的真实性约等于零。马不会从国外给他打电话。但总得给兰一个说法，便说年前很忙，只能争取把书印出来。兰纠正说不是争取，是一定。

　　当然不会把那"劳什子"书印出来，离开印刷厂他愤愤地想，否则不是在社会上瞎混了这么多年？能弄个政协委员当当没坏处，可要不长脑子搅进官场这湾子浑水，那可是太弱智。

　　傍晚，下起了雪，是这座海滨城市少见的大雪，不大工夫原本五彩斑斓的城市就变成纯白色。每每雪花飘起，从农村出来的李长吉首先会想到那句"瑞雪兆丰年"的话，心里充满着希冀，而现在却断然没了这份情怀，他望着窗外被风雪扫荡的城市街区，头脑也如同雪中景物一片白茫茫。

这白中始终有一个粗黑的身影若隐若现，经久不去。他清楚那是与他共搏命运，尔后相约消失，现在又不期而至的解哥。物是人非，这个昔日让他倍感亲近的解哥，此时此刻却让他无比的惶恐不安，充满戒备。他想抑或解哥从来就没有真正消失，担忧始终深埋在自己意识最底层，那天在宾馆打麻将，老唐打电话说公安来厂抓人，兀地一惊，便是证明，事情未了。江湖中话：在道上混，总归是要还的。现在怕是自己"还"的时候了。

思绪的纷乱犹同风雪的肆虐，李长吉再次陷入对"现实"的恐惧之中，尽管厄运如风雪迷漫处的解哥，尚未近在眼前，然而只要解哥是真实的，那么厄运便存在着，到来只是迟早的事，既如此，许多事须早做打算，防患于未然。

回到家，家的温馨气息使李长吉绷紧的心弦暂时得以放松。系着围裙手上沾满面粉的宋佳从厨房出来，嗔怪说怎么才回来呀，快洗手包饺子。他问，怎么想起包饺子了？宋佳说今天过小年，你给忘了？他"噢"了声，同时也听见外面此起彼伏的鞭炮声。小年是年的门槛，跨过去年就在身前了。刚出来时每年都回乡与爹妈一起过年，后来做起公司结了婚，就不能每年回了。

两人脸对脸包饺子时，宋佳发现李长吉神色不对，问他怎么了，是不是遇上啥烦心的事。他当然知道自己遇上了什么事，只是这件事对自己的老婆也不能讲。他就说了兰作家在厂里印书的事，宋佳说事关领导，须谨慎小心才是。他说是。宋佳说过年，给林林幼儿园老师送什么礼好呢？他说是。宋佳瞪他一眼，说魂又跑了。他说是。宋佳疑惑地问李长吉你今天到底是咋的啦？！

宋佳炒了几个菜。宋佳说咱喝酒，李长吉海量，在家却很少喝。小年也是年，他说喝。夫妻对酌，林林喝果汁，心事还在电视上。宋佳眼看着儿子问李长吉过年给老师送什么，李长吉说你看着办吧。宋佳犯愁说不知别的家长怎么送，要是咱送的比别人少，那等于没送。看电视的林林倒是耳尖，听见给老师送礼的话，直着嗓子嚷要多要多。宋佳问林林说送多少？林林喊叫一百万一百万。宋佳笑了。李长吉没笑，他笑不出来，整个人还陷在老问题上难以自拔，自问：难道真像所担心的那么可怕吗？旋即回答：是这样，问题相当严重，不是自己吓唬自己，庄海阳是前车之鉴，社会鼓励出卖，前几天报上还登了一桩老婆检举局长丈夫的受贿案。从这里转而想到自己的老婆宋佳，她会不会做出这等大义灭亲的事情来呢？作为夫妻，她知道自己的事情可不少呵，小到送礼行贿，大到偷税漏税。他下意识抬头看看宋佳，似乎要从她绯红的脸上找出答案，他看到的是娇美与和善，心想宋佳不是那样的人，她是不会举检自己的。何况妻子举检丈夫大抵离不开这样一个前提：丈夫先其出轨背叛，女人为了报复不顾一切。而自己没有这样的事，所以宋佳没理由与自己作对，很安全。

宋佳不胜酒力，吃几个饺子便带着林林睡去了。李长吉一人留在客厅里，脑子里继续闹官司。自己与解哥的事从未与宋佳谈起过，她不知道自己是怎样发的家，以为自己打拼到今天这地步全是凭能力。倘若某一天事情败露，自己银铛入狱，那时她又会怎样的呢？就算不落井下石，可会不会离开自己呢？会不离不弃吗？这就难说了，古言道："夫妻本是同林鸟，大难来时各自飞。"古人的话总是有道理的，比方还有句"打虎亲兄弟，上阵父子兵"的话。说血缘是最重要的，没有血缘的夫妻关系常常靠不住。想到这一层，李长吉的心情顿时烦躁起来，陡的有了想抽烟的欲念，浑身摸，没摸到，又从挂在衣橱里的外衣口袋里摸，这遭摸出来了，点上大吸起来。

待吐出头一口烟雾，他愣怔了一下，旋即把烟从嘴上取下，惊疑万分地盯着看，心里连连呼叫：坏事了！坏事了！他记起，这盒进口大健是从小单那里"没收"过来的毒烟，怎么竟然忘了这码事？上午在办公室一支接一支地抽记不清抽了多少，可听人讲连续吸毒三回就能成瘾，联系刚才陡生吸烟的欲念，这是不是有了毒瘾的症状？李长吉惊出一身冷汗。心想真是天大的讽刺，劝别人戒毒，自己倒吸上了毒，这他妈的是啥事呀！

李长吉叫苦不迭，赶紧拿出电话联络小单，不发短信，直接拨通，他听见耳机里很嘈杂，小单说是李哥呀，他说是我。小单说我在火车上，要回家过年。他果然听到火车行进的声音。又听小单笑了声，说李哥又开查了，向你报告，平安无事呵。他哭咧咧说小单有麻烦了，我把你的烟抽了。小单问我的烟？他说就是在饭店拿走你的那盒进口大健呀，我一时犯昏，抽了，现在好像抽上毒瘾了。小单说是这回事呀，你放心，没事的，没事的。他说我抽了，真抽了。小单说李哥别担心，你抽的是一般的烟，不是……他打断说就是，就是你抽的那盒烟呀，小单笑了，说李哥你被我蒙骗了，是这么回事，那天趁你去卫生间的空儿，我把烟调包了。

他听清楚了，却不肯相信自己的耳朵，心想怎么会这样呢？小单怎么会想到自己会吸而釜底抽薪呢？小单又说李哥你放心，我说的是实话。他相信了，没理由不相信，当晓得自己只是虚惊了一场，心一下子放松下来，也有些不好意思，嗫嚅说我，我没想到，真的没想到。小单又笑了一下，说我想到了，从没沾过的人，缺乏应有的警惕性，一马虎就既成事实……我怎敢让你手里有那种东西呢？何况人都有好奇心，上来那股劲就想试乎试乎，一试就不可收，我不能害人呵，再说了，就是成心想害人，也不能害李哥你呵。他心里一热，嗓子发堵，一时说不出什么话，只听小单说李哥不说了，等到家再给你打电话，晚安。

李长吉没立即将电话收起，似乎还在等待传来小单的话语，却没有，惆怅中不由长声一叹，细细回味着刚才的通话觉得真是不可思议，叹喟中平添几丝沁入心田的爱意，甚至有些光怪陆离。后来他明白自己对小单渐入渐深的思念就是从这一刻开始的。

快到办公室，只听里面的座机响个不停，他赶紧开门去接，来电的是兰作家，一开口便兴师问罪，说昨天讲好了立即开机，为什么到现在还不动？他心想自己并没有这个承诺，只说"争取"，是你把"争取"变成"一定"，你说一定就一定，不是强加于人吗？他正色说兰老师昨天我说过，年前活多，实在忙不过来……兰打断说再忙也有个轻重缓急，我奇怪了，连这么一个简单的规则都拎不清，还怎么可能把企业做强做大？他听了兰对自己的训导很反感，刚要说话，不料又被兰抢在前面，说这事就这样定了，年前把书印出来。他说恐怕困难。兰抬高声音说你怎么就这么轴呢？难道非要副市长亲自给你打电话才成么？人在做天在看，这事马副市长也在看，年前一定要把《宏图大业》印出来！说毕把电话扣了。

　　妈的，李长吉骂出声来，握话筒的手有些抖，愤愤想你求老子办事，却把老子当孙子训，凭的哪一条呵，以前说："秀才遇着兵，有理说不清"，现在倒过来了，是遇着秀才没理可讲了。

　　一个电话把李长吉从愤愤然中拉回来，是财务经理许鉴，许鉴汇报说银行贷款到账了，是不是可以给职工做工资单了。他说做。又说老许你准备六万块现金吧，有用处。许鉴说好。

　　贷款到账的好消息让李长吉的心情由阴转晴，他打电话给出版社的金社长，约他今晚"聚聚"。金说正好今晚没安排，悉听尊便。

　　快下班时许鉴送来钱，放下就去了。李长吉把六捆钱并排放在一张报纸上，包裹起来很像一本书的样子，然后放进一个光牛皮纸袋里，这些钱晚上要送给金社长。金不会打麻将，只能这样给了。当然这事只有他一个人知道，事关收受人的安危，保密一定要做到。把为数不算少的钱像扔砖头似的扔给别人，李长吉并没有"割肉"的感觉，金把全市小学课本的五分之一数额让他印，利润多少他心里很清楚，人家给你一头牛杀，你回个三斤二斤肉还有啥可说的呢？还是那句二人转演员的口头语：必须的。

　　李长吉把钱往包里放，手机响了，是小单，敢情是到家了，果然小单开口就说李哥我刚进家门。他问累不累？小单说还行吧。又问李哥在干什么哪？他觉得与远在千里之外的小单没有隐瞒的必要，遂笑笑说，正准备腐蚀国家干部呐。小单笑问多大的国家干部？书记？还是市长？他说咱可攀不上那样的高枝，他说是出版社社长，正局级。小单问咋个腐蚀法？他说送钱六万。小单又笑笑，不再说什么。他顿了顿，由衷说小单我真的很感谢你呀。小单问感谢我什么呢？他斟酌着说法：那个那个大健烟的事呵。小单说，呵，这个，要说感谢应该是我感谢你呀。他说我有什么可感谢的呀。小单说你那么关心我……他听见那边有小孩子的嚷嚷声：我要和爸爸说话，我要和爸爸说话，小单说丫丫别闹了，人家不是爸爸。女孩还嚷，是爸爸，我知道是爸爸，我要和爸爸说话。到此李长吉已大体清楚那边的情况了，不等他回话那边响起小女孩娇滴滴童声：爸爸我是丫丫，你为什么不回来看我呀。边说边哭了起来。他心里一阵酸楚，在杭州小单说过自己失败的婚姻，却没说男方的情况，现在看来男方已远离了她们母女的生活，在这种情况下，不懂事的孩子总有着自己一厢情愿的憧憬。而丫丫也许比别的单亲家庭的孩子更孤独，爸爸不知所踪，妈妈也长年不在身边。他这么想着时，耳机又传来丫丫对爸爸的声声呼唤，那一刻他不知自己是乱了哪根神经，张口说：丫丫别哭，别哭，我是爸爸。丫丫兀地停止哭，问你是爸爸吗？你是爸爸吗？他说对我是爸爸。丫丫的声音立刻变得欢快，嚷道：爸爸，我想你，想你呀，你赶快回来好吗？他说好，好，好……他的声音变得哽咽，泪顺着脸颊流下来，慌乱地挂了电话。

不久，李长吉听到手机短信振铃，打开查看，发来的是一个小女孩的照片，不用说这是小单发过来的，他细细端详起来，女孩五六岁模样，漂亮可爱，总轮廓很像小单：鹅蛋脸，尖下巴，齐眉刘海下有一双大大的眼睛。他不由叹息一声，想人一生总是有那么残缺，而落在小孩子身上则更不幸。他翻到下页，是短信文字：李哥谢谢你，你让丫丫圆了一个梦，她好久没这么高兴过了，已经心满意足地睡了。我没看错，你是一个好人，从心里感谢你呵。小单。看毕心里很不是滋味儿，本想回个短信，想想又作罢。

晚上的宴请在一家西餐厅。这种选择是基于对金社长的了解。前不久金随团去法国参加法兰克福书展，莫名其妙地喜欢上了西餐，回国后请人或被请都要到西餐厅。其中有个关于"上冰"的典故，广为流传。这事还是与他访法有关，说是金在法国第一次喝加了冰块的红酒感觉奇好，回国后便如法炮制，每回饭局服务员送来酒类，如果不询问是否加冰块，他便以不满的调教口吻高呼一声"上冰"！这个典故很能说明金是个有意思的人。

让李长吉惊讶不已的是金身后还跟着他的小司机，到底错了哪根筋？他应该清楚今晚要进行的项目是什么，却一定要夹杂进来这么一个人。尽管司机多是上司的亲信，但这种隐而又隐的事必须是一对一。而让他略感欣慰的是，那个小司机还算懂事体，自己找了个靠边落的位子，自顾自地取了菜品吃起来，他想这般预定项目便可伺机进行了，便招呼金一起去取回菜品，等服务员送酒的时候，李长吉不由在心里坏笑，想这回倒可以亲睹那"上冰"典故一幕的上演，然而他失望了，那个俊朗的男服务生端来红酒的同时，还

相忘江湖 41

一并端来满满一玻璃缸冰块。想想也就能明白，这家西餐厅金肯定多次光顾过，服务生早被他调教好，也就不用他"上冰""上冰"地吆喝了。

整个进餐过程李长吉的心思全不在吃喝上，也无心听金讲他访问法国如何如何，只不断思量着什么时候把那钱给金才不会被小司机发现。他就异常的焦躁与痛苦，给人送钱还须如此处心积虑，这是啥个事哩。就这么如坐针毡直挨到饭局末了，小司机去了洗手间，他忽的一喜，知道时机来到，赶紧从包里拿出装钱的牛皮纸袋塞给金，金眨眨眼问是本什么书呢？他说你看看就知道了。金绽笑说一定好好学习，就装进自己包里。到此，李长吉才长长吁了一口气。

从餐厅结账出来，在通往地下停车场的电梯口与金握别，金说要去一趟洗手间，他便等在那里，小司机径自乘电梯下去了。金完事回来，两人就一起下到停车场，小司机已将车提到通道上，他把金送上车，等开走就去开自己的车，沿高度倾斜的车道驶出停车场后，他看见金的车停在不远处一块空地上，他一时不明就里把车停下，刚想下车过去询问一下情况，只见那边小司机已下了车，向他这边快步走过来，正满腹狐疑时，小司机已到近前，把一个牛皮纸袋从车窗往他手里一塞，说句社长让我给你，便匆匆返回。这时他才明白过来，金把那钱给退回来了，不由向金坐的那辆车望去，车里没开灯，他看不见金的身影，却知道金一定在里面看着他。他忐忑不安想事情怎么会这样呢？是金突然变清廉了，还是金觉得送少了？其实他曾想送八万或者十万，一念之差，把事办砸了，今后再让金照顾就很难了，因小失大呵。

回到家，宋佳和林林已经睡了，他在客厅发了一会征，然后从包里拿出牛皮纸袋，准备放进保险柜里，这时他觉得纸袋的形状与原先有异，赶紧查看，却发现包在报纸里的已不是那六万块钱，而是一本《公务员健康手册》的书。他"噢"了一声，心一下子放松了，知道自己是错怪了金。

情绪几经波折，睡意全无。便拿出手机回刚才小单的短信：丫丫十分可爱，招人喜欢，你休息了吗？不用回复，切望"平安无事"，李。"平安无事"是她的说法，自应明白他的所指。小单回了，短短几行字挟风携雨：痛不欲生，精神崩溃，如果没有丫丫，我会选择死去……他吃了一惊，意会到小单此时正处于毒瘾煎熬中，赶紧再发去短信：挺住，为了丫丫，挺住呵，坚持就是胜利，李。小单没再回。当是无暇顾及了。他一夜辗转反侧，惦念着小单那边的情况，很无奈，不知道除了在电话里对她讲讲"革命道理"，还能做些什么。

第二天中午，他在办公室吃盒饭，小单的短信来了，这也是他切望的，赶紧打开看：李哥，很抱歉，昨天把你吓着了吧，过去了，请你放心，单。他要回短信，又觉得难以尽言，便与其通话。说小单你把我吓了一跳，现在可以了了？小单淡淡说，又活过来了。他能感受到小单话的沉重，一时无语，心隐隐作痛。他有些难解：与小单只一面之识，没有任何男女瓜葛，自己怎么对她如此入心切切？这说明什么？他不知道，他只知道自己不会背叛宋佳。这时电话里小单言语变得轻松，问他昨晚腐蚀干部成效如何。他说十分圆满，只是虚惊了一场。遂把整个过程说了说。小单顿了一下，问李哥他问送的什么书，还说要好好学习？他说对呀。小单说李哥这事有些不简单呐。他问怎么说？小单说如果简单送你本书，完全可以在吃饭时或分手时给你，为什么要在停车场外让小司机送？他问有什么问题？小单有，看来那是个智商很高的人呀，一开始，明知你送的是钱，却问你送的什么书，还说一定好好学习，他是担心你会录音。当然他也知道，只要他收了钱就一定会留下隐患，但从你说的这个过程看，他已经巧妙地把隐患消除了。他问怎么消除了？小单说假若……我是说假若有一天，你检举他收了你的钱，有时间有地点，可他的小司机能证明他没收，把钱还给了你。他分辩道不是钱，是书，他把钱留下来了，给了我一本书。小单说你无法证明呵！人家有人证，你没有。他想了想不由恍然大悟，小单说得对，自己确实无法证明。不由苦笑笑，心想这个金表面看起来挺"二"（"上冰"典故例是一例），却真的不简单，是一高手，要不是小单为他指点迷津，自己怎么也想不到这上面。但他并不由此而蔑视金，这可以理解，谁都希望当官发财，又希望发财不出事，所以就开动脑筋，欲盖弥彰。这就是官场，这就是江湖。官场江湖都有自己的一套"五四三二一"。

让他感到不可思议的是小单，年纪轻轻的一个小女子竟能看出事情的曲里拐弯，真的不简单。这当儿他的思维不知怎么又跳跃到与解哥的纠结上，心想一筹莫展之际，何不让小单给出出主意呢？便说小单你这人聪明，让人佩服。小单说李哥捧我。他说没捧，是事实，对了，正有件事想借你个脑筋，帮着拿个章程。又强调说不是我，是我的一个好朋友。接着便把那回入室盗窃的来龙去脉对小单讲了，除了将自己说成朋友，其余都与事实没有出入。小单听毕自言自语道句明白了。他不晓她明白了什么。小单问从分手以后就一直不知这个解哥的下落么？他说是。小单又问你那朋友是担心解哥再犯案，把他供出来？他说是。小单说担心是有道理的，这种事很普遍的，人一旦落在公安手里，想不供都难，连没做的都能逼你认，何况真做了呢。他听了心不住往下沉，想到前不久媒体报道过的几起错案，本没杀人，屈打成招，就判了死刑，最近在山东汶山也有一桩类似的案子，比前者更惨，法院明知道错了也不肯放人，生生又关了三年。他赶紧问：小单你说怎样……

这时有人敲门，李长吉将话头打住，跟小单道声对不起，挂了。

是老唐，很急的样子，说刚接候科长一短信，他晚上要接待枣庄警方，让咱们把饭局改期。李长吉纳闷问有饭局这回事吗？老唐说没有。他问那怎么？老唐说事情怪怪的，我也是想了半天才明白，候科长是暗示枣庄公安来抓庄海阳了。他的心颤了一下，自语道是这样呵。老唐说这边公安没抓到，那边公安就自己上门来抓了。他说不就区区几百块钱吗，还是几年前的事。老唐说公安的政绩主要看破案率，有了线索是穷追不舍的。他问庄海阳到底走了没有？老唐说走了，已经与咱们无关了，要问，就说辞退了。他说候科长人不错。老唐说有些江湖义气，这个关系咱保持住。他沉思着点点头。

老唐又说李总这个周末有郎咸平的讲座，交行请来的，你要不要去听？李长吉不止一次在电视上听过郎的讲座，郎这人敢讲，口气大，说一会儿便跟一句：你们听懂了没有？但总的说来是真人真语，会给人以启示。他问这次讲什么？老唐说讲家族企业的管理。他觉得很切题，便说去。老唐说那我就向交行要票。

老唐走了，刚出门又回来了，说那个兰作家来电话，说马副市长从国外回来了。李长吉问抓了？老唐说没有，下午还参加了一个工程的奠基仪式。他心里嘀咕起来，不是说回来便双规吗？看来传闻不可信呵。老唐问书印还是不印？他说印吧。他有些庆幸：幸亏马回来得适时，要晚几天，加班也印不出来了。老唐说铁定是贴钱了，只能算政治账不算经济账了。他苦笑笑，问那个兰作家都写了些什么作品？老唐说在咱们这儿不就印了两本吗，他说那也叫作品？老唐说好像还搞搞广告策划。据那位也在咱这儿印过书的高作家说，近期报纸上连续刊登的一种专治不孕不育药物的广告词就是他想出来的，叫什么：妻子有了"第三者"，老公反倒笑哈哈。他给逗乐了，说是肮脏他吧。老唐说文人相轻嘛。

　　人来人往，事事不断，一个上午没有消停。直到中午才给小单把电话打过去，接电话的却是丫丫，张口就喊爸爸你赶快回来好吗？他说好的，过几天就回去看你。丫丫又说爸爸，让我到你家看看好吗？丫丫的话让他心里一酸。这时听小单说丫丫别淘，找小哥哥玩去。丫丫说我去告诉小哥哥爸爸要回来了。小单叹了口气，说李哥，对不起，这孩子……他也叹口气，说能理解能理解，只是……小单说但凭让她觉得是在同爸爸讲话，这就得谢谢你呵。他不知再说什么好。小单又说上回，你那个朋友的事情没讲完，我想了想，不能掉以轻心，得立刻采取行动，不然，就像一颗埋在地下的地雷，不知何时就会爆炸。他赶紧问：这怎样才好呢？小单说让你的朋友找到那个人，一定要找到他，弄清他现在情况，要混得好，就不会出事，要混得不好，便可能再次作案，这就会给你朋友带来威胁。他说是的是的。小单说一定要找到他，挖地三尺也要找到他，找到就算把他养起来，也不能叫他惹是生非。他像盯着小单的面孔般频频点着头，嘴里不断说，明白明白明白明白明白……
　　李长吉一千一万个明白，就是自己（不是那所谓的朋友）要找到解哥，找到那个与其约定相忘于江湖的解哥。这是小单指明的方向。
　　只是想到具体实施，又觉得很茫然。挖地三尺总要有个下锹的地方呀。
　　几经思考，他决定先找到王玉成，王玉成也是在搬家公司一起干活的工友，人很憨，不多言语，因长得瘦长，大伙给他起个"丝瓜"外号，丝瓜与解哥关系最好，解哥对他很照顾，他对解哥也很依赖，整日像"跟屁虫"似的跟在后面，他有可能与解哥有联系。当然首先想到"丝瓜"是因为曾听说他后来去了市郊一家养鸡场养鸡，只是不晓还在不在。

相忘江湖　㊺

他有些犹豫，是立马去找"丝瓜"王玉成，还是等过了春节？后来觉得不能拖，年节期间是刑事案件高发期，倘若解哥就在这期间"犯事"，那自己可要悔青了肠子。

他扑了一个空，于漫天大雪中找到了那座远近有名的养鸡场，一个干部说好像有这么个人，但已经辞工了。他颇为失望，又问有没有王玉城的相关信息，干部说我们是正规单位，职工信息完备，可管档案的人回家过年了，要查也要等到年后。

他不想等，又另辟蹊径，打电话给搬家公司的黄经理，黄的电话号码在他脑子里存了十年，竟然没有忘，就像他的苛刻蛮横一样让他永远难忘。对他们这些"干活的"黄永远没个笑模样，吆五喝六，制定出各项严厉"法规"，如在客户家不能大声说话，不能吸客户的烟喝客户的茶。工友们渴了，只能牲口般对着卫生间的水龙头大饮。在城里人面前，他们觉得自己跟牲口没两样。后来他想当初所以下决心跟着解哥去干那一"票"，主要是自卑心作祟，强烈想改变低贱命运。为慎重起见，他去一报亭给黄打公话，竟然通了，人未出声先高亢地清了几声嗓子，他知道那边就是他要找的患有严重咽炎的黄经理。

黄经理清毕嗓子问声哪一位？他说黄总是我，以前在你那儿干活的。黄问你还想回来干么？他说我想打听一个人，解小放。黄说他早就不干了，他问黄总知不知道他现在的下落？黄说不晓得。他问俺那一拨人谁还和你有联系呢？黄说宋建刚。李长吉的大喜过望，这个宋建刚是自己的老乡，两村只隔十里路，于是他向黄要宋建刚的电话号码。黄说没空查，挂了电话。

尔后李长吉给黄打了好几回电话，总算要到宋建刚的手机号码，他立即打过去，却是空号，他很懊丧，本想能找到一个伙伴，再顺藤摸瓜找解哥，到头来一个都找不见，就像与解哥一道从这个世界上消失了。

临下班，老唐来办公室找李长吉，说庄海阳到底还是让枣庄警方给抓了。他吃惊不小，问老唐是从哪儿知道的。老唐说还是候科长，人家很火，说简直是头笨猪，给道都跑不脱。更恶劣的是把放他的事坦白了。他看着老唐问这事还要怎么的？老唐说还能怎么的，咱们也算仁至义尽了，随他去好了。他没言声。

老唐走后李长吉继续想着这件事，庄海阳咋这么熊包，一戴上手铐就坦白，转而又想要是换成解哥，会不会也像庄那样？

他做出一个决定：春节回老家过年，找宋建刚。原本没这个打算，因为节后很快要开两会，他想利用假日期间跑跑委员的事，但现在顾不上这个了，找到解哥才是重中之重。

回到家跟宋佳商量这事，宋佳问他怎么突然改了主意，他自然不能如实讲，只说上回寄的药爸快吃完了，得再送一些回去。宋佳说那你就自己回吧，我和林林去姥姥家。他说行。

林林让姥姥从幼儿园接走，家成了二人世界。这是两人"大摆战场"的最好时机。说起来在这方面两人十分和谐，虽说已近"七年之痒"，感觉上仍新鲜如初。不知是否与遗传有关，李长吉很能"持之以恒"，他自诩为"蛤蚧"，据说蛤蚧一生大部分时光都在交配中，所以就让人泡制成壮阳药物。

李长吉洗完澡出来，见宋佳神情有异，也没当回事儿，说句你洗吧。宋佳不接这荐，悻悻说你来了短信。看到口袋里的手机此刻搁在茶几上，便晓得宋佳看过了，边用毛巾擦头边问谁的？宋佳不答。他就拾起手机看，短短一行字：李哥你好吗？我"平安之事"请放心，小单。他看着宋佳说还是上回那个导游。宋佳问里面还有个小孩是咋回事？显然宋佳看到了丫丫照片，便如实说那是小单的女儿，叫丫丫。宋佳说很漂亮，她妈是不是也很漂亮？不等李长吉回答宋佳接着说李长吉你告诉我，上次在杭州你们俩是不是好上了。他说这怎么可能呢，不可能。宋佳说两情相悦有什么不可能？他说哪有什么两情相悦呀，在一块只待了几个小时，还是大白天……再说我是不是那号人你还不清楚？宋佳说我怎么会清楚，我也不是你肚里的蛔虫。宋佳口气有所缓和，他松了口气，心想自己是良家夫男，宋佳有数。正是心里没鬼坦荡荡，他从来不有意识地删除电话内容，然而眼前的事倒是给了他一种启示：该清除的还得清除，只要和女人沾边，没事也会被怀疑有事，解释起来也费劲。他的这番领悟立刻被宋佳所印证，她还是耿耿于怀，问小单的男人是做什么的？李长吉摇摇头，说不晓得，她不提，我也不好问。宋佳撇一下嘴说：看来你不傻呵。他问你什么意思？宋佳说看见漂亮女人先问人家男人的事，不是傻帽一个？他苦笑着摇摇头，知道又让宋佳赚了便宜。

李长吉在除夕这天下午动身回家，之前先将宋佳母子送去岳母家，然后开车直奔高速入口。在这条高速开通前，他回家都走那条永远修补不完的"国道"，到家约需四个半小时，现在有了高速时间能省一半。自从做起了公司，他每次回家都开着车，享受到的不仅是方便快捷，还有一种衣锦还乡的感觉，本村以及四邻八疃外出打工的人不少，像他这般"发了财"（乡亲们语）的却少之又少，何况他也知道自己究竟是如何"发了财"，所以头一次开车回家竟有些心虚，似乎是一个贼人开了一辆盗来的车（从某种意义上说正是如此），他甚至能从乡亲们的眼神里看到对他"发财"的质疑。后来这种情绪渐渐平息了，"英雄不论出处"，哪个发达者捞得的第一桶金又是干净的？多为黑金，不同的是有人将黑洗白了，逃出了干系，有人干系依在，如自己。

按照不变的年俗，初一早晨李长吉跟着老弟长安挨家给长辈拜年，小时候，这是他最为兴奋欢乐的时刻，磕几个头就能收到"压岁钱"。当然现在情况变了，拜年不仅收不到钱，还须出钱对长者表示孝敬，他心悦诚服地接受这种现实，现实常常就是道理。

拜完年，回家吃了一碗饺子，他跟爹妈讲要出去办一件"事"，就开车去找宋建刚，他知道只有今天去才行，初二要开始走"亲戚"了，能否"堵"住宋建刚很难说。

刚出村，不经意间飘起雪花，天地间一片白茫茫，这是他熟悉的家乡雪景，在临村读完小的时候，冬天常常要冒大风雪去上学，腹空衣单，冻得瑟瑟发抖，有一回叫风刮进路旁的沟里，爬出来身上结满了冰。那时他和小伙伴宁肯受罪也不愿耽误课程，只为以后能考上大学改变命运，事实上并没有多少人最终能走上"学而优则仕"的路。多少年后的今天他才看清楚，农村孩子所处极度劣势地位任其怎样努力都是徒劳的。

手机里来了短信，他空出一只手来看，是财务经理许鉴：李总过年愉快。他将电话合了，紧接是电话振铃，看号码是小单，他一边接听一边将车停在路边。小单说给李哥拜年了。他说小单也给你拜年。这时传来丫丫稚嫩的童音：爸爸，给你拜年，我好想你呀。他说丫丫我也想你呀。丫丫说想我你为什么不回来和我们一起过年呀？他说爸爸工作忙，实在对不起丫丫。丫丫说你也对不起妈妈，他说对，也对不起妈妈。电话里又变成小单凄惶的声音：李哥总这么打搅你，很不好意思，但希望你能体谅丫丫……他说当然当然，丫丫给我拜年，我很高兴，按说要给"压岁钱"的。小单说她和你通电话比什么都欢喜呢？他说那就更该给了，要不，你就先替我垫上吧，以后还你。小单的声音变得有些调皮，说好呵，那我就给丫丫一个大礼包，让你永远也还不清。他说还不清就永远还，这样就挺好的？小单笑，笑得听声音挺开心。

讲完电话李长吉没立即将车开动，心里有种异常的情愫在涌动，车窗外雪继续在下，点点成线，线线成面，天地间一片茫茫，他不由得想，在这几与外界完全隔离雪界中，自己与远在他乡只有一面之交的小单以及连面也未见却将自己当成爸爸的丫丫所进行莫衷一是的联接，这近于没来由的此情此景几乎无法找到得以发生的合理性，让人唏嘘不已。

李长吉终是不虚此行找到了宋建刚，在其栖身的四处透风的小厢房里，宋建刚依偎在铺盖上的身子抖个不停，还不住咳嗽，见到老伙伴的到来，他异常兴奋，连连说谢谢你吉子，这么冷的天来看我。宋建刚的话让他很是惭愧，因为他的到来并非如宋建刚说是出于朋友情谊，而是为了拯救自己。他讪讪问小宋你还好吗？宋建刚一下子哭出声来，边哭边向他诉说着自己的不幸，他说他是伙伴中最后一个离开搬家公司的，换了几个地方都没干住，没法子又回到黄经理那里，去年夏天给人搬家，卡车爆胎翻了，一台冰箱把他的腿压断了，不光是腿，还把"那玩意儿"给砸了。后来腿没接好，"那玩意儿"也硬不起来了。说到这儿宋建刚大放悲声，哭嚎着说吉子我完了，这辈子完了。他心里极其难过，他想对宋建刚说自己会帮助他，让他到厂里工作，帮他和黄狗子打官司，可嘴张了张，终是没说出口，因为想到自己现在是泥菩萨过河自身难保，不能草率对伙伴做出承诺。但他暗暗告诫自己，一旦渡过难关，一定尽力相助。这时宋建刚停止哭泣，说吉子你行了，伙伴中就你行了，一块干活时我早就看出你有富贵相，会飞黄腾达。他问小宋你会相面吗？宋建刚说我看过《麻衣相》，能看个八九不离拾。他问你看解哥的相怎样？宋建刚说解哥的相不好。他又问会不会有灾祸？宋建刚想了想说这个我不能讲，天机不可泄露呵。他没想到宋建刚能说出这么神秘的话来，便撇开解哥，问他与其他伙伴有没有联系，知不知道他们现在的状况。

昏暗的光线下，宋建刚一下一下眨巴着眼，说：咱那一伙人，除了吉子你，就没有一个混得好的，有的还倒了大霉，一个被枪毙，三个判刑劳改。

他的心不由一抖：谁被枪毙了？

宋建刚说：国哥，国瑞。

他"啊"了声，国瑞是伙伴中最英俊的，都说长得像周润发，大伙半认真半开玩笑劝他去给周润发当替身，他却死了，给枪毙了。他问：国哥犯了什么罪呢？

宋建刚摇摇头说不清楚。

他又问：那三个判刑的是谁呢？

宋建刚说：赵一顺、武伯全、冯保国，对了，你还记得大伙叫他黑豹的韩起良吗？

他说：记得，他咋的？

宋建刚说：他也死了，给一个黑道人物当保镖，两伙人火拼给砍死在大街上。

他眼前就出现了熊样的韩起良倒在血泊中的景象，奇异的是他那双有些斜睨的眼还大张着，看着他，他感到不寒而栗……

临走，李长吉把身上的钱如数留给了宋建刚。

离开村不久，宋建刚的电话追来了，说吉子我忘了告诉你，丝瓜一直和解哥有联系，丝瓜还说解哥给他看过你的全家福照片，他一下子怔住了，宋建刚后面的话就听不见了。

初二送走了"年"，李长吉便匆匆赶回城里，宋佳和林林还没回家，他一个人待着，头脑里萦绕着宋建刚最后打的那个电话，惊骇又百思不得其解：解哥手里怎么会有自己一家人的照片？在哪里照的？什么时候照的？这意味着，解哥没有远去，自己一直处于解哥的窥视之下，他知道自己的底细，却不肯现身，他为什么要这样呢？想求助又囿于原先的约定？

还是……想到有一个人像反特片里的眼线那样监视掌控着自己，不由得毛骨悚然。如果说先前对解哥的存在只是一种担忧，现在则是实实在在的威胁了。

他陡地想抽一支烟，自上次虚惊一场后，他竟有了一定的烟瘾，遇上什么走心的事就想抽。正要找烟时手机响了，正是宋佳。宋佳问他在哪里？他告诉宋佳刚从老家回来，宋佳说你赶快过来，姥爷找你有事，他问什么事？宋佳说过来就知道了，再说了，你再大人物也得给老丈人拜年呐。他想想也是，便捡几样从老家带回的土特产，提溜着匆匆出门。

只宋佳一人在家。刚装饰的房子散发着油漆的味道，李长吉不由为林林担起心来，想苯残留会导致白血病的。他问林林呢？不待宋佳回答。姥姥姥爷牵着林林的手回来了。他连忙给父母大人拜年问好。姥姥说宝宝给你爸拜年。林林不吭声，他端详着林林穿的迷彩羽绒服，觉得颇可笑，心想又是姥姥给买的，借用时尚说法，可谓是史上最威武童装了，要是脖子上再吊一把塑料枪，立马可以开赴战场。姥姥又催促林林给他拜年，林林不再沉默，反驳说年过去了，还拜什么年。他在心里一笑，想小东西是对他不在家过年有意见哩，他说你咋不给爸爸打电话拜年呢，人家……他戛然止住，将下面的"人家丫丫在大年初一就打电话拜年"话噎了回去，心想好险呵。

也真是姥爷找他，有关大舅哥宋智的事，听了听才知是个让人哭笑不得的纠结：宋智在百源市场开了一家音像店，年前给有关人送礼，其中一份是给稽查大队的一个王头的五千块，一份是给管市场的老八的一千块，分别放在礼盒的底下，可送出去发现给错了，掉了个个儿，这一错非同小可，先前每年给王头的都是五千，突然降到一千，人家肯家会不高兴，会想是不是觉得我这个关系在你那儿贬值了？事实上完全不是这么回事，稽查大队管文化市场的打非扫黄，而卖音像制品要完全不非不黄很难赚到钱，这就需要稽查队睁一只眼闭一只眼，要得罪了，就难干了。对此，作为业内人士的宋智自然心中有数，于是赶忙又给人家送去一份补齐。如果到此打住，也算是亡羊补牢。可宋智对多给了老八四千心里不平衡，居然去向人家讨要。都知道老八是有黑道背景的人物，虽只是喽啰级，却不是善茬，把脸一抹，连给他那一千都不承认了，还说宋智栽赃陷害他，又打电话叫来几个小弟兄把宋智的店封门了，扬言谁敢揭封条就跺了他的手。宋智晓得这伙人么事都干得出来，不敢贸然行事，做生意的大好时光不挣钱反倒贴钱，气得要死，又无可奈何。李长吉听了这事的过节，心想这个舅子哥真叫瞎了宋智这个名字，不仅不智，还愚得不行，多送了钱只能按倒霉处理，他问宋智呢？姥姥说没来，不好意思见你。宋佳问你看这事咋办呢？他说钱恐怕不好要了，争取开门营业吧。姥爷说，这就不孬了。话说到这儿，李长吉就算得了老丈人的将令。

回到家，宋佳问他宋智的事好不好办，他说应该问题不大，宋佳说那你就抓紧，他说行。宋佳又说忘了给你说，给林林老师的卡年前送去了，一人五百。他问收了？宋佳说收了，立竿见影。他问咋？宋佳说下了班我去接林林，常老师说李林吃饭不错呵，管老师伸手摸了摸林林的头顶，以前从来没这样过。他没说什么，心想张一张嘴抬一抬手值五百块？这时手机响了，是老唐，老唐开门见山地说：马副市长今天被双规了。他的心一跳，问可靠？老唐说是。他有些纳闷，原本传马从国外回来便双规，没有，没过几天还是双规了，这里面究竟有什么玄机？他问老唐写他的那本书装订得怎样？老唐说放假前装订了一千，让兰作家拉走了五百。他喊了声"糟"。老唐说还有更糟的，刚才出版社打电话质问，说那本书他们没开印刷证，咱们就开印了，严重违规，印出来的是非法出版物，要负全责。他一下子蒙了，问：老唐真是这样。老唐说以前也有这种情况，先印着，印刷证后补，这回是听马副市长出了事，怕担干系，就拿印刷证说事把责任推给咱们。他问老唐你看过书的清样么？老唐说翻了翻，无非是往马脸上贴金，政治问题倒不会有，就是有兰作家文责自负。他觉得老唐说的在理，可想想心里还是窝囊，本想与副市长拉上点关系，到头来却惹上了麻烦。

他说老唐这么的：第一，出版社那边先不理它，爱咋咋；第二，打电话催兰作家结印刷费，先结五百本也成；第三，把装订好的封存，一本不能往外流。老唐说好。他想想又说老唐你帮我联系一下候科长。老唐问有事？他把宋智办的愚蠢事简单讲了讲。老唐边听边乐，说百源市场在候的辖区，他一个电话就解决，你不用出面，我和他说。他说也好，你酌情处理吧。挂了电话没过多会儿，老唐又打来，说那事解决了。他边用眼看着宋佳边说谢谢你老唐。扣了电话对宋佳说老候这人很义气，可交。

之后的几天李长吉接连喝了几场"年酒"，多是老朋友老熟人的聚会，也许是有意放纵，每喝必醉，回到家便呼呼大睡，一次醒来他突然冒出句宋佳你带着林林办移民吧。宋佳先一怔，问：这事你想了多久了？李长吉说没多久。也是实情，在冒出解哥这件事之前，他压根就没想过，缘起是那天在报上看到贪官被捕后的"十大后悔"，其中就有"没来得及办移民出国"一条，他就联想到当下处境，尽管自己不是贪官，但要比贪官出国是保全老婆孩子的最佳选择。现在面对宋佳的质疑，他只苦于无法道出真情。宋佳哼了一声说你们这些男人心里的小九九是一个师傅教的，我前脚一走，后脚就有人来接班？想换人也不用这么麻烦呀，离婚不就得了？一番话只说得李长吉直翻白眼，辩解说看你想到哪儿去了？哪有的事哟。他心里清楚，只要宋佳疑他居心不良，这条路就行不通了。

为这事宋佳一直闹着别扭，内忧外患，让他愈发郁闷，好不容易熬到上班。

到了办公室老唐匆匆来见，又说到书的事，兰作家拿到书时马还没出事，他广为散发，四大班子领导人手一册，马的事一出，立刻就有人对书提出质疑，认定有严重问题。李长吉说反正人一倒，什么问题都出来了。老唐说也是兰作家顾头不顾腚，这个工程原来是高副市长抓，前期做了大量工作，后来高副市长改任市委副书记，工程就由马接手，兰作家知道这个，却只写了马，犯了忌。他问高副书记看到书了？老唐说应该看了。他问是高认定书有严重问题么？老唐说这个不清楚，但不满意是肯定的。所以咱们不能掉以轻心，书毕竟是咱印的，出版社又把责任推给了咱。他愤愤说我找狗头金论究。想想又说要不先找陈德律师咨询一下，请他给出出主意。老唐说这样行。

老唐走后，政协邝副秘书长给他打来电话，初一那天他发短信给邝拜了年。邝抱怨说李总怎么关键时刻掉链子呀？他不摸头脑，邝说刚才统战部打电话说有人对增补你提出异议，他问怎么？邝说你们印了一本歌颂马建业的书，影响很不好。他心想咋这么快就传开了呢？也觉得蹊跷，就算是个事，

相忘江湖 53

统战部也不会这么迅速有反应呵？这时邝又说我再努力努力吧，直接与孙部长沟通一下，看能不能把事情挽回。他说谢谢你了邝副，有什么需要我做的，讲，一定不要客气。邝说知道。

刚要走，宋建刚打来电话，说"丝瓜"王玉成刚和他联系过，他惊喜万分，问他知道解哥的下落么？宋建刚说我还没来得及问，就赶紧给你打电话。接着把"丝瓜"的电话号码告诉给他。他旋即给"丝瓜"打过去。是"丝瓜"特有的雄浑嗓音：你是谁？他说"丝瓜"是我，吉子，李长吉呀。"丝瓜"啊了一声，说吉子是你呀，俺们不断打听你的消息，就是打听不到。他问"丝瓜"你还好吗？"丝瓜"说还活着。他说年前我去养鸡场找过你，人家说你走了。"丝瓜"叹息说你和解哥悄没声走了，余下的哥们也陆续离开，就走散了，我干了几年建筑后去了养鸡场，干了一年……他赶紧切入正题，说宋建刚说你一直和解哥有联系，是这样吗？"丝瓜"叹口气，说那是老皇历了。2007年我在养鸡场时，有次进城，在马路上碰上解哥，那时他在一家汽车美容店洗车，从那往后一直联系着，2008年他的电话突然打不通了，老空号，不瞒你说，我还欠他一百二十块钱，你要能找到他，一定和我说声。他无奈地应声，说小宋说解哥给你看过我和老婆孩子的照片，是真的吗？"丝瓜"说真的，吉子你真有福，老婆那么漂亮，洋气，孩子也好。他问照片还有吗？"丝瓜"说有，在手机里存着呐。我这就给你发过去。

李长吉以极其急切的心情等待着这张照片的发来。

第一眼看到"丝瓜"发来的照片他一点不感到突兀，很眼熟，因为类似的三人照（全家福）家里的墙壁、博物架以及相册里多的是，只是这张现于手机屏幕上的画面有些小，光线不够，构图也不够讲究，显得十分"业余"。照片是拍自家门前，一家三口正要乘车外出，他身穿白色休闲裤和红色T恤衫，伸出的手将车门拉开一半，宋佳穿一套碎花长裙戴一顶白色圆沿帽，手里提个LV包，林林穿一身桔黄色童装，手里擎着一只张开翅膀的小鸟风筝……从这曾经的画面他很难具体回忆起时间，因为像这样全家出游是再平常不过的，每月都有几回，他仅能从比现在"小一号的"林林身上推算出大体的时间：应该是林林三岁那年——2007年夏，就是说在那个夏季里的某一天，解哥躲在离他们不远的地方（应该是小区绿化带）偷拍下这张照片。

是的，是这样。由此他可以得出结论：起码是从拍照那一刻起，解哥就在暗中观望着自己，他知道自己发了财，有一个幸福美满的家，由一个和他一样的乡下打工仔彻底变成城里人。那么，他又是怎样找到的自己？为什么要拍这张照片？拍照时又是怎样一种心情？依时下流传的一种说法，人看到别人比自己混得好的，心里是"羡慕嫉妒恨"。解哥会不会这样呢？

还有，从拍照到现在已过去两年多，这中间解哥还继续观望着自己吗？他到底身处何方？

李长吉心情复杂，已经意识到自己不能再坐而论道了，必须立即行动。

晚上，他约了陈德律师在一家日本菜馆见面。陈一直喜爱日本料理，自己开始接受亦与陈有关。陈帮公司打的那个货款官司前前后后打了一年多，协商事情大多在这里。官司赢了，他们也就成了朋友。这回找陈德，除了为那本书的纠结，主要是为自己所面临的困境寻求法律帮助。从看到解哥拍的"全家福"照片后，他就开始做最坏的打算，就是解哥出事，自己被解哥出卖。当然，出卖是迫不得已，小单说过一旦落在公安手里没人能扛得过去的话。解哥自不是超人。自己不能抱侥幸心理，必须赶在警察登门之前做好准备。

一如既往，坐下后陈德大包大揽点菜，内容却又一成不变：一大盘天乐福拼盘、生鱼片、铁板烧、香鱼，陈德曾详细介绍过日本人吃香鱼的习俗，他们有一种说法，吃一条香鱼可以多活十岁，按照这一"法则"，他们在这里吃掉的香鱼足以活到五百岁了。陈德还点了日本清酒、日本茶，日本七星烟。他知道陈德所以如此，是因为心里有个日本情结，陈德讲述过自己的经历，他是在人生最低谷时东渡日本打拼，在那里赚得了人生的第一桶金。不知怎么，看到陈德专注地掐着香鱼的头把整条刺抽出来时，他眼前出现了金社长往红酒里大加冰块的情景。

他就先说到金社长。自然不会说金刚收了他六万块钱，而是说书的事。陈德说没事的，大不了印了非法出版物，赔上印刷费罢了。他懊丧说句：真他妈偷鸡（投机）不着蚀把米呵！

接着就说到主题，他说是替一个好朋友让他咨询有关财产转移的事。陈德抿了一口清酒，笑了笑，问你朋友的生意有多大？他说一般般。陈德又问你朋友做生意多久了？他说有七八年吧，陈德说看来觉悟得有些晚呵。他明白陈德的意思，心想自己倒也不是没觉悟，而是没有紧迫感。他说恐怕也是忙得顾不上吧。

陈德说：再忙这事也不能忽略呵。我刚到日本的时候，在一家盒饭公司打工，社长叫铃木伸佳，我干了不到一个月公司的食品仓库着火了，铃木破产了，银行把贷款抵押的住房收回去了，一下子变成赤贫。俗话说天有不测风云，谁都有个七灾八难，不同的是有人提前做了准备，有人没有，后果是大不一样的。

他对陈德拿日本人说事颇不以为然，大凡出过国的人都喜欢这样说事，比如那个兰作家张口就是去年在法国参加法兰克福书展如何如何，他还觉得陈德其实也没必要以日本人为例，日本有倒霉鬼，中国照样有。他不是要从陈德这里知道问题的严重性，而是解决问题的途径。他说陈律师这事该怎样操作呢？

陈德说：这不能一概而论，得视具体情况而定，你得告诉我你那位朋友的目的是什么？

他问：目的？

陈德说：目的明确才能确定采用哪种方式，比方说公司经营不善，面临破产，须将资金转移出去，以免财产被冻结的后果。

他不知道自己是否属于陈德说的这种情况，如果自己出事判了刑，公司就一定要破产么？他觉得不会，国美的黄光裕判刑，国美未倒，黄所持股份依然属于他。转而一想自己的情况与他又是不同的，他是经济犯罪，自己是刑事犯罪，而且开办公司的资金来自刑事犯罪，性质是完全不同的。可他不能把这个如实对给陈德讲。只说：据我所知，我那朋友的公司目前还运转得不错，但是……

陈德等他说下去。

他说他可能会离开公司。

陈德问主动？

他说被动。

陈德看了李长吉一眼说明白了，既然是这样，那就得帮他规划规划了。

他点点头，端起杯子与陈德碰了一下，两人相望着把酒干了。

陈德从盘子里拿起一条油炸香鱼，掐去了尾，然后像为其按摩理疗似的揉搓着鱼身，转呀，按呀，最后用手捏着鱼头，把整条鱼刺从上面抽了出来，说事实上我们要做的就好像吃香鱼，把肉与刺剥离开来，把刺丢了，把肉吃了。说着将香鱼的肉身放进嘴里吃起来。

他觉得陈德说的再恰切不过了，特别是对于那些国企更如此，不就有句"穷庙富和尚"的话吗。企业就是让他们当着香鱼剥离，吞进肚里。

陈德在又"多活十年"后开始进入正题，说：李总，你那位朋友须更进一步明确：离开后要不要保留公司，保留与否是完全不同的操作模式。

李想了想问：陈德你能分别说一说么？

陈德说可以，保留公司的做法相对简单，将公司法人的位置转让给预期受益人则可，受益人便有了相关的权利。

他想过这种情形，那由宋佳做公司法人。

陈德继续说下去：让公司破产倒闭，相应的法律事宜比较复杂，如债权、股权、资产、职工遣散等问题，尽管有法可依、有章可循，但因为情况千差万别，不能一概而论。既然你朋友着眼转移资产，那么就着重说说这方面的问题。

他洗耳恭敬听。

陈德说一般说来，在没有股权债权等法律纠纷的前提下，独立法人有权处置公司剩余资产。

他问：可以归到任何想给的人名下？

陈德说：可以，但前提是这些资产必须是干净的。

他不解：干净？指什么？

陈德说：合法经营所得，非法所得便是黑金，转移黑金就是洗钱，是犯罪。

他没吱声。

陈德说：这一点必须和你的朋友讲清楚。

他说没问题。

陈德又说：我们做律师的着眼点就是是否合法。我们指导客户合法理财。现在社会大发展，有钱的人多了，特别是一夜之间冒出那么多大富翁，怎样保全财产就成了一个重大问题。生意场上的形势瞬息万变，加上国内法律的不完善，凶险莫测，今天还是亿万富翁，明天可能负债累累，甚至身陷囹圄，所以要居安思危，留有后路。如果是一家势力雄厚的大公司可以采取在海外注册在香港上市的模式，这样注册地与上市地的法律可对公司及公司法人加以保护，国美的黄光裕便受益于此。当然不是所有公司都能做到这一点，那只能在财产转移上动脑筋，方式很多，各有利弊，比较而言，买几份好的保险是一种有保障的选择，其中有一种叫着返利式大额保单的人寿保险就能规避许多风险，即使公司破产了，保险也不会被用来抵债，任何人都不能动用保险抵债，恰恰相反，如果投保人愿意，这样的大额保单还可以用来抵押贷款，为公司东山再起提供保障。

他惊讶地问：有这样的保险？

陈德点点头。

这时，李长吉接到"丝瓜"王玉城的电话，"丝瓜"说他想起有关解哥的一件事，去年夏天给解哥打手机，接电话的不是解哥，是一个态度挺横的男人，对他盘问来盘问去，他以为拨错号码，没在意，过些日子再找解哥，电话就没人接了，觉得怪怪的，一次对人说起这事，人家说这种情况很可能是对方犯事，手机落在公安手里。李长吉的心不由"呼呼"跳起来，急问：从那往后就与解哥失去联系了吗？"丝瓜"说是。

因为这个电话，李长吉刚才松弛的心情顿时收紧，难道解哥已落到公安手里？似乎也不可能，要这样自己还能平安至今吗？如果从逻辑上分析，要么解哥没有犯事，要么犯了事没"咬"出自己，但这可能吗？

陈德见他神情异常，关切问：有什么问题吗？他心想这事倒是可以咨询一下陈德的，便说他们几个从前的工友想寻找另一个工友，可怎么也找不到。陈德说这可以请公安帮着查一查。他问公安能查到？陈德说他们的内部网有各项信息，比如本市常住人口，外来暂住人口等。他问要是一个犯人呢？陈德说那更好查了，一个人从犯案至收监，公安、检察、审判、关押任何一个环节都有案可查，这样吧，你把这个人的个人资料告诉我，我找人给你查一下。他说好。

　　陈德说有些事你可以让别人帮你做，不用事必躬亲，他说找谁干？陈德笑着说找个女秘书啊，老板们不都这样的么。那样就潇洒多了，你没听有这么一句话叫有事秘书干，没事干秘书。他忍不住笑了，说你个陈德够坏。

　　回到家，宋佳一如既往地沉浸在电视里，脸上泛着笑，李长吉问她笑什么，宋佳说别打岔，他就跟着宋佳看，原来是几个警察在大街上拘押两个大男孩，这样的事很平常，他没在意，就往林林屋里去了，回来这个节目已结束，宋佳说特逗，那两个中学生没钱上网，合伙抢一个女孩的手机，结果没抢成招来警察，抓了一个跑了一个，没过多会儿，跑的那个自个儿回来了，很配合地让警察戴上手铐，警察问他跑掉怎么又回来？他说丢下好朋友于不顾，不仗义，把警察都说笑了。你说逗不逗？李长吉没应声，心里联想到另外的事，他在宋佳身边坐下，说今晚和陈德在一块，他说到一件事，很重要的一件事，咱俩商量一下。接着就把买保险的事和盘端出。宋佳开始不接茬，问：有必要想那么远么？他说就算是无事防备有事吧。宋佳问能有什么事？他说这很难讲，社会太复杂，人太复杂，什么事情都可能发生，身家几百亿的黄光裕不就给判了十几年吗？宋佳说他是犯法了，咱们奉公守法，不会有事。他苦笑笑说：宋佳你没参与经营，不晓内里，事实上做到完全合法是不可能的，比方有句话叫：当官，不受贿是可以的，经商，不行贿是不可以的。宋佳问不行贿能咋？他说那寸步难行，公司无法运作，一步一步走向破产。宋佳问这么说你不断在行贿？他说没错。宋佳问你都给什么人行过贿？他说这个你还是不知道的好。宋佳侧头看看他，问连我都信不过？他摇头说不是信过信不过的事，而是我不想你成为局内人、知情人，这样一旦有个风吹草动还能保半壁江山。宋佳惊疑地盯视着李长吉质问：你，你这些日子怪怪的，一会儿要我和林林办移民，一会儿要给我们买大额保险，这究竟是咋的啦？是不是有重大事情瞒着我？他说不是，没这回事。嘴里否认，心里是另外一种声音：你说对了宋佳，有事，非同一般的事，只是无法对你说，这是我和解哥两个人的秘密呵……

　　解哥，想到解哥不知怎么联想到刚才在电视上看到的那个自动就擒的大男孩，解哥也能像他这么讲义气吗？

　　新年过去了，一切又走上正轨，李长吉的事情多起来，公司所属的设计公司与客户之间出了桩纠纷，协商不成最终走上法律程序，虽然这事有陈德，但李长吉也少不了忙活。不过，忙活倒冲淡了压在身上的忧患，甚至还有些释然，世上本无事，庸人自扰之。与解哥一别十年，要出事也早该出了，能等到今天？如果依解哥再次入狱的说法，那更能证明解哥情义为重，不肯把自己牵连进去，自己则无须惶惶不可终日。

　　让李长吉精神放松还有另外一件事，那天从设计公司回来路上接了邝副秘书长的电话，让他即刻到政协找他。他从邝的口气中感觉到是当委员的事成了。果然，邝拿出一张表格让他填。他问通过了？邝说对。许是好事来得太突然，他仍有所顾虑，遂问印书的事不会有影响了？邝秘书长说现在看不会了，群众举报金社长和马副市长关系不一般，书是他约人写的，由他社里出版，马副市长出了事，他把责任推给你们，是想撇清与副市长的关系，这事蒙别人可以，可蒙不了出版社的人，金在本单位很"专权"，与很多人结了怨，就有人趁马出事的茬口把他举报了，现在上面正在查他的经济问题。他问金社长有经济问题？邝说干了那么多年一把手，干净得了？他"哦"了声，不由想起自己这些年送给他的钱，单单这些也够判个十年八年。邝似乎从他的神情看出了什么，叹了口气，说常在河边走，焉能不湿鞋。金也不是个圣人。停停又说你们搞印刷免不了要跟出版社打交道，有些事也是你知我知为好，谨防节外生枝。他能听出邝的话外之音，他点头说邝秘书长，谢谢你提醒，不过也请你放心，我们和出版社有业务往来不假，可从来没有不正当交易，我和金社长的关系是清白的。邝笑笑说就是就是，我完全相信这一点，你的为人我是了解的。他也笑笑，只是笑得很干涩。

　　从政协出来，李长吉一边开车一边想：刚才邝无端甩给自己的话，其用意显然不是替金封自己的口，他没这种义务，他是担心有朝一日会把送钻石戒指的事讲出来，于是旁敲侧击打预防针。他不由得想你个老邝简直就是个"超一流"棋手，将若干步后的棋皆了然如心，可谓老谋深算呵。可转念又一想，邝的忧虑也并非空穴来风，前有车后有辙，多少人的犯案都是由另外的案子顺藤摸瓜追查出来的。这么想，也就释然了。

　　过了正月十五，市里的"两会"召开了。李长吉作为新增补政协委员出席了会议。尽管代表（人大）委员（政协）一直被老百姓诟病为"吃馒头举拳头"，但初入"政坛"的李长吉还是感觉异样，特别是看到同在"民企组"的那些声名显赫的大私企主们与自己同起同坐，便觉得自己头上也罩了一层同样的光环。

　　晚上开完预备会，他站在礼堂门口，犹豫着是住会还是回家，这时手机响了，是一个外地陌生号码，接起来知是小单，他快步走到礼堂侧面的一棵树下，轻声问小单你在哪儿？小单说，我回杭州了。小单停顿了一下，问李哥你那里讲话方便么？他说方便的。小单说我本来想到你那儿去一趟。他说你来嘛。小单说看是去不成了。他问怎么？小单不说话，他心里一沉，问小单你平安无事吗？小单说是的，那个事算过去了，这得感谢李哥你呀。他说咱们有约法三章嘛，我是照章办事。小单在那边哑然一笑，又问李哥你怎么样呢？他说还可以，这几天在开政协会。小单说李哥你行了，步入政坛了，可喜可贺哟。他说哪里哪里，滥竽充数罢了。小单停了停说我打电话是想问你找到那个解哥没有。他说还没找到，茫茫人海，要找也难呵。小单说要找到他，一定要找到他，不可抱侥幸心理。他说小单我记住了。小单咳了几声，又说李哥有一件事一直犹豫着，不知该不该对你讲。他说小单你只管讲。小单说事关重大，本来想当面对你讲。他不由一惊，问你说要过来就为这个？小单说是，可是过不去了，只能在电话里讲。他忐忑不安问小单你要告诉我什么呢？小单说李哥一定要记住，以后千万不要再对人讲你有朋友与别人一起做了案。他一怔，小单说我不瞒你，上回你一讲我就明白你说的不是什么朋友，而是你自己。这瞬间他的头像要炸开，嘴里"啊啊"着出不来声。小单说李哥你想想，哪个人做了这种事会告诉别人呢，好朋友也不可以的，所以人家不会信，会想到你就是那个一起犯案的人，这就埋下隐患。他的头剧烈的疼起来，依旧说不出话来，但他心里透亮：自己是多么的愚蠢，稀里糊涂为自己挖了个陷阱。还有，小单她讲出这个，简直是将自己从牢狱里"捞"了一回出来。情义恩德是山高海深呵。小单在那边叹了口气，说我急着对你说也是因为这是我们最后一次联系了，不说就没机会了。他心里一惊，问小单你什么意思呵？小单说一句两句话说不清楚，而且你最好也不要知道，还有，以后不要再给我打电话了，只当没我这个人。他更惊讶了，有些气喘说我不明白，我不明白，小单说有时候糊涂比明白好。他问那你会给我打电话吗？小单说不会了。说毕"咔嚓"挂了电话。

一时间李长吉有些发蒙，似乎怀疑着刚才一切的真实性，好一会儿才回过神，他觉得必须追问小单，问清楚她到底遇上了什么难过去的坎，看自己能不能帮上忙。他赶忙从手机里调出刚打来的那个号码，拨过去，一个操杭州本地口音的女声问：你找谁？他反问你是哪儿？女人说报亭。他明白了，问刚才打电话的人还在不在？女人说走了。他不甘心，央求女人把人喊回来听电话。女人不耐烦，嚷道人影不见了，到哪儿给你喊哟。扣了电话。

他无奈，又要拨小单的手机，可想到小单刚才的对他的告诫，罢手。

脑子里只剩下一个问题：小单，她到底遇上了什么事情，需要从自己的视野里消失呢？

会议第三天，小组讨论安市长做的政府工作报告，像所有新委员一样，李长吉仍沉浸在这一身份的奇妙感受中。他一面倾听每个人的发言，一面打着自己发言的腹稿，当是觉得自己置身于诸多经济大鳄中犹同小鱼串在大串上，不免有些自卑，几次想发言又临场退缩。天快晌时，手机在口袋里震动起来，他走到走廊里接，是陈德，陈德那件事基本搞清了。他急问什么情况？陈德说也不是一句话的事，当面谈谈吧。他说我出不去，要不你到会上吃饭吧。陈德说也行。

中午吃自助，李长吉把陈德带到相对清静的"宗教席"餐区坐下，望着周围安静进餐的道长主持们，一向满不在乎的陈德竟有些诚惶诚恐起来，小声问李长吉道：咱当着大师的面吃荤不太好吧？李长吉说好像没这个忌讳，许多人端着盘子过来与大师们攀谈呢。陈德说这事容易犯忌讳，要不咱们也吃素吧，李长吉点点头说入乡随俗吧。

两人就起身去取回几样素菜，边吃边聊，陈德有些炫耀地说办这件事我可是高效率呀，几天时间便搞定。李长吉不接他这个茬，他关心的是陈德带来怎样的信息，是凶还是吉。他不安地问到底什么情况？陈德说我简单扼要说吧，零三年十二月十三日解小放在超市行窃被抓，被判刑三年，在屺山监狱服刑，零六年十月刑满释放。他听了心里直叫老天，果真不出所料呵。他继续追问：他现在在哪儿？陈德说，这个没有相关信息。他一时没弄懂，望着陈德，陈德说在本市常住人口和暂住人口中已经查不到他了。他想难道解哥已经离开本市了？他思绪又回到解哥被判刑上来，问：解哥在超市偷了什么东西？陈德说一件标价三十二元的棉外套。他惊疑地问：这就判三年？陈德说他有前科，他交代出几年前曾入室盗窃过，两罪并罚。这当儿，他的心几乎要从胸口蹦出来，令自己极度恐慌的事情果真发生了，解哥再次作案被抓，从而交代出前案，这冰冷的事实印证了小单"没人能抗过公安"的论断。然而解哥交代了前案，却没供出自己，这……他无法猜度解哥的心路，利弊是摆在哪儿的，供出同伙属重大立功表现，会减刑甚至免刑，这也是许多人一"进去"便供出他人的缘由所在。解哥当然知道这个，可他没这样做，真的不可思议。他不由想到解哥偷拍的那张"全家福"照片，从时间上看是解哥出狱后拍的，说明那时他已"发现"了自己，也知道自己"发家"了，可他为什么只拍了张照片便溜之大吉呢？他着实想不明白，而他却明白这一点：本市公安网上没有解哥的信息，只说明他已走远，在某个不可知的地方，并不意味着他已经消失，不存在了。自己可以高枕无忧睡大觉了。他出了狱，有可能再次犯事入狱，他头一回没供出自己，第二回就有可能供出来。总之，自己仍然要寻找解哥，直到把他找到。

当他抬眼再看陈德时，却发现正笑笑地望着自己，慢条斯里说看来李总是个很重情义的人呵，一个工友的事能让你这么入心，真是难得。他勉强笑了一下，心想陈德也是只知其一不知其二的，情义二字，倒是应该用在解哥身上的。

散会第二天，两位市纪委干部到公司找李长吉，落实有关金宇澄社长的受贿问题，态度非常客气，那位年长些的孙处说虽然事情很急切，但他们还是等他开完政协会才找他，不能影响委员们的参政议政呵。他礼貌地笑笑，他想到纪委方面会来找他，只是未料到会这么快。

孙处不兜圈子，直截了当问是否给金宇澄送过钱。

没有。他说，这是他事先想好的回答。

孙处看看他，那个准备做记录的年轻人小秦也抬眼看看他，眼神俱透出诧异。

孙处问：没送吗？

他说送是送过一回，可金社长没收。

孙处问：没收？

他点点头。

孙处问：这事发生在什么时间？

他说：年前，对了，是小年的头一天晚上。

孙处说请详细讲讲过程？

他点点头，然后讲了那晚与金在西餐厅吃饭的全过程。

孙处问：是司机经手把钱退给你的？

他说：是，他先敲车窗让我放下玻璃，又把钱递给我。

孙处问：金宇澄看着司机把钱给了你？

他说：是的。

孙处问：吃饭时把钱给了他，怎么那时不退给你呢？

他说：也许当时他没想到是钱。

孙处问：会想到什么？

他说：小礼物什么的。

孙处眨巴了几下眼睛，又问从那往后金和你联系过没有？

他说没有。

孙处就开始收场，说给你添麻烦了，要是想起什么就与我们联系吧。

孙处留下名片，就告辞了。李长吉没想到这么快就完事了。

没过多久，邝副秘书长来电话，东拉西扯，事实上他能猜到邝来电话的目的，便对他说了纪委来人调查的大体经过，邝听了连连说很好很好。他在心里笑笑：想受邝这样的鼓励也是应该的，送了人家钱物，又替人家打掩护，当然是"很好"了。不过作为"行贿人"的他也是希望事情是这种"好"结果，因为事情败露对两方面都没好处，何况现实情况大多是受贿人"坦白"出行贿人，而非相反。

回到家，发现老婆孩子还没回来，这种情况十有八九是去姥姥家了。他心里不免窃喜，可以到楼下小馆吃他从打工起便百吃不厌的牛肉拉面了。平日里宋佳总以不卫生为理由阻止，使他难享口福。

来到面馆，发现已没了空位，又不舍，便走到附近的街心公园溜达着等。这时又想到了千里之外的小单，深切地惦着她的安危。几天来，无数回想给她打电话，但皆放弃，现在他再也忍不住，遂拨了小单的手机号码，通了，是熟悉的《步步高》乐曲，接电话的却不是小单，是一个胸腔共鸣很强的男声，问：你找谁？他打个愣怔，一下子想到"丝瓜"对他讲过的那番话，心猛地一沉：小单出事了？

说，你找谁？

……我，我找小单，单春。他实话实说是因为他清楚一切最终都瞒不过神通广大的公安，暧昧只会使事情复杂化。

单春是你的什么人？

他说是朋友？

是哪种朋友？

他说一般朋友。

不对吧。

他说就是一般朋友。

不对吧。

他说就是一般朋友。

你找她有什么事？！

他就不回答了，也无法回答，他反问：你是什么人，单春的手机怎么在你手里？

她人在我手里，电话自然也在我手里。

对方透出得意的语气陡地使他生出一种疑问：小单是落公安手里？还是……他脱口而出：你们是黑道？你们劫持了单春？

对方肆无忌惮地大笑。

这又增强了他心中的疑惑，说你们劫持了她，是什么目的？为赎金吗？

赎金？

他问你们要多少钱？

你想出吗？

他问多少？

看样你是财大气粗呵，但是你想歪了，对你说吧，我们是公安，不是什么劫匪。

他缓过口气来，问：你真的是公安的人吗？

不错。

他问：单春为什么被捕？她犯了什么法？

这不是你可以问的。不过，从你的反应看出和单春的关系不一般，知道什么必须对她进行揭发。

他说我什么也不知道。

那你就好好想想，我会找你的。

……

你，你也可以找我。

他问：我怎么找你？

……就打这个电话吧。我再说一遍，知道什么一定跟我讲，你不讲别人也会讲的，说毕挂了电话。

这是什么地方？我在做什么？李长吉擎着手机，头脑里一片空白，待回过神儿来，才记起自己是在等空位吃饭，但此时已食欲全无，意识旋即回到刚才与那公安人的通话上。"知道什么一定跟我讲，你不讲别人也会讲的。"他所说的"别人"一定是小单了，说小单会讲，她又会讲什么呢？想到这，他的心像陡地被捅了一刀，天哪，自己与解哥的那桩事她可是一清二楚的呀，是自己对她讲的，自作聪明说是别人，可没能瞒过她的眼，她捅开了这层窗户纸，成为知道自己与解哥天大秘密的人。就是说，她知道自己是一个未被抓获的罪犯，知道自己罪恶的发家。解哥的威胁还未完全解除，小单的威胁又来到眼前，真是按倒葫芦起了瓢呐。

迎着冬季料峭的寒风，他冒出汗来。

就拨了陈德的电话。

当然了，就算他十分信任陈德，也并未把他当成一位可以对其坦露灵魂的牧师，何况牧师早已从这没了信仰的地方绝尘而去。只是他知道如要排忧解难，一靠朋友，二靠律师，陈德则是朋友加律师。他告知陈德，自己的一朋友在杭州被捕，他很挂念，想知道是什么案情，希望陈德能帮帮他的忙。

陈德说见个面谈吧。就又聚在那家日本料理。

其实干这种事正是律师之职责范围，陈德不显丝毫惊疑，边吃边问：李总能告诉我是哪一种朋友吗？

他说，一般朋友。

接着他说了说自己与小单是如何相识以及她目前的处境。

陈德放下手里的"活"，抽张餐纸擦擦手，说：明天有一个案子要出庭，后天我就去杭州。

他问：杭州有熟人吗？

陈德说：一时想不起来，去了见机行事吧，有熟人是一种办法，没熟人是一种办法，只取决于李总的决心有多大。

他明白陈德的意思，这也是他要知道是哪种朋友的用意所在。事到如今，他逐渐认识到这件事情的复杂性了。从本意说，他是愿意帮小单的，把她给"捞"出来，但也有担心：稍有不慎会让那边的公安怀疑上自己，然后对她施压，让她坦白交代，这就糟糕了。他说不是决心大小的问题，而是可行性如何。

陈德说事在人为吧。

他想想说杭州有一个客户，不知可不可以请他们帮帮忙？

陈德摇了一下头，说这种关系不能办这种事，必须十分铁的内部关系才行。

内部关系？他沉吟着，陡地想起那天接小单电话的那个杭州警察，便把通话情况对陈德讲了，最后说他是"内部"的人，可惜和他没什么关系。不料陈德听了很兴奋，说怎么没关系，有关系，是用钱能买通的关系，那人说可以给他打电话，这暗示已经够清楚的了。

他觉得有些匪夷所思，摇头不已。

陈德说起码我们可以试探一下的。

他问怎么试探。

陈德说就按他说的，给他打电话，我们的用意他会明白。

他，问什么时候打？你打还是我打？

陈德说现在，你打，换人会引起他怀疑。尽量让他多提供些信息。

他问他会提供？

陈德说如果他想做这个交易，便会提供，怎样提供会视我们的态度而定。

接着陈德与李长吉交流了通话的几项要点。

李长吉遂拿出手机拨了小单的手机号码。

通了，可直到振铃结束也没人接，李长吉看看陈德，陈德示意再拨。

再拨就有人接了。李长吉听出是原先那个胸腔共鸣很强的公安：谁！

他说我是单春的朋友，咱们通过话的。

公安"哦"了声。

他说从上次通话知道你是个很爽快的人，所以我也就不绕圈子说话了，作为单春的熟人，希望能在法律框架内为她提供一些帮助，这一两天就会过去，我想知道到了那边儿可不可以再与你取得联系？

……可以吧。

他说这太好了，对你实话实说，在杭州我没有任何熟人，现在你是我唯一的熟人，有些事情确实需要向你讨教。

公安：嗯，嗯……来了再说吧。

他说好的好的，到了就与你联系，在这里我先口头对你表示感谢。

公安：不客气。

他顿了顿，说对了，我想询问一下，单春她究竟犯了什么罪？现在的情况怎样？

对方连着咳了声，后说：作为单春的朋友，你的心情可以理解，而且你帮助单春，实际上也是帮助司法，咱们的目的一致。

接着讲了单春有关案情：单春和她丈夫都是吸毒者，一块进过戒毒所，出来后开了一家精品服装店，因经营不善亏空，设法从银行贷了一笔款，后来单春的丈夫携款潜逃，两年不知去向，直到最近才得知已逃往国外。单春就被抓，就这样。

挂了电话，李长吉将那公安透露的案情复述给陈德听。陈德稍稍沉思一下说：在知道单春老公下落前，公安没动单春，是为了引出案犯，得知已逃出国外，要抓也难，就抓了单。

李长吉问：咱们该怎么办呢？

陈德说帮她，找到可以"免责"的事实根据，再是打通相关司法关节，让他们予以通融。就已知情况看，有法律空间，事在人为。

李长吉颔首无语。

陈德意味深长地看着李长吉，说也是说起来容易做起来难的，之前得想好想透，无论作为朋友还是律师，我都有义务对你提出忠告：你与单女士只是一面之识，似乎没有不顾一切的理由。

他没吱声，明白陈德的意思，也觉得他说的在理，问题是他不晓这事另有隐情。

他说让我想一想吧。

冬天未尽，天气却突然回暖了，雪落着落着就变成了雨，雨水融进地面的积雪里，致使马路湿滑难行。李长吉小心翼翼开着车，直把车开进通信营业厅门前，才松了口气。他来这里是为宅电及手机更换号码，以切断与小单之间的联系通道。这是他"想"了几天终于做出的决断，一般说来，这是一个正确的决断，是两害之中取其轻的决断，尽管心里一直缠绕着愧对小单的无奈。

在大厅排队等候的时候，他的手机响了，他下意识地惊了一下，惴摸打进这个即将废弃的号码的人会是谁，不等猜到答案，里面已传来小女孩的稚声：爸爸，爸爸，我是丫丫。啊！是丫丫！他慌张无比，张大口说不出话来，这当儿又传来丫丫逬着哭声的呼喊声：爸爸，你怎么不讲话呀，我是丫丫呵……

他的心一阵阵绞痛，呼吸困难，与此同时，丫丫那酷似小单的小脸倏然现于眼前，瞪着一双期待的眼睛。他呼唤说丫丫我是爸爸……丫丫"哇"地声大哭起来，但很快收住哭，像担心自己的哭会将电话中断，她抽泣着说：爸爸我想你，我想你。他眼窝里注上了泪水，声音也变得沙哑：丫丫爸爸也想你，可……可你是怎么知道我的电话？丫丫说老师说小孩子一定要记住爸爸妈妈的电话号码，上回你和妈妈打电话，我记住了。他心里不由一震，想莫非是天意不成，只需再晚几分钟，丫丫就再也找不见他这个冒牌爸爸了。这时听丫丫又哭泣起来，边哭边说：爸爸，我找不到妈妈了，找不到妈妈了。他的眼泪终于夺眶而出，嗓子堵塞，哽咽说：丫丫你听我说，会找到妈妈的，一定会找到的……爸爸找……

"哎，该你啦，快点！"这是女营业员不耐烦的催促声，他却没听见，怔在那里，脑子里翻江倒海。"你，你这人怎么回事，到底办不办呵！"他这才回过神，说声对不起，对不起，我不办了。

他退到了一边。

他扣了电话，大喘几口气，然后拨了陈德的电话，说陈律师麻烦你跟我出一趟差吧。陈德问去哪儿，他说杭州，陈德停顿了一下，说明白了，什么时候走呢？他说明天吧，五点钟有一个航班。

坐进机舱的时候，李长吉接到一个电话，是金社长，他一时有些蒙，问金社长你在哪儿？金说在我的办公室呵。哦，他明白了，说太好了。金社长说是好是好，李总衷心感谢你呀，衷心感谢。他明白他谢的是什么，不由莞尔一笑，说要讲谢，得首先感谢你自己才对呵！金听了哈哈大笑起来，笑得意味深长，李长吉并不觉得反感，因为他理解，理解官场，理解江湖。然而这瞬间心情一下子变得黯淡，想金社长运筹帷幄是致力于让自己"金蝉脱壳"，而自己不顾一切则有些飞蛾扑火的意味了。

他按照空中小姐的提示关了手机，这一刹他觉得自己与整个世界隔绝，心中默想要能永远这样该多好呵！

中山装

走下舷梯，孟军一眼便看见摆渡车一侧停着一辆黑色奥迪 A6，车前站着几个着公务员黑西装的男人。其中一年轻者举块上写"热烈欢迎孟总"的牌子，阳光下绽着一张同样写有"热烈欢迎"的脸。孟军便明白这是市里来接他的人，就走过去，先向一个五十岁上下首长派头的人伸出手，道声我是孟军。对方满脸堆笑地与他握手，道句我是安向阳，欢迎孟总回到家乡。孟军略微一怔，他知道这安，便是家乡市的市长，虽只是县级市，却也是一方诸侯，亲自到机场迎接是他没料到的事。这么想时，又逐次与被介绍为市府秘书长的邵、办公室主任的邓以及举牌子的小司机陈握手寒暄。

　　离开机场汽车先在高速上走了一段，下来后满眼便是层层叠叠的山岭。他知道这就是他从小到大无数次填写在履历表"籍贯"栏上的崮山——父亲出生、工作、战斗并获得无上荣光的祖居地。这一霎他端的有些激动，且情不自已，心亦如眼前这块土地一下子贴近了，这种游子回归的情愫对他既是陌生又真实无讹，这大概就是人与生俱来的乡土情结吧。他不由深深吐了口气，目光又重新落在窗外秋日下色彩浓郁的山峦上。

　　正这时，他听到一阵清脆如爆豆的枪声在山间响起，间杂着炸药包、手雷沉闷的爆炸声，与此同时，一团团腾起的黑烟在山峦上方弥漫开来。他惊愕失声：怎么啦？！怎么啦？！身旁的安市长却平静如初，缓缓说孟总别担心，是拍电视剧的。他啊啊了两声，解嘲说：咳，我还以为起战事了呢。邵秘书长从副驾座转过脖说孟总不晓得，咱这常年剧组不断，枪炮一响，就把外来客惊一跳。安市长冲邵说句也不事先和孟总打个招呼，中午得罚你一杯。邵赶紧说认罚，认罚。孟军赶紧说没事没事，还不至于这么神经脆弱呀。都笑。A6一如既往平稳地向前行驶，行进间安向阳简要向孟军介绍了这次向崮山战役纪念馆捐赠仪式的大体议程。对孟军能前来参加表示真挚的感谢。又说通过这次有巨大历史、现实意义的活动，孟老将军将永远活在家乡人们的心中。对了，孟总的哥哥听说您要回来也非常高兴，打算让你回村子看看。这个我们会专门做出安排……

哥哥?! 什么哥哥?! 孟军不胜诧异，一时竟开不得口，咋的凭空从天上掉下一个哥哥来呢？从未听说过，他，只知道父亲参加革命前在老家娶过一个小脚女人，但未有生育，新中国成立后离婚，他知道的就这些。转念一想，莫非是父亲向母亲和他的子女们隐瞒了什么？这种可能性不能说没有。于是，心情便有些沉落，意识到原本轻松单一的家乡行变得有些复杂乖张了。尔后当发现自己被安排进崮城最高级酒店的总统套房，他再次感到有些不适，此番来只是将老父生前保留的几件战利品捐赠给纪念馆，并没有什么投资意向，对家乡也带不来什么真正的实惠，如此高规格的接待委实受之有愧。当然，这也是可想而是不可说的事体，就客随主便了。

中午安市长设便宴接风，说是便宴事实上也很郑重，菜品中"一鳄多吃"别开生面。饭后安市长说晚上于涛书记正式宴请，下午空档，孟总想不想看看市容？孟军说市容一定要看的，只是……安打断说不急，孟总先自便吧。又转向邵秘书长说孟总虽说是家乡人，也不常回，人生地不熟，为孟总服好务呵。邵连连点头。

待主人告辞，孟军先给老婆黄楠打了个电话，简单说了说情况。黄楠问他喝了多少，他说不多。黄楠说老家的人不是喜欢把人灌醉么？他笑说那看对谁了。又问：老妈怎么样了？黄楠说情绪还行，中午喝了点粥，吃了两口小菜，在看电视。他说我和妈说几句，又赶紧改口算了算了，晚上再说吧。黄楠问有什么事吗？他略略停顿，说今天遇上一件蹊跷事，想问问妈。黄楠问什么蹊跷事？他说一句两句说不清楚，再说吧，我想睡一会儿。

挂了电话，孟军没睡，又按了一个号码，等的时候他的心跳不由加快，

中山装　73

心口涌出一种可称其为甜蜜的东西。这些年，各种女人不断走进他的生活，甚至不胜其扰，但事后能有这种甜蜜回味的女人并不多。电话那边叫秦欢的女子就属于其中，秦欢是到他公司实习时认识的，可谓是一见钟情，好了一年多，终是那"世上没有不散的宴席"的话，秦欢研究生毕业后随在崮城任教体文委副主任的丈夫而去，在一所中学教书，一晃七、八年过去。这回他没打哏代表家族来崮城捐赠父亲的革命遗物，其中就有再续旧情这个因素。

　　电话终于接了。是秦欢。

　　晚上市委于涛书记正式宴请。笑容可掬的于将孟军迎进宴会厅。在官场，一把手出面接待的都是最重要的客人：上级领导或者来"大手笔"投资的商贾。自己呢自不是前者，算是后者今番也没有"大礼"相送，书记能出面宴请，也算最高礼遇了。他在心里思忖，莫非于有求于自己？似乎不会，在车上与安市长交谈，安透露于快"到点了"，不日就调任大市干人大常委会副主任，离开崮城。官员到了这个节点，除了在当地搞搞"善后"，别的心思也就平了，不会……转而又想，于的姿态或许仅是冲着自家"老头子"吧。"老头子"是崮城地面当年参加革命的人中地位最高的人，礼遇他的后人，也是所谓不看僧面看佛面了。

　　于涛染了发，脸色红润，看起来不像快六十岁的人。这许多年，孟军于公于私接触到许多不同级别的"一把手"，而感受到的是一种相同的"气场"：高屋建瓴、气定神闲、宽和亲切、侃侃而谈，还不时展现出幽默与机智，于涛书记开言亦是，他首先高度赞扬了"孟部长"一生从事革命事业的丰功伟绩，是家乡人民的骄傲，人们不会忘记他，所以这次捐赠活动要搞出声势，媒体已经做了报道，但不够，还要大张旗鼓地搞。除了宣扬老部长的革命功勋，还要宣传老人家一生清正廉洁的高风亮节，我刚刚知道，原来老人家还有一个儿子在原籍务农，也就是孟总的哥哥了，一个省部级干部的儿子还是一个普通农民，听起来简直是天方夜谭呵。老人家官居高位，解决一个儿子的工作问题，也就一句话的事嘛，可老人家就是严以律己、大公无私……

　　后面的话孟军就听不清了。一顿饭吃得混混沌沌。

回到宾馆，孟军急不可耐给家里打电话，请老母接，他开门见山问：妈，你知不知道，崮城还有我一个哥哥？老母开始没回音，过了会儿问句：小军你说啥呢？孟军又重复一遍。老母陡地发起火来，喊叫：你个小军是不是叫酒灌迷糊了，满嘴胡话！他说：妈，我没喝醉，也没说胡话，今天这里的市长和书记都说爸爸在乡下还有一个儿子。老母亲火气不减：去他娘的腿，几个儿子我还不清楚？简直胡说八道！他此刻倒无比地冷静，说妈，这事是怪，可无风不起浪，你想有没有这种可能：爸爸和他第一任妻子曾有过一个孩子……"咔嚓"那边把电话摔了。

过了片刻，黄楠把电话打过来，责问他说了什么昏话把老母气翻。他悻悻地摇头，遂把事情的来龙去脉对黄楠讲了，黄楠也觉得这事蹊跷，说要真这么回事，就是爷爷（黄楠一直以女儿的叫法相称）从一开始把这事隐瞒了，又说早不认亲晚不认亲，但等老头子过世了再认，看来这里面大有文章。

黄楠的话让孟军生出警觉。

门铃响了，他晓得是秦欢来了，便改换一种心情去开门，果然，秦欢在门外款款而立。虽多年未见，却未见有什么变化。进门后秦欢看着他笑笑问我胖了吧？他仔细端详了一下，倒真看出是胖了些，他走到她身前，说句我掂掂，说着便两手搂起她的腰，抱了起来，掂了几掂，放下，却仍拥着，欲吻时秦欢却转头避开了。他不勉强，一笑松开了她。

秦欢朝宽敞雅致的客厅看看，又移步向其他几个房间，不由"呀"了声说这么豪华呀。他眼不离她笑笑，说总统套房嘛。秦欢说真没想到，这么个小地方也有总统套房。他依然笑着说，有哇，这里就是嘛，秦欢问真会有外国总统来住？他说百年不遇吧。她说为百年不遇准备着？他说当然不是，我不就住进来了么？人家是要让客人体会一下总统的待遇么，你不允许？秦欢说我有什么权利不允许。

落座后，孟军问秦欢要不要喝点酒，XO？法国红酒，或者茅台？秦欢摇摇头。孟军不勉强，给她冲了绿茶。这时他脑子里转着一个问题：接下来要朝哪个方向进行呢？当然他知道，决定权不在自己，而在秦欢。他还清楚，在看到秦欢的那一刻，他身体有冲动。对于不缺女人的他而言，这种冲动很难得。

饮了一口茶，孟军放下杯子，望着把杯子端在手上看的秦欢问：过得怎样？秦欢淡淡说，还能怎样？孟军从话中体会出来的意思是不怎么样。其实也是想象得到的，在以前的电话联络中，他得知秦欢的丈夫已调到大市担任教育局局长，而她本人并没有跟了去。问其原因，她含混着。他就意识到其家庭生活已出现了问题。他想夫妻有一方升了官或发了财，特别是男人，想不出问题都难。

孟军适时止住这个话题，既然自己不可能再娶秦欢，就不应再纠缠人家夫妻的瓜葛了，眼下自己要弄清的只是能不能把她搬到卧室那张巨大的床榻上，既不辜负此行，也不辜负白送的总统套房。当然须一步一步朝那个方向走。

孟军先把自己这次崮城之行的来意告诉了秦欢。

秦欢沉静地听着，后问：仪式结束了就回去么？

孟军说不一定。可能会待几天看看能不能做点什么。

秦欢：工程？

孟军点点头：也许吧，哎，秦欢，告诉我，欢不欢迎我来崮城发展，向崮城进军？

秦欢一笑不答。

孟军又问一遍。

秦欢叹口气说：我欢迎不欢迎不管用，得看市长欢迎不欢迎。

孟军心想尽管秦欢有些偷换概念，却也道出事情的根本，他问句：安市长这个人怎么样？

秦欢说老百姓反映还不错，干实事，也亲民，成天笑呵呵像个如来佛，不过干得也挺辛苦。都知道他没啥后台，只能靠"政绩"说话。孟军身在商场，对官场的一套门儿清，说如今走仕途，靠政绩能上到县处级到顶，再往上，没"根基"就没戏了。

秦欢问这么绝对？

孟军笑笑。说当然还有另外一种途径……

他做出点钱的动作。

这时秦欢的手机响了，接起来简短说句你来了？略一停，又说，知道了，十分钟以后下去。

有人来接秦欢，孟军的心像被什么撞了一下。又会是什么人跟腚追来？应该是她的"情"。至此也大体晓得此行和秦欢没戏了。一种挫败感油然而生。

秦欢起身告辞，孟军将前不久从巴黎"老佛爷"店购得的一块名表送给秦欢，秦欢接了，轻轻一笑，没言声。

孟军本想把秦欢送到宾馆大门外，但顾及到会给秦欢带来不便，就只送到电梯口。电梯下行后他没立即回房间，怔了一会，然后踱到走廊顶头的窗子前，从这里能望见宾馆大院，一种莫名的情绪让他想看看把秦欢迷住的究竟是个怎样的男人。

他完全没料想到为秦欢打开车门的竟然是一个风姿绰约的女人。

他不胜惊诧。

原计划第二天上午进行的捐赠仪式因一个意想不到的事故而延迟，夜里骤起的大风将纪念馆外面的电杆刮到，电线短路又导致变电设备烧毁，失去电力供应，使展室照明、电视录像及音响等诸多环节都无法进行。事故一大早报到市里，领导虽气恼也无计可施，只能将仪式延期进行。孟军接到邵秘书长电话时正在房间用早餐，邵一再道歉，说真是天有不测风云，又说看来是上天要挽留孟总在家乡多住几日了。孟军就说没关系的，没关系的，空几天正好办几件私事。邵说孟总的私事就是我们的公事，有什么需要效劳的尽管讲，我们全力以赴。邵诚恳的话倒让孟军脑子打了一个转，想许多事由政府出面会便当得多，便问句本地可有养藏獒的地方？邵赶紧说有呵有呵，还不止一个呢，孟总是不是要买？孟军说买不买得等看再说。邵说按说我应陪孟总去的，可刚出的这桩乱子要张罗，就让办公室邓主任陪同吧，有什么要求只管对他讲。孟军道了谢，挂了电话。

从宾馆出发，越野车穿过不算大的市区，攀上了一条通往山区的土路，坐在副驾位的邓主任不时转头为孟军做"导游"，见山说山见岭说岭，不知怎的，看着邓把脖子扭得青筋暴涨孟军心里很不舒畅，便趁邓停歇时赶紧摸出手机拨号，起程前与公司副总老徐通电话。事没讲完，现在正是可用时机，通了就不慌不忙地讲着，不时下达着指令。直到汽车拐进山坳里的一座院落，藏园到了。

显然事先已得到通知，藏园已有人在大门口迎候。邓指着一个四十多岁面皮白净的男子介绍说这是亢总，孟军握握亢女人样软乎乎的手，不由得想如此一个柔软的人却热衷于摆弄比狼还凶狠的藏獒，也让人称奇。

这座藏园算有些规模的，一圈高高的院墙，临门有一座三层小楼，小楼对面有一排低矮的铁栅栏偏厦，当是獒舍了，亢先将孟军一行请进一楼的客厅，客厅四壁挂着各种型号獒的彩色照片，显得阴森可怖。亢开始介绍他的獒园与他的獒。说他这獒园是省内最大的一座，有各种獒40余只，总价值过亿。其中一只叫"温哥华"的成年母獒——对了，就是这只，有人出价三千万都没舍得卖，他说永远不会卖"温哥华"，因为温与另外一只叫"马丁"的雄獒交配，生出来的小獒身价过千万，还供不应求，现在獒的市场十分广阔，他这獒园的规模会不断扩大。孟军好奇地问怎么想起养獒来，亢说这源于一次特殊的经历，那年与几个同学到西藏河曲旅游，晚上在山脚下野营时，帐篷被三只野狼包围，危难之时，一只红獒不知从什么地方冲过来，与三只野狼搏斗，最终战胜野狼，保全了大家的生命。由此，他决定要养一只红獒来做自己的贴身保镖，不料养起来便一发而不可收，最终有了现在这个规模。

他听着却怀疑亢所讲义獒相救故事的真实性，前年他在山西参观另一座獒园，其主人好像也讲述了类似经历，当然是真是假也不必深究。不过说到用獒当贴身保镖，他觉得就离谱了，光天化日之下谁能让一条烈犬随行？从老辈子起狗的用处就是看家护院，说到自己，自他的京西别墅进了一回贼，就一直想弄只看门的狗。

往獒舍去时，孟军的手机响了，是他哥哥的朋友兼生意伙伴——万祥集团的恭总，恭总说你在崮城么？他说对，有事么？恭说算是有。他说讲。恭说我听说那里的地产有商机，你找头头弄块地，咱合伙开发，做什么项目再议，他说和人家也没啥私交，不好张口。恭说冲老爷子的面子……他说人已经去了。恭说虎死有威，你此行不就证明人家把老爷子很当回事么。他说面上的事也当得了真？恭说如果项目真有大钱赚，干脆就请省座打个招呼。孟军说：这种事最好别麻烦我哥。恭还要再说什么，被他打断，说这事我知道了，回头再议，我正忙着呢。

讲完电话，也到了獒舍，工人们正在给獒们配制午餐，除了主食饲料外，还有副食如牛肉、鸡蛋、胡萝卜、苹果等。他问身旁的亢总养一只獒花费多少，亢总说一年少说十万元。他心想伙食标准不低，买粮食够三百人吃一年。

獒舍依山势呈弧形伸延，孟军在亢的讲解中依次观赏着一只只体态毛色各异的獒犬，在心里掂量着哪一只合自己的心意。后来就来到被叫"温哥华"与"马丁"的婚房前，孟军眼前陡然一亮，呵了一声，这对专伺造后的伉俪果然名不虚传，体型庞大、前胸宽阔、毛发浓密、口鼻方正，目光如炬……也就在这一刻，他心里已有了定夺：不要别的，就要一只温马的后……

中午亢留饭，说不远处有一地场，正宗的山珍野味。孟军正欲推辞邓贴他耳朵悄声说：去吧，安市长说要赶过去。这霎那他想起恭来的电话，想不妨借机向安探探口风，便应了。

驱车沿山路前往，到达方晓得此地场非同寻常，现于面前的是一幢富丽堂皇的现代山庄。周边山高水长，林木葱郁，车子驶进大门，院内奇石耸立，异木伸展，水花飞溅，如同到了人间仙境。

主楼前面已停了不少豪华汽车，仍有车络绎驶来。酒香不怕巷子深，何况又是醉翁之意不在酒。作为"圈内人"，孟军深知此类场所的诡谲处，正如赖昌星津津乐道地谈他的"红楼"杀伤力：任何人只要上到第 X 层，个顶个都会败下阵来，乖乖当俘虏。

刚在宴会厅落座，安市长便赶来了。他告诉孟军，线路恐怕还得几天才能完工送电。既来之则安之，又说市里派人把他的老哥接过来了，一是兄弟俩可借这空档好好叙谈叙谈，再是也请老哥一起出席捐赠仪式。孟军闻听别扭至极。本想当即告诉安这里他根本就没有一个什么"老哥"，不要上了骗子的当。可他没把话出口，因这很唐突，也会引起误解，要讲也要找适当机会把话讲清楚。

一顿饭孟军吃得没滋没味，白费了亢总的一番美意。工程的事也未与安接上话，饭后安说要赶回去接待国家级贫困县评估团，责成亢陪同孟军在这里"放松放松"。孟军没有这种心情，托辞谢绝了。

回到宾馆孟军立刻给大哥拨电话，事关重大，须让大哥知道，听听他的说法，他或许知道其中的隐情。从小到大，父亲一直对大哥很器重，说他稳重、善思，所以就让他走从政的路。电话响了好一阵子，方接起，是潘秘，这是常有的情况，潘这人很神，自己刚道了声"你好"他就对上了号，亲热说孟哥你好你好，省长正和财政厅长谈工作，不方便接，等谈完我立刻回拨过去。他说好。潘又说孟哥你过来嘛，省长常念叨你，大家也很想你。他说好的好的。挂电话没多久又振铃了，接起来是恭，还是撺弄他借机"拿地"，说词是机不可失时不再来。他答应把这当回事。从内心讲，他是认同恭的，在大城市已缺少机遇的情况下，"老少边穷"倒正合其时。崮城既老（老区）又穷（贫穷）大有发展空间。

大哥的电话终于拨过来了，也不寒暄，开门见山问小军有什么事。（这是大哥的风格），他就把来崮城遇到的事原原本本讲了，问他知不知道父亲有个孩子遗弃在乡下，大哥想都没想就说没有，不可能。他说这就怪了，妈说没有，你说没有，怎么就生生蹦出这么一个人来呢？大哥说也许是误会了，张冠李戴。他说不会，都惊动了市长书记，人家满腔热情。大哥沉默片刻，说老爸刚走就出了这件事，要妥善处理。小军，两点，一是弄清这个人的真实背景，与其划清界限。二是事关老爸声誉，要低调处理，不能以势压人，那会适得其反。他说哥你放心，这事我会处理好。细想想大哥这两条"指示"可谓言简意赅。是出于历练的高屋建瓴。

弄清这个人的真实背景，弄清他的目的所在。虽然还没见这人的面，可市里已经把他当成了老父的儿子并周到地施以礼遇，接着还要让他参加捐赠仪式，如果真发展到这一步，就以讹传讹，不好收拾了。按说应立刻向市里说明情况，请他们出手予以澄清，可考虑到大哥所说不要损害老父的形象，还是要慎重，反正离开会还有几天时间，沉下心，把事情想周全些，以防节外生枝。人言可畏，对活人死人都一样，什么老革命老干部当代陈世美而已。弄不好，这次活动非但不能为老父脸上贴金，反倒抹了黑。想到这一层，心便有些沉重，感受到一种实实在在的压力，同时也开始认真地思谋着如何化解这桩"他妈妈"的事，他觉得要弄清那个歹人的面目，在当下的信息时代并不是一件难事，难的是自己无法出面，一是人生地不熟，再是自己被市里当成"重点保护动物"处处时时在人的眼目下，行动不得。像往常那样，每逢遇到什么难题，便会想到一个人——公司法律顾问也是他的好友常德在律师。就让他做好了。想定便拨了电话，他与常同样是那种无须客套的关系，接通后问句德在你抽得出身来吧？对方说还可以。他说那你就赶过来吧。什么时候？立刻。

下午，孟军在邓主任的陪同下参观了市容，也是应景般看了看，刚回到宾馆，便接到常德在的电话，说已经到了。孟军要他自己找旅馆住下，也不要找他，等他的电话。放下电话，他不由想到最近热播的谍战片《悬崖》，觉得自己似乎也成了特工，不由在心里苦笑笑。

晚上安市长设家宴款待孟军，所谓家宴并非到家里去，而是以个人名义到某个饭店请客，下了车孟军被已候在那里的安夫妇引进一家挂有"草根食堂"招牌的饭馆，这很容易会使人联想起早年间的大众食堂，可进到里面，便发现是一个极尽奢华的地方，与所谓"草根""食堂"根本是南辕北辙不搭界的事。孟军不动声色，只想在这么个申报国家级贫困的地面上竟然有如此让人受用的去处。安夫人曲老师的出面理所当然地将这次宴请定位于"家宴"上，其余的人如秘书长邓主任等等实际身份也应该算是安的"家里人"。

唯一能体现出"草根"特色的当是率先打开的那瓶被誉为本地茅台的崮城老烧。开席前秘书长先讲了这崮城老烧的典故。说那年解放军围歼踞守在崮山的国民党二十一师，敌军工事坚固，武器精良，解放军久攻不下，伤亡惨重，后来临阵指挥方团长下命令组织敢死队，清一色身高马大的壮汉，身上挂满了地雷和手榴弹，攻击前方团长让人抬来两坛子烧酒，亲自为敢死队队员斟上，一碗又一碗地敬，个个都喝得热血偾张，冲锋号吹响，壮士们从战壕一跃而起，摇摇晃晃扭秧歌般扑向敌人阵地，这伙人怪异的样子把敌人弄怔了，等清醒过来已冲到战壕前沿，就这么在山顶插上了红旗。

孟军静静听着。其实这段别开生面的崮山战事他曾听父亲讲过，当时父亲就在这个反击部队，担任团后勤部长。父亲洋洋得意讲那罐酒是他带人从一户老财家弄来的。今天，秘书长没提及却最应提及的父亲在这当中的作为，着实让他有些不解。

秘书长适时端起酒杯，说：温故知新，这崮城老烧可是为革命事业立了大功……

安市长接说：还有人，那些为革命光荣牺牲的英勇战士。据说上去的那四十七名敢死队员最后只剩下八人，其中五人还负了重伤。来，我们向革命先烈致敬，是他们的英勇牺牲换来了我们今天的幸福生活。

安市长夫妇向孟军举起酒杯。

孟军一般不喝白酒，但听过这崮城老烧的革命佳话后，拒绝便是态度问题了，便与主人干了。酒很冲，可味道很正，咽下去有种滑爽感。是真酒。

尔后邵秘书长、邓主任一干人轮番向他敬酒。

下面的话题又从革命先烈谈到刚过世的孟父"孟老将军"身上，讲他为革命为家乡做出的巨大贡献，讲家乡人民一直把他当成骄傲。此情此景，自是再恰当不过的话题。

安市长似乎动了感情，颤着声音重提老将军把儿子留在家乡务农的感人事迹。说可惜知道晚了，没能适时宣扬。孟军听着，心里很不舒服，他再次想借这个场合把事情澄清：老将军根本没有一个儿子在崮城乡下，全家人都不知这回事。那个以"儿"自居的人是个居心叵测的骗子。可不知怎么话在舌头根上打了几个转，终又咽回去了。

安市长又说：今晚本想把孟总的老哥一并请来，一块热闹热闹，可于涛书记另有构想，就是留待你们哥俩在捐赠仪式上相见，用这个平台，让媒体大张旗鼓地宣传老一辈革命家的高风亮节，那会很感人很有教育意义的。我完全赞同书记的意见。

邓主任说：我们不会慢怠老哥，今晚由李副主任单独宴请。

孟军开始出现惯性耳鸣，头也疼起来，他起身走出宴会厅。

从洗手间出来，他看见安市长也出来了，走到近前说，咱们拼不过年轻人，找个地躲几杯吧。

安市长引孟军到大堂咖啡吧落座。

安笑说咖啡解酒。

他说是吗？

安点点头，说最有效的是蓝山。

他也点点头，心里清楚安不是带他来解酒的，当是有话要单独谈。此时他也不猜测安要跟他谈什么，他谈什么都可以，虽然喝了不少酒，他对自己要对安谈什么心里很清楚，就是恭总一再提到的"地"。当然要适时进入这个话题，以免唐突。

安首先埋怨起孟军，说孟总有些见外了。

他稍稍一怔说没有啊，安市长你不了解，其实我是个很实在的人。你们市长书记一遍一遍地请，按说用不着这么过礼，看我就一点不客气嘛。

安说不对。

他笑笑：怎么不对？

安也笑笑，说那就恕我直言了。孟总这次来，除了参加捐赠仪式外，心里应该还装着另一桩事。

他一怔，心想莫非他知道了自己和秦欢的事？除了捐赠，这次来还确实有秦欢这个因素。可他……

安哈哈大笑起来，说被我说中了不是？

他仍在心里想安是怎么知道这回事的，当然事本身并没多么要紧，就是安知道甚至全公开也没什么要紧，大家生活在同一个"宽松"时代，一切皆理解万岁。

安喝了一口蓝山，放下杯，抽一张餐纸擦擦嘴，说下去：我知道孟总做一个大公司，且以地产为主。北京、上海，广州、深圳都有大楼盘。只是以我所知现今大都市已不好做了，地产业开始瞄上三、四线城市。从前被忽视的地方反倒大有商机。我想这一点作为圈内人的孟总一定比我还清楚。我所以说这个，孟总一定别误会又是招商引资老一套。其实最近以来有意进军崮城的大有人在，都应付不过来。我只是奇怪孟总怎么能沉得住气？就想一定是孟总爱面子，不好意思提出来。

孟军一时不知该怎样回答，所谓在商言商，起意来崮城时也打谱过来瞅瞅看能不能做上一两单，也只是一念，便排除了。在庄重严肃的捐赠活动中夹杂些"私货"，难免让人诟病。基于此，在恭总给他打电话陈说此事，他只是"哼哈"应着，并不走心。让他没想到，今天安主动提出来，这真是想吃饽饽来白面了，想困觉来枕头了。既然安表示他并非是为本地招商投资考虑，就等于表明他是以友情为重，为你谋利益。自然作为一市之长，也是说到做到的事。

他诚恳地说：十分感谢安市长的美意，只是……

安摆摆手，说没什么只是不只是，只要孟总不嫌弃我们这小地方，有想法只管提出来，我会全方位配合。

安已经把话说得很明确了。

安又说，据我掌握的情况以及判断，崮城目前有六七个不错的项目，孟总可从中选出一两个，改日我让规划局的人把项目情况给你透个底，再选就容易了。

孟军点点头，说那我就先谢谢安市长了。

安哈哈笑，说：见外了不是？

孟军也笑了，说：那首歌唱"谁不说俺家乡好"，真是这样呵，家乡对我们这些游子……咳，话到嘴边倒真不知该怎么说了。

安说那就什么都不用说了。

安停停又说：先把项目定下来，其余的事再说，比如融资……

孟军的身子动了一下，像被点了一下穴，眼下国家银根收紧，无论私企还是国企都运转不灵，上新项目更是有心无力，安提到融资，莫非……他看着安说：不瞒安市长说，我那公司看起来架子不小，实际上已开始周转不灵，若是……

安打断说：这一块我也替孟总考虑到了，别的不好讲，崮城这里我可以和银行打打招呼。当然，这个不急，先把项目立起来再说。

孟军不住点头，说安市长说得是。

回到宴会厅，孟军结结实实向安敬了三杯酒，心里喜不胜收，就想：见过帮忙的，却没见过这么帮忙的。安是个豪爽之人呵。

回到宾馆，孟军就给恭打电话，讲了安的态度。恭自是高兴，问他是不是马上赶过去？孟军说不着急，反正我在这儿。需要你过来再打电话。恭说行，无论如何要把这事盯牢，还有，该许诺的要许诺。

放下电话孟军怔了片刻，想都知道天下没有免费的午餐，安给予的"午餐"要什么回报呢？无利不起早，对谁都一样呵。

孟军是在大堂酒吧与常德在会面的，后者比前者年轻八岁，对前者向以大哥相称，实际上两人的关系也属于哥们弟兄，于公于私都无话不谈。点上饮料，孟军便把"崮城大哥"的事和盘托出，其愤恨无奈溢于言表。常德在边听边乐，一副怡然自得的模样。孟军睃他一眼，说你觉得这有什么可笑的呢？

常德在敛住笑，说我是笑你那个乡下大哥，要认祖归宗，趁早呵，但等人不在了，再认，不是脑子有病？

孟军说现在还不知他有什么企图。

常德在说：这个先放一边，得先弄清楚这个大哥是真是假。

孟军似没听懂，问什么意思？

常德在说：哦，我没说清楚，就是，这人，是不是与老伯真的有血缘关系。

孟军断言：不可能，完全不可能。

常德在说：得有证据。

孟军问：证据？

常德在说：对。你想一想，他一介农民，敢如此冒天下之大不韪，肯定把有什么证据。打官司打的是证据。咱们否认，同样也需要证据。

孟军问：我妈，我大哥都予以否认。这不就是证据？

常德在说：这算不上证据。

孟军问：不算证据？

常德在点点头，说孟哥，别怪我说话直接，我们要把困难想在前面，有言来者不善善者不来，这事闹不好是要对簿公堂的，所以从现在开始就必须从法律的层面来考虑问题，否则到时会被动。

孟军沉着脸喝咖啡。

常德在也深沉下来，说：孟哥，首先声明，我决不怀疑大伯的人品，大伯我见过，很正直很慈爱的长者。但许多时候人品并不能完全说明问题。特别在那个年代，兵荒马乱，什么事情都有可能发生，这个不说，只从捍卫老伯的声誉出发，对这事也不能等闲视之，先弄清事实，再面对事实，然后加以应对。

孟军不语，却明白常不是危言耸听，他的责任是为自己负责。他开始感到事情有些麻烦，挠头。

常德在向在远处的女服务员招招手，让她送一盒烟来。孟军知道这是常的习性，平常不大吸烟的他一旦进入工作状态便烟不离口，他朝服务员交代：一条软中华。

点上烟，常德在的眼睛开始闪动，以律师对当事人的口吻询问道：孟总，请就你的所知，讲述一下，孟老将军的人生经历。

孟军慢慢蹙起眉头，似进入回忆，缓缓说道：父亲属蛇，应当是1917年出生，念过私塾、念过公立学堂，在邻村三山口教过书，后来就参加了革命，在崂山与日本鬼子打游击，再后来参加解放战争，新中国成立后历任军分区政委、大军区政委……

常德在看着他，让他继续讲。

孟军说下去：父亲在当教师时成了亲，女方是邻村人，他们一直没有生育，父亲参加革命后离家，新中国成立后离了婚。1950年和我母亲结婚。

常德在问：老将军离家后回没回去过呢？

孟军说：没有。

常德在问：怎么知道？

孟军说：听我母亲说的。

常德在说：伯母也听老伯说的了。

孟军问：回没回家又有什么要紧？

常德在说：怎么没什么要紧，回家就有可能……

孟军火刺刺打断说：行了，行了，你们当律师的脑细胞也太活跃了，对你讲，我父亲就大哥和我两个后，再无他人，这个，我敢打包票。

常德在说：你打包票没用的。

孟军问：那谁打包票有用？

常德在说：这种事谁打包票都没有用。包括老伯本人。

孟军彻底发火：你——

常德在赶紧道歉，说，对不起，我不是有意亵渎老伯，我是从法律上讲事情，比方讲，我是说比方，在法庭上那乡下大哥要提出做亲子鉴定……

孟军黑着脸说：人都不在了，还做个鬼鉴定？

常德在说：老伯不在了，可你和大哥还在呀，你们有义务配合法庭……

孟军眼里冒火：好啊，我配合，一定好好配合，要是DNA证明也是老爷子的后，我继续配合分一半家产给他！

常德在轻轻一笑，说：要是真出现这种情况，他自然也会提出财产要求。

孟军哼了声说：这当然是他所求，只怕没这个命！

常德在又点上一支烟，吸了一口，说：如果，我是说如果，如果这人是成心诈骗，那他真要吃不了兜着走。可要能叫他刮拉上，那还真能叫他肮脏着，对别人也许不打紧，可对清亮了一辈子的老伯就不一样了。有句话叫盖棺定论，而对老伯就是揭棺另论。非同小可，其影响不是钱所能衡量的。所以我们万万不可掉以轻心，必须做充分准备，拿出铁证。这样，我明天就下乡去，找相关人员调查，也巧，与那镇上的王书记曾打过交道，请他帮帮忙……

常德在的一番话说得孟军情绪低落到了极点。

刚回"总套"，手机铃响。是秦欢。他调整一下情绪，问句秦欢你在哪儿？秦欢说在家。他说你过来吧。秦欢说不。他说要不我去看你？秦欢仍说不。他一时语塞，不知下面该说什么话了。秦欢问：你在崮城还能待几天呢？他说活动因电路故障后延，拖到哪天难说。有什么指示？秦欢说你这么大人物来了，总得请你吃顿饭啊。他的心放松了些，吐出口气，笑说：别搞错了咱俩，你可一直是大人物呐，我请你。秦欢说你请那就算了。他赶紧说好吧好吧，听你的。秦欢问想吃什么？他说想吃你，你又不批准，随便了。秦欢笑了一声，说吃全羊吧。全国都知道崮城的小尾寒羊，是吃青草喝山泉水长大。他说就吃羊。正这时，他听到从那边传来一轻柔声音，像是说了一家饭店的名字。他问是榕榕么？秦欢说你的耳朵倒尖，哪里是榕榕，对你讲过榕榕在上海读书嘛。他又问，是你妹妹了？秦欢说我妹妹在深圳，怎么会是她。他索性打破砂锅问到底：那到底是谁呢？秦欢没好气地说：你查户口呵，谁，革命同志。"同志"两字像火花一样在头脑中一闪，油然想起他曾看到的那个来接秦欢的女子。同志？莫非……他的心像被什么撬了一下。

挂了电话，孟军的思绪久久集中在这上面，驱之不散。无论从直觉，还是秦欢说"革命同志"时的异样口吻，都让他怀疑秦欢有了新的性趋向。老天，这可怎么说呢？他和她在一起时可没现一丝的端倪，相反她是一个不能再女人的女人，不仅性格温柔贤淑且性感也特别灵敏，那里都不能碰，一碰就雨水滂沱。若不是畏惧离婚那惨烈的后遗症，他会真的娶下秦欢。可他不是个敢作敢为的男人，自己都对自己失望，何尝秦欢？也正因如此，秦欢毕业后没有留在北京，而远嫁崮城。如果自己的判断没有错，她目前的婚姻状况断不会好，作为已婚女子，只有对丈夫极度失望才会"转轨"成为"同志族"。其实，那天她已经对此有所表露，她与那局长丈夫早渐行渐远。他唏嘘不已。

线路未竣工。安市长责成规划局向孟军介绍项目。孟军本来以为会在宾馆的"总套"里谈，却不是，邓主任和规划局的江处长带一辆奔驰商务车将他拉走了。文质彬彬的江处长坐在孟军身旁，从公文包里拿出一沓规划图纸，展在膝上，说市长让我为孟总服好务，不胜荣幸。为节省孟总宝贵的时间，我们把程序合并，边谈边看。孟总您看这样行不行？

孟军说完全行，添麻烦了。

江处长说孟总太客气。

邓主任说孟总不是外人，进行吧。

江处长说：好。局里接到市长指示后，从众多项目中筛选出了四个优＋项目，现在我们去看第一号。一号项目的名称我们暂称"崮城礼赞"，具体说，是在当年崮山战役旧址是打造出一座占地一万亩的老区生态园，集旅游观光商务为一体。既可供国内以至全世界的人来旅游瞻仰缅怀革命英烈，同时可供影视制作单位前来拍摄影视作品。老区生态园？孟军在心里思忖着，觉得这个项目的创意有些不同凡响。他记得在海南的风景点见过苗、黎族群众现场以真人秀的方式展示其日常劳作，如纺线织布、编席、捣米等，确给游人一种耳目一新的感觉，而家乡人意欲打造的所谓礼赞生态园，其创意绝不亚于前者，靠山吃山，靠水吃水，靠老区吃老区，可谓用心良苦。这一刹，心中便对这个项目有所接受。他似乎看到在生态园建成后，旅客与影视人络绎不绝的热闹景象。

江处长继续介绍着这个项目，随之展望将会带来的无限商机。津津乐道之际，车已开到山脚下，江处长把身前的图纸胡乱一推，说还是请孟总现场勘察吧，这比看图纸直观的多。

江处长在前面带路，一行人沿陡峭的山路往上攀登，时值深秋，遍山红叶在朝阳下闪着露光，美不胜收。孟军记得那年秋天去抚顺出差，被满山遍野的红叶震撼，而与之相比，眼前所见其壮丽美艳毫不逊色，"谁不说俺家乡好"，民歌所唱已与他的心产生共鸣。

攀上山顶，眼前豁然开朗，远山近岭尽收眼底。江处长遥指前方一圆形山峰，说那就是举世闻名的崮山。崮山战斗惨烈无比，为消灭盘踞山上的蒋匪军，我们牺牲了成千上万名子弟兵，战斗结束，当地百姓几乎家家都挂上了烈属牌。孟军沉重地点着头，他知道这一切，父亲对他讲过，书上讲过，影视里也演过，说满山红叶是烈士的鲜血染成是毫不为过的。

这时邓主任走到孟军身边，先用手指向右前方山坳处显现于树丛间的白色调的建筑物，说那就是崮山革命历史博物馆。手往上抬抬，说那就是崮山战役英雄纪念碑。

孟军肃穆地凝望。

一阵山风吹来，孟军脚步有些不稳，身子晃了晃，江处长赶紧将他扶住，说秋天风硬，请孟总坚持一会儿，我抓紧时间汇报，说完把手指向崮山下一大片遍布村落的平坦地，说道孟总看到了吗？这一区域就是我们未来老区生态园园地，面山靠城，是块风水宝地呵。

孟军的职业知性令他的心一动，血亦在身上奔涌。任何一个地产商面对一块属意宝地都会这般情不自禁。他想若安真能把这块地给自己，一定投桃报李好好答谢他。

他不动声色地问：这个生态园市里已经批准立项了吗？

江回答：是，所以才有那么多开发商蜂拥而至，包括许多大有来头的人。这不，今天一上路我就把手机关了，不然……

孟军倒是相信他的话，点点头，两眼凝望着前方散落的已陷深秋苍夷的大小山村，问：百姓搬迁的事，市里已做了安排？

江答：不存在搬迁的问题。

孟军不解地看看江处长，江面呈得意之色，说：市里领导高瞻远瞩，认为既然叫生态园，不妨就彻底些，弄成原始生态园。现有的一切，均保留下来，包括房屋、道路、田地，生产、生活设施，好在这里与几十年前没有多少变化，农民用小推车推粪，用扁担担柴草，用碾子压米，用石磨磨面，不折不扣的原生态。有剧组来拍战争题材的影视，基本不用改造环境，也不用从外面请群众演员，附近这几个村里的村民就能担当起来，既种地养羊，又演戏拿劳务，美着哩。

听着，不知怎的，孟军渐渐觉得有些不对味儿，心也随之沉重起来，眼前过起了电影，就是那些被称为"革命历史题材"的战争片，从长征到抗日，再到解放战争，几十年不停歇地打仗，只打得尸横遍野，血流成河。他曾从一个介绍红九连的纪录片上得知，该连从建连到全国解放的二十年间，前后共牺牲四千余人，这意味着每半年全连官兵就得全战死一回，再补充另一茬人。这情况是恐怖的，却又实实在在。说前赴后继也好，说视死如归也好，反正浩浩荡荡的大军，除了少数人万幸从死人堆里爬出来（如自己的父亲），其余的皆"青山埋忠骨"了，如果英灵地下有知，自己的儿孙辈现在几乎不用化妆就能"原生态"地"出演"自己，又会做何感想呢？

当然，作为一个开发商，想这些就有些多余了。

他问：这个项目会对百姓的生活影响很大，征求过他们的意见么？

江处说：这个倒没有，不过到时会给他们讲的，估计也不会有什么意见，帮他们加快脱贫步伐是大好事，能有什么意见？

他觉得有必要把事情讲在前面，说道：江处长做规划工作，经历过的事肯定很多，征地、拆迁、基建，哪样弄不好就会出乱子，特别是有些具体问题，不事先估计到难免会出麻烦。比方这个"崮山礼赞"项目，不拆迁，保有原貌，固然有特色，也省事省力，可要有农户偏要盖新房住，人家有这个权利，你能不让？可真要盖起来，以后无论旅游还是拍影视都会破坏"原生态"。那么，这个以"原生态"为亮点的"崮山礼赞"其纯粹性就要打折扣了。

江处点点头说：是这样，是这样，不过一般这种情况不会发生。

孟军：怎么不会发生？

江处长一笑说：你想想，他们要是能盖新房早就盖了，不用等到现在吧。当然，凡是都有例外，假若有人执意要盖，我们的工作会跟上去，相信老区人民是识大体，顾大局的。爷辈父辈们为革命连命都不惜，自己还有什么权利为一点个人利益而斤斤计较？

孟军一时不知该说什么。

江处又说：当然，要是真有个别人不顾全大局，顶风上，我们会依法办事的。

孟军想：依什么法？中华人民共和国维护原生态法？

江处说总之，我们有执政能力解决一切问题，这个孟总大可放心。

听江处说，孟军倒真有些不放心了。在自己家乡搞项目，要是弄得剑拔弩张（弄不好再死上几个人）这是他不希望看到的。

他把眼光从江处身上移开，投向远处那条从崮山里流出来观河，在观河紧贴山根的地方，一座小村隐现于树木中，那就是他的将军父亲走出来的小孟村，一阵伤感端的扑上心怀。江处再讲什么他就听不见了。从山上下来后又把另几个项目看了，尽管孟军已不再用心，却也能评估出这些包括"礼赞"在内的项目皆属"积优"，是大有钱赚的。何况还无须融资。他在心里思忖：做呢还是不做？一桩本来条理清晰的事却颇费斟酌，只因其暗含不同凡响的乖戾。

邓主任将孟军送到那家"韩记"全羊馆。邓问几点来接，孟军说不用接了，你们忙自己的。江处说孟总别客气有事请打电话。孟军说没问题。邓主任刚要迈步上车，又停下，转身看着孟军轻声说：孟总对"礼赞"项目的担忧是有道理的，可见孟总与那些唯利是图的商人不是一路人。我很敬重。孟军点点头。目送邓上车。说谢谢。看着车离去，孟军方进店内。此刻秦欢从大堂沙发上站起，朝他摆手一笑。这是他再熟悉不过的笑容，可以说当初正是这媚媚的一笑，令他心动，随后生发出一段令他难以忘却的恋情。要说人生不如意八九，那么不能与秦欢永结秦晋，便在这八九之中了。他不由叹息一声。秦欢明察秋毫，问句：好好的，叹什么气呀。

他赌气似地说：好好的？哪有什么好好的？

秦欢瞅他一眼，摇摇头。

是一处不大的雅间，小而温馨。坐下后，秦欢从包里拿出一个方盒送到孟军手里，笑说来而不往非礼也，我也送你件小礼物，孟军笑着打开盒子，见是一条老名牌皮尔卡丹腰带，遂问送腰带做啥，是让我把裤子系紧系牢？秦欢脸一红，呛白说谁管你系紧系牢的事？孟军说是呵，你是不管了，让我伤心。又说我腰带很多，干嘛花这份冤枉钱？秦欢说不是买的。孟军意会地点着头，说明白明白，拆东墙补西墙。秦欢说去你的。孟军就笑，说秦欢我给你讲个小典故吧。咱们那友好邻邦的人民总是吃不饱肚子，领袖老金去"老大哥"那里救援。老赫说粮食谁都不富裕呀，还是扎紧腰带吧。老金说腰带也缺呐，要不，你先发一车皮腰带过来？秦欢被逗得直乐，说你腰带够用我再送你别的吧，说着又从包里拿出一盒化妆品，孟军连连摇头说：我要这个干什么呢？秦欢说送人呵。孟军说没人送。秦欢嘲讽说：别谦虚了好不好。孟军说我庄严声明，这次来是一个人来的。秦欢说现找一个也很容易的。孟军说：那你给我找一个？秦欢说要找也轮不到我呀。孟军问：那有谁？秦欢说自然是接待方了。现在不是有这种说法：带老婆来吗，欢迎；带情人来吗，保密；一个人来吗，安排。孟军乐得直笑。这段子他是头一回听说，可仔细一琢磨，还真他妈的贴近现实。前天中午自己要是留在"会馆"里"休息"不也就"安排"上了吗？他看看秦欢，长长叹了一口气。秦欢一脸坏笑，说享受这么幸福的生活想不笑都难，叹啥气呢？孟军沉沉说：勾起了我的一件心事来。这时服务小姐推门上菜了。

选这家菜馆，是基于秦欢对孟军的了解，他一直对羊肉情有独钟，同时也基于对"接待方"的了解，堂堂市长书记断不会让高客吃这难登大雅之堂的劳什子羊。而那些年自己在孟军的影响下，也渐渐喜欢上了这一口。记得那年元旦两人在一家宾馆相聚，天黑时，孟军陡地从床上蹦起，说要带她去吃涮羊肉。那天大雪飘飞，孟军不畏艰难，开车行驶了一个半小时，才赶到京郊的那家自称是"全羊人"的羊肉馆。大吃一顿后回到宾馆已接近午夜时分。开门的服务员听说他们冒大风雪跑了三个钟头只为吃一顿涮羊肉，摇头说宾馆对面就有一家羊肉馆呀。孟军说知道。她问那为啥要舍近求远呢？孟军说让你品尝一下"正宗"多跑点路算什么？这端的让她很感动，就一直记着这档子事。此刻，她望了孟军一眼，一股暖流悄然涌上心头。

酒，孟军有意要的"崮城老烧"，就是邓所讲解放军喝了攻山头的本地茅台，为此，称为"革命小酒"真的是恰如其分。当两人干了第一杯，孟军突然记起"那时"的秦欢根本不敢碰白酒，一小杯红酒便晕乎乎。想想也真是岁月蹉跎物是人非呵。

孟军告诉秦欢刚才规划局的人带他看了三个项目，一个是崮城礼赞，一个是崮城二环路，再一个是全省最高的八十八层摩天大楼。秦欢不屑地说什么都争强好胜，在小山城盖那么高的楼干啥呢？在上面晒地瓜干么？孟军被逗乐了。

秦欢尽地主之谊连敬了三杯，抽张餐纸擦擦嘴，问孟军：刚才你说一桩心事，要不是隐私……

孟军摇了摇头，说也算不上隐私，闺女。为闺女害愁。秦欢问：闺女不是挺好的吗？聪明伶俐模样俊，上贵族学校再说有你做坚强后盾，人生注定会顺风顺水。

孟军拖长腔说可我能跟她一辈子吗？

秦欢说：自然不能，但人家会有自己的生活。

孟军说：自己的生活？设想一下，怎样的生活？

秦欢说：这你就多虑了。女孩子总是要嫁人的……

孟军说：是要嫁人，可嫁给什么人？

秦欢调侃说：自然要嫁给男人了。

孟军脸上布满愁云：是，要嫁男人，可如今满世界还能找到一个好男人吗？只兴别有权，别有钱，一阔脸就变。

秦欢说一竿子打翻满船人。也包括你？孟军苦着脸说应该包括吧，所以更有感触。

中山装 93

秦欢不语，神情一下子变得黯淡，从孟军的心事，勾起她自己的心事，或者是对自身婚姻的审度，当初那个对自己如哈巴狗似的男人，调到省里不久，便"换马"，还不止一匹。可笑又可恨的是，有了新欢便从她这里"全身而退"，偶尔回一趟家，就像见了个传染病人，沾都不沾。有人把成功男对自家老婆的态度调侃为"一不做，二不休"，自己亦享受如此待遇。仅从自己的婚姻状况她就能体会到孟军对其女儿的担忧。

孟军拿出一包烟，试探地递给秦欢一只，秦欢亦接了。点上烟，两人四目相对，久久不语。

良久，孟军开口说道：大环境让人堪忧，无以为对，所以我想把女儿送出国，让她以后在国外生活，在那里成家。

秦欢问：国外的男人就没坏的？

孟军说：坏男人哪儿都有，可比例不同，程度不同。

秦欢问：怎讲？

孟军说：比方一筐水果，人家那里只是有那么几个烂的，而咱们这儿从中就挑不出几个好的。至于程度么，以克林顿为例，绯闻传遍世界，充其量一个莱温斯基，而我们这里，一旦成了个什么人物，就搞将起来，动辄几个，甚至十几个二十几个，你就不知道除了搞他还有心干别的。

秦欢心想倒也没耽误人家登主席台夸夸其谈讲带领百姓奔小康呵。又想孟军的这种忧患是现实存在的。而自己又何尝不是，虽然自己生的不是女儿是儿子，且还小。就已经在为他的未来忧虑了。

孟军说：我也晓得，送出去有送出去的问题，国外亲情淡漠，又隔着千山万水，难以沟通，弄不好这个孩子就是给人家美国养的，与你没啥关系了。

秦欢认同说：这种情况比较普遍。让父母很不好接受。

烤羊排送上来了，孟军端起酒杯敬秦欢，两人干了。放下杯孟军叹了口气，说：反正甘蔗没有两头甜，要甜，就甜孩子那头吧，只要她幸福，别的就在其次了，不去想。

秦欢动手为孟军撕下一条勒条，递在孟军手里，说：这个思路是对的。送出去是首选，何况不存在经济问题。孟军先把烤成暗红色的勒条放在鼻子上闻，然后吃将起来，边吃边说：美味呵，美味呵。

秦欢默默看着他吃又问：孩子现在读高中？

孟军说：高二，争取过去读高三，强化一年外语，考大学，倒也顺，只是从小娇生惯养，自理能力差。一个人放出去不放心，她妈坚持要找一个陪读的……

秦欢问：保姆？

孟军摇头：不是请保姆，那太显眼，对孩子的成长也不利。

秦欢问：那怎样……

孟军说：目前流行这么一种做法：请一个同年级各方面优秀家庭条件却不允许出国的孩子，让俩人结伴而行，当然这孩子的一切费用由我们出，条件是在未来的几年中照顾好我们的孩子。

秦欢眨巴几下眼。她是头一次听说富人用这种方法送孩子出国，觉得很新奇，细想想也觉得可行，她不由想起那句"钱能解决的问题便不是问题"的话来。

秦欢问：一定是女孩子了。

孟军说：一般来说是这样，要是有一个男孩十分优秀，足以让女儿托付终身，那就不妨就让他们以恋人的身份一起出去，一块完成学业，一块找工作，尔后再正式结婚。

秦欢说：这种模式可能更好，只是得把人选好选对，还得有感情基础才行，否则会产生许多问题。

孟军说：是这样的，所以我们暂不考虑这个选项，就找一个女孩……

秦欢自言自语：女孩，优秀的穷女孩……

孟军突然两眼一亮，望着秦欢问：秦欢，你帮我在本地找一个这样的孩子怎样？

秦欢沉思一下，随之点点头，说倒可以试试，我的一个好朋友是做教育工作的，可以请她给物色物色。

孟军一听喜上眉梢，说：秦欢你帮这个忙，我太高兴了。来，为这个单敬你一杯。

对饮时"韩记"看家菜"烤羊宝"端上桌。俩人不由对视一眼。

傍晚常德在打来电话，讲他正往市区赶，问怎么见面？孟军说一起吃饭吧。

是一家韩国菜馆。离宾馆不远，孟军先到，在房间里用电话为常"导向"。不久常风尘仆仆赶到。刚坐定，孟军便问：情况怎样？

常说：算是清楚了。挺复杂。

孟军有些警惕问：复杂？怎么个复杂法？总不能是我的真大哥吧？

常说：说真不能算真，说假不能算假，复杂就复杂在这里。

孟军一怔。

常律师看是饿了，菜一端上来便不顾一切地大吃起来，生菜将烤肉一裹，几乎不嚼便咽下肚。

孟军皱皱眉头问：中午没吃饭吗？

常点着头，等着嘴里有空闲，说：那书记领着，一户一户找人谈，哪顾得上呢。

孟军耐心等着，常亦适可而止，擦擦嘴，又喝口茶涮涮嗓，就开始说起"情况"：老伯大名孟凤岐，乳名大成，属蛇，一九一七年四月三日生人。在本村读过三年私塾，后到邻村姜格庄读公立学堂，十六岁那年在镇上一家成衣铺当学徒，记账；二十岁到原先就读的学堂当老师，二十一岁娶妻孟王氏，二十三岁离家奔赴抗日前线……

孟军不以为然地听着，父亲的人生"履历"他早就烂熟于心，哪里用得着一个"外人"为他讲述？自己急于知道的是父亲是否还有另外一个儿子，换句话说就是这个自称是父亲儿子的人是不是冒牌？无论是真是假在这个时候跳出来又居心何在？

常自然晓得自己的委托人怀一番怎样的心思，只要他"直奔主题"，然而作为被委托人的他则必须周详陈述，不能把自己的辛苦工作丢进"黑影"里。于是便不顾忌孟军的感受，继续有条不紊地讲述着当事人孟凤岐的人生经历：大伯投笔从戎是受到他的同学刘起玉的召唤，刘当时在黄海边的崂山里担任抗日游击队的小队长，他晓得大伯数学过硬，算盘打得好，推荐他当了大队事务长。尔后大伯就一直奋战在部队的后勤战线，直到抗日胜利时成为团后勤部长，解放战争时期……

孟军已是忍无可忍，黑着脸说：德在，对你讲，关于家父的革命业绩一位作家正在撰写革命回忆录，以后你可以把这次调查所得提供给他，现在……

常德在说明白明白，咱就直接说"儿子"的事，关于这个人的"儿子"身份，还是前面说的那句话：说真不能算真，说假不能算假。

孟军压住心中的不快，说这种实打实叫硬的事，怎能模棱两可呢？

常德在说：是呵，一开始我也这么以为，可后来我也搞不清这到底算真还是算假。

孟军简直有些恼怒了，他克制着，说你们当律师的都有一种职业病，喜欢把话弯绕说。这样吧，我来提问你回答。

常德在点点头，端杯呷了一口酒。

孟军：我父亲参军离家前和孟王氏有孩子没有？

常德在：这个倒没有。

孟军：父亲在与孟王氏的婚姻存续期间发生过婚外恋么？

常德在：这个也没有。

孟军：父亲从参加革命到和孟王氏离婚，这中间他回过家么？

常德在：没有，这个许多人能证明。

孟军：这不就得了。一对不见面的夫妻又怎能生出孩子来？要是生出来了，那一定是孟王氏不安分，生出个野种孟培仁来。

常德在摇头：这个孟培仁不是孟王氏生的。

孟军惊讶：不是孟王氏生的？那他是从哪里来的？

常德在叹了口气，说这档子事年代久远，也只有少数老人才知根知底。说来话长，我简略说说这期间的过节。

孟军等着。

常道：说起来孟培仁还真是个野孩子哩，是大饥荒那年被孟王氏从村头捡到的，一岁模样，皮包骨头，奄奄一息。孟王氏可怜这孩子，就抱回家养着。到三岁时还不见有人来寻，便断定他爹妈不在了。于是就在族人的见证下，立下收养字据，正式成了孟家子嗣。取大名孟培仁。这就是孟培仁的来历。

孟军不住地点头，神情也放松，说：原来是个鱼刺（如此），事情已经清楚明了，这人虽姓了孟，入了嗣，但与家父是没有一丁点关系的。

常德在说：有的。

孟军：为什么？

常德在：这就说到事情的症结所在：无论从法律还是常理上讲，孟培仁是老伯的儿子，准确说是老伯与他的合法妻子孟王氏的共同过继子，因为老伯并没有和孟王氏真正离婚，直到现在。

孟军一怔，大声说：这怎么可能，这怎么可能？

常德在默然不语，拿起一只烤肉串往嘴里送。却让孟军一把抢下来，狠狠丢在盘子里，道：你个常德在闹什么妖，讲，闹什么妖？

常德在望着孟军郑重说：不是闹妖，我说的都是实情，是这一带乡下人谁都知道的实情。你是我的委托人，我必须与你说出真实情况，这样才好应对后面的事。

孟军急忙说：不对，我看过爸妈的结婚证，他们是合法夫妻。

常德在摇摇头：从法律上说，在两个人婚姻存续期间，某一个人再婚便犯重婚罪。

孟军愤愤说：真他妈滑天下之大稽了，他们结婚快六十年了，到头来竟成了非法夫妻，可父亲说他和孟王氏是办理了离婚手续的。

常德在说：这个老伯没有说谎，他提出离婚，捎信给乡里，说工作忙不能亲自回来办理手续，请地方政府帮他解决此事。乡政府回信说没问题。只是因为后来邻村也有类似的情况，那女人想不通上吊自杀了，乡里就不敢再给老伯办了，想缓一缓，也不巧，经手的这名乡长调走了，也没跟别人交代这码事，就搁置起来。而孟王氏还一心一意等着老伯回来，后来觉得不对，便到乡里打听老伯的下落。一次一次地跑，弄得政府没辙，最后只得说孟凤岐在渡江战役牺牲了，怕她难过才没告诉她。孟王氏大哭一场，终是死了心。尽管如此，却并不影响她与大伯的婚姻继续存在，理应受到法律的保护。她仍是大伯的合法妻子，孟培仁是大伯的合法养子。

孟军哼了一声说：他合法，我和哥哥倒成了非婚子，不合法了。

常德在说：理论上是这样的。

孟军紧跟句：就是说老父去世，他这个养子比我们更有继承家产的权利。

常德在说：法律上是这样。

孟军点点头说：是这样，只是他就这么钻了法律的空子。

常德在：我们现在还不能确定这人的用意所在。

孟军又哼了一声：怎么不能，其狼子野心昭然若揭。

这时，孟军的手机响了，是邓主任。告知说纪念馆的线路已经修好。捐赠仪式定于明天上午进行，问孟军可不可以。孟军稍稍迟疑一下，说可以。

常德在似乎听懂了电话内容，却不语。

孟军的脸色很难看，说：老常，有句话叫嗑瓜子磕出臭虫，就是这样。看来事情真还有点麻烦，必须认真应对，你看该从哪着手？……

常德在思忖着说：虽说我是你的律师，毕竟也是外人，意见不好拿，只能提供建议，供你参考。

孟军说：只管讲。

常德在说：文化大革命时都喊一句口号，叫要文斗不要武斗。

孟军说是毛主席语录，都能背。

常德在：要不就照毛主席他老人家的话去做？

孟军等着常说下去。

常德在说：这个孟培仁想认祖归宗，其诉求应该是利益。穷山恶水出刁民，抓住一根稻草，就不会松手。依我看，不妨找他谈谈，摸摸他有多大的胃口，要小来小去的，不妨满足他，这样也省得闹腾起来坏了大伯的一世英明。

孟军皱眉思索着。

常德在说：要孟总委实心里不平衡，就任他闹腾去，就算他诉之法律，想赢也不可能。我还是想事一闹大，媒体，特别是网络不好控制，必定搬弄是非，错误导向，就算咱最后打赢官司，舆论也会闹得满城风雨，这就因小失大了，"君子不和小人斗"的道理也就在此。

孟军半晌无声，也不想常德在的话，排除个人的义愤在外，其实事情的利弊在心里是很清楚的。捐赠仪式本是替老父歌功颂德的事体，这当中闹出是非，也就因小失大。哥哥的"指示"也是这个意见。于是，他冲常德在点点头，说：行，老常就按你的思路办吧，只是要快，明天上午举行仪式，得赶在这之前把这事搞定。

常德在说：那就今晚会会那个孟培仁。

孟军说：对。阻止他明天出现在会场。我这就给邓主任打电话，让他把那人带到宾馆，咱一块和他谈。

邓的电话几度忙音，终是通了。孟军把想法告诉给邓，邓说他也要找"孟老哥"，没找到，不晓得到哪里去了。

孟军一下子放宽心，想如此明天的仪式他就参加不上了。

邓又说：对了，孟总有件事我正要向你报告，明天的捐赠仪式又要往后推，安市长明天要去省里开会，只能再延期，十分抱歉。不过能借机挽留孟总在家乡多住几天，也是大好事呵。

孟军笑说是好事。心想反正替女儿物色陪读的事也得需要时间，会议延期，正好做这件事。

就给秦欢拨了电话。

在宾馆大门外孟军与秦欢的"同志"近距离见面。三十七、八岁的叶红，一张美人的瓜子脸，皮肤白皙，长发盘在头上，高贵而典雅，下身穿牛仔裤，上身穿一件衬衣。尽显性感。他的身体陡然有了冲动。当着秦欢的面，他觉得自己是几近无耻了，连忙缩回目光。

秦欢为之介绍：叶红。三中教导处副主任兼语文组组长，市人事局局长夫人。

迎着明亮的朝阳，越野车上路了。渐渐地，道路由宽变窄，由柏油路变土路，汽车也就进入崮山山区。坐在后座上的孟军默默地望着前面驾车的叶红与坐在副驾的秦欢，自然而然想到人的性取向问题。无论男人女人，改变其性取向的原因很多，也不尽相同，而眼前这两个鲜亮动人女子其原因倒是相同的，即被自家"成功"男人当成旧衣服弃之不顾。想想真的让人无话可说。有句话叫"男人是动物"，而女人又何尝不是？食色，性也，是世人无法摆脱的纠结。比方眼前的秦欢和叶红，当身心空落无奈只能结为"同志"报团取暖，以抵抗人生的寂寞。这么想不由为之怅然，叹了口气。

　　叶红安静地开着车，秦欢则为孟军充当起导游，向他介绍着沿途的地理与人文。可谓是到哪山唱哪歌，在这闻名于世的"革命摇篮"讲述的自然是发生在这里的战斗故事，这是"老区"的专利，是不可不示人的家珍，尽管已有越来越多的人开始意识到其中的歧义，包括他自己。当越野车驶过一道山垭口，高高的崮山耸立在前方。秦欢又因势利导讲起当年那场尸横遍野、血流成河（对不起，那场面其惨烈的程度现代人无法描述，只能套用这句陈词老调来"写真"）的崮山攻坚战来。她说有言敌死一千我亡九百，其实崮山之战我方的死伤远超过敌方，战士们是踏着同志们的尸体占领崮山的制高点。他听着，冷丁记起前年去台湾在孙中山纪念馆前遇上的那个国民党老兵——姚。老兵姚已八十有六，操一口他熟悉的鲁中口音。据导游介绍，老兵姚来这儿来，只为向山东来的游客打听一个他当年的"国军兄弟"，天天不落，风雨无阻。老兵姚的执着引起他的强烈好奇，便上前与他搭讪，说自己的老家便是山东崮山，老兵姚闻听异常兴奋，抓住他的手摇个不停，询问知不知道有一个叫宗福元的人，他问这宗福元是什么人，他说是他的国军弟兄。又说在当年的崮山战事中"宗大哥"救了他一命。可一仗打完，失散了，自己随部对一退再退最后退到了台湾，而"宗大哥"没跟上来，留在大陆，不知是死是活。他一直惦记着他，希望在有生之年能找到他，当面感谢他的救命之恩。他询问"宗大哥"是怎么救了他的命。老人瞬间流下浑浊的泪，哽咽着诉说起当年，他说据守崮山的是他和"宗大哥"所在部队的任务。军力充足，工事坚固，弹药也足够，按说是守得住的，可那天共军攻得太凶，有句话叫什么来着？对了，前赴后继，就是前面的人倒在机枪扫射下，后面的接着又冲上来。人全疯了。国军也同样死伤惨重，打到日头快落山时，只剩山顶上一个大碉堡。靠一挺重机枪扫射。共军还是一排一排地冲，又一排一排地倒。尸体摞满了山坡。这时候宗大哥的脸涨红得像猪肝，破口大骂呼喊：狗娘养的，仗哪能这么打呀！作孽呀作孽呀！吆着一脚将身前的机枪手踹到一边，自己抱住了机枪，谁都看得见，他把枪口向上高抬起，射出的子弹越过冲锋的共军，落在山下空地上，大伙儿一时呆了，直瞅着共军直起腰来往跟前冲。这时，又听见宗大哥冲伙伴大声呵斥：撤呵！这仗打不赢的，快撤！往山下撤！大伙被他喊清醒了，清楚这仗是没法打了，就从山后坡撤了下去，清点人数时发现宗大哥没下来，不晓是死了还是做了俘虏……

崮山战！崮山战！听了老兵姚从"另一方面"对发生在家乡的那些战争的讲述，作为当年参战者的后代，他极强烈地受到了震动，战争这个字眼亦由先前的模糊变得清晰起来。最后，他答应老兵姚帮他打听那"宗大哥"的下落。只是自己并没有兑现所许下的承诺……

孟军慢慢地把目光转向车窗外，层层叠叠的山岭上，深秋里的树叶一片血红，许是心理的缘故，他从透过车窗空隙刮进来的山风里竟闻到一股血腥味儿，潮潮的，顶鼻子，他的思绪又回到崮山战役上，他记得在一本史料上看到如此记叙：由于外围有二十万国军将战区团团包围，部队攻下崮山很快便放弃了，连夜突围出去。对此他很是惊诧。既知攻下来要撤，那么付出如此惨重代价（子弟兵战死一万三千余）其理据又何在？他曾就此问过父亲，父亲也很惊讶，说你个小子咋有这些怪念头呢？打仗就是为了胜利，为胜利就必须消灭敌人的有生力量。别的，哪能管得那么多？他不由自主深叹一口气，思绪又转到对老兵姚的许诺上，静默了一会，他拿出手机拨了邓主任的电话，通了后他向邓询问：要是寻找一个当年在崮山战斗中被俘的国军士兵（他认为那"宗大哥"后来一定是被俘）该如何进行。邓回答说如果确实是被俘，那么当年的军事档案里一定会有记载，应该查得到。又说他可以让档案馆给查一查。孟军向他道了谢。

前面就是王家垭口。叶红开启金口，讲了整个路程中的唯一一句话。当然该讲的话，已提前讲过：她的一个表妹在镇中学当老师，由她帮忙寻找陪读的女生。她说已经物色了几个对象，只等孟总亲自来过目挑选。

学校的格局是一个放大了的四合院，平瓦房，从挂着"王家垭口中学"牌子的大门进去，是大院兼操场，由于空间促狭，只在院中央竖着一根篮架，为充分利用，篮板两面都有篮圈。只是拼接起来的篮板掉了一块，由此变得袖珍。犹同腿上绑沙袋炼长跑，孩子从小在这样的球场炼打球，今后当会大踏步走进 NBA。在大院的四个角落处，分立着四个用水泥垒成的乒乓球台，台面中央横摆着一溜充作球网的红砖。尽管因陋就简却也尽显学校执力提倡的体育精神。只是正置上课时间，操场冷冷清清。

个子不高，完全一副农民模样的校长闻声迎出来，满脸堆笑地与来人逐一握手，还有叶红的那个清秀的表妹王老师。"孟总"一行被引进一间狭窄简陋的校长室，为分配可坐的板凳颇费了些周折，总算坐定。校长首先致欢迎词，讲孟总在他们学校"选才"是对学校的极大信任与鼓励；尔后又致保证书，表示学校会当成政治任务把最优秀的学生推荐出来供挑选，保证不给国家丢脸。孟军听着觉得心里挺别扭，心想一件纯私人的事怎么就与政治任务和国家挂起钩来了呢？他看看秦欢又看看叶红，一时竟无语，还是叶红灵动，对校长说我们只是来随便看看，有合适人选最好，没有也无所谓。只因孟总是咱本地人，对家乡有感情，所以才舍近求远跑到咱这儿来。校长拼命点头说：对，对，别看咱乡下孩子见识少，可知道努力学习，具有吃苦耐劳诚实艰苦朴素的优秀品质。可以说个个都是宝。孟军尽管觉得校长的卖力推介有些蹩脚，却也知说的靠谱，否则就真的不用像叶红所说"舍近求远"到这穷乡僻壤里来。便说，谢谢校长美意。只是这事得遵从孩子们的意愿，不能……校长打断说孟总你多虑了，免费出国留学，这样的好事到哪里去找，千年难遇哩。孟军笑笑。

校长和表妹王老师想得周到，为避免混乱，在上课时间把候选人叫到校长室参加面试。为公平起见，不按事先拟出的名单排序，让孟军随意唱名，唱到谁叫谁。尽管仍觉得太庄重，孟军还是默许了。他从王老师手里接过名单，眼光由上往下浏览。他发现其中一个与一位名扬国内外的女学者同名，不由引起他的兴趣，张口喊声：于丹。王老师闻声跑出门去。

不久，王老师带着一个女生进门，女生站定后先向孟军鞠个躬，道声孟总好，接着又向秦欢和叶红鞠个躬，道称阿姨好。女生对来人的熟知显然事先已做了番"功课"，孟军看了这个叫于丹长相一般的乡下女孩一眼，心里便清楚自己要给她打"NO"了，除却长相，个子也过矮，营养不良导致头发干涩，没有光泽，不掺假的黄毛丫头。这么个女孩在未来的几年要和自己的女儿在国外"三同"，他接受不了，老婆黄楠那里也通不过。尽管心中已有定论，可他不忍立刻亮出"结果"伤了孩子的自尊心，遂问：家里有什么人呢？答：俺爷俺奶俺妈俺弟。问：那爸爸……答：去世了。他顿了顿，转过话题：你学习怎么样呢？不待回答，一旁的王老师赶紧替她说刚考完中考，于丹全年级第二名。孟军点点头，也就明白人家所以推荐于丹的理由了。

对于丹的"面试"很是影响孟军的心情，他觉得这般居高临下的做法有些不恰当，会伤害孩子的自尊心。另外学校的推荐与自己的要求也不合辙。于是便建议改个方式：于课间活动时间，他自己到操场或者教室里物色，看有没有合适人选。校长和王老师互相瞅瞅，只得同意。

下课钟就敲起来，在山间悠扬回响，紧随而来的是学生拥出教室的嘈杂声。孟军就走出校长室，信步于学生中间，目光四顾。院中央那座怪模怪样的篮架下是男生的天地，而女生则分散在四边的水泥球台打乒乓球。孟军走过去，装着欣赏的样子，笑吟吟地看，当然主要是看人。无论在什么地方，美都是炫目的，他很快被一个可用"鹤立鸡群"一词来形容的女生所吸引。简单地说，该女生从形体到相貌俱佳，质朴中尽显妩媚，很像电影《色戒》里扮演什么芝的汤唯。这个按说是可以的了，可几经权衡之后，他同样给这小女生打了"NO"。他晓得如果自己现在的身份是"星探"，是选秀节目的导演，那会大获而归，问题却是为女儿选陪读。女儿高高的身条，秀气白净的面庞，很可人。可如果和这个女生站在一起，就相形见绌了。若两人一起出现在美国的校园里，女儿只有给人家当"电灯泡"的份。这自是万万不可的。

有言河里没鱼市上见，这里便是市，人市。孟军在"市"上转了几圈，眼光就停留在一个跳绳的女生身上，他的心一动，觉得该女生和自己的女儿相般配，便向站在远处的王老师示下意，王老师心领神会，便向那女生走过去。

于是，孟军就和那个叫李珍的女生会面于校长室。

回到宾馆，孟军立刻给老婆打电话，告诉她陪读的人选已基本敲定。各方面条件都适宜，只是英语差些，也不打紧，出国前把她接到北京上一期补习班，就成。老婆说无论如何我得提前和她见个面，全面考察一下，还得让女儿和她接触接触，看两人投不投缘。没问题了，再给她办手续。孟军说还是你想得周全。

挂了电话便有电话进来，一听却是叶红，不由打个怔：刚才在外面一起吃了中饭，秦欢喝多了，他坚持先送她回家，念想是认认她的门。尔后叶红把自己送到宾馆，刚走，怎么就来电话呢？他问叶红，怎么了呢？

叶红说：孟总你有东西落车上了，要不要给你送过去？他哦哦了两声，当弄清楚并未落下什么东西，叶红的心思便昭然若揭了，只看你愿不愿接招。既已心照不宣，拒之则伤人不浅，何况这瞬间已生出将其占有的欲念。于是就说我这人一向马大哈，你要没走远，就麻烦拐回来吧。叶红说不麻烦。

等叶红的时候，心里却想这送上门的人要是秦欢该有多好。

给叶红开了门，叶红却矜持地站着不进，掌心亮出个打火机，一块钱一个的那种，他心里好笑，演戏应恰到好处，过了就弄巧成拙了。他没有接打火机，一把抓住叶红的手，生生把她拉进门。叶红倒也乖巧，门在身后一响，便把身子软软地向他靠过去。什么叫一步到位，这就是了。

整个过程，孟军有种异常的感受，这可能与知道她是秦欢的"同志"有关。这给了他不同凡响的刺激，边做便想，她和秦欢在一起扮演的是什么角色呢？是 A 还是 B？

事毕，叶红拉被子盖住脸，一副羞于见人的感觉。欲盖弥彰。孟军心里好笑，却没有说出口。

叶红在被子里面说：你一定是晓得我和秦欢的事。

他含糊答：怎么？

叶红说：我背叛了……

他问：背叛了老公？

叶红：不是他。

他问：不是老公，那背叛了谁？

叶红：你心里清楚，装糊涂。

他暗自笑了笑，隔着被子向她做个鬼脸，说这算不上背叛的。不算。

叶红问：不算背叛，那是什么？

中山装 ⑩⑤

他说：还俗，是还俗。

还俗？叶红哈哈笑着抛开被子，又扑到孟军怀里。

孟军任其所为，心里却在想今后与这个"还俗"回来的女人如何渐行渐远。

孟军一直想着"孟老哥"的事。心中不胜烦乱，但真正与其碰面理整则是三天后安市长从省里回来。安市长临走时特意给他打电话，说既来之则安之，利用这难得的空闲好好休息一下。其实，这也是他崮城之行的本意，却不料竟惹得乱事缠身。首先是要认祖归宗的孟培仁，再就是取秦欢而代之的叶红。这几天，他的主要精力都消耗在这两个人身上。当然，孟培仁方面主要是常德在忙活做对簿公堂的法律应对。而叶红方面，常是帮不上忙的，需自己亲力亲为。经过与她的第一次，他便清楚自己已经是惹火烧身了。叶的表现确实就像费翔所唱的"就像那冬天里的一把火"，让人招架不住，她上班时得空便打电话，下班就快速赶到他的"总套"，缠绵到很晚才恋恋不舍离去。尽管他有些不适，心思杂乱但还是为之感动。那天，一起吃晚饭，他问她：我想送你件小礼物，想要什么呢？她说不要。他问怎么不要？她说你已经送了。他疑惑：我哪里送了？她就笑，说我说送了就是送了嘛。兀地，他明白了她的所指，心里不由生出一种异样的情愫。

这天傍晚，邓主任来电话，讲安市长今天就回来，捐赠仪式定于明天，风雨无阻。又说老哥找到了，已通知他晚上到宾馆找你，不知你方便不方便。他说方便。

他就给常德在打电话，让他过来一起与"老哥"见面。接着又给叶红打电话让她下班先不要过来。

可谓万事俱备，只欠东风。

从怯怯的敲门声孟军知道是"那个人"来了，立刻向坐对面的常德在丢个眼色，常会意地点下头，站起走到门边，抬声问：谁？怎么不按门铃?!

来人似乎没听见，又再次敲门。

常德在就把门打开。

出现在眼前的是个地地道道的老农，五十多岁的模样，苍老憔悴，眼光黯然，脸上绽着不自然的笑，身材矮小，穿一身半旧灰色西装，脚上蹬一双军用胶鞋。如果不是这种不伦不类的穿戴，就完全是鲁迅笔下的老年"闰土"。

常德在盯着这个不速之客，并不立刻让他进门，问句：你找谁？

邓、邓主任让俺来，俺来见，见小军兄弟……"那个人"结结巴巴地说。

让他进来吧。孟军从深进去的客厅吆句。

屋里光线暗，"那个人"进门后没发现坐在会客厅沙发上他的"小军兄弟"，先是被房间的豪华宽阔吓了一跳，放光的眼里似乎在问：这，这是哪儿？

这时孟军从沙发上站起来，望着一步一步走过来的"那个人"，说句：我姓孟。

常德在说：孟总。

又指指沙发说：你坐那儿吧。

"那个人"就提着脚跟一步一步地走到常德在所指的位置，仍站着，用一种热切亲近的眼光注视着已坐下的孟军，问句：你，你是小军兄弟吗？

孟军不冷不热回句：我是孟军。

常德在说我介绍过了，这是孟总。你坐下吧。

"那个人"终于坐下，眼仍地盯着孟军看，不住点头：像，像，真像呵。

孟军看看常德在，常会意地掏出手机，按几下键，放在茶几上。

孟军淡淡：像，像谁？

"那个人"赶紧说：像咱爹。

混账！孟军在心里说。

他问：你叫什么名字？

"那个人"答：我叫孟培仁。

孟军清楚，他就是培字辈，不知出于什么考虑，当初父亲给他们俩兄弟取名字舍去了"培"字。本来，他应该叫孟培军才是。

孟培仁？孟培仁。孟军把玩地念叨着，问：这名字谁给你起的？

"这个"孟培仁赶紧回答：咱妈，是咱妈。

孟军在心里一哼，想，还咱妈！孟王氏是你妈，不是我妈。

孟培仁神色一下子变黯淡，悲声说：小军兄弟你不知道，咱妈去年三月十五那天过世了，比咱爸过世早五个月零三天。

尽管孟军对孟培仁咱妈咱爸地叫心里极不舒畅，可在心里还是算了算，孟培仁的话，准确无误，可见在这上面是用足心思的。

常德在端着热水瓶为孟军茶杯里续水，后望着孟培仁问：老孟你喝什么？茶？还是咖啡？

孟培仁连忙朝常德在摆手，说：俺不渴，不喝，不喝。

常德在不再让。

孟军呷了一口茶，望着孟培仁问：你是怎么知道我父亲去世的？

孟培仁回答：崮城日报报了。本来想，想去北京送送……可怕找不到地场。

孟军放下杯子，又问：你是怎么知道我来崮城了？

孟培仁回答：也是崮城日报，讲你要来捐赠咱爹的革命文物，咱兄弟一直没见过面，就想趁这个机会……

孟军问：你找了政府？

孟培仁答：嗯。镇领导说是好事，有意义，就报到市里……市领导也很支持，让俺来等着，还管吃管住。

孟军的脸色一点一点变得难看。孟培仁却一点没看出来，还是满脸恭敬，说：小军兄弟，等开完会，你跟俺回家住几天，让乡亲们见见，一定欢喜死了。

孟军心想，他们要是晓得"小军兄弟"今后将成为他们家园的"主人"——大地主兼资本家，不知还能不能"欢喜"得起来？

这时常德在看着孟培仁说：孟总工作忙，参加完捐赠仪式就回北京，所以有些事现在得和你说清楚。

孟培仁望望常德在，又望望孟军，问：啥事呢？

常德在说：我问你，你搞这一套，究竟想咋样？

孟培仁眨巴着眼，小心问：想咋样？

常德在说：不懂我的意思？那我再问，你望风扑影和孟总攀弟兄，到底有什么企图？

孟培仁还没听懂：企图？有啥子企图？

常德在问：家里困难是吧？

孟培仁仍不解：困难……

常德在打断说：孟总也知道你困难，愿意帮帮你，你就说个数吧。

孟培仁张眼问：啥数？

常德在说：钱呵，你想要多少？

孟培仁这遭懂了，却怔住了，良久方嗫嚅道：俺要钱？要钱？

常德在说：是哪，有钱才能过上好日子。

孟军说：老孟，要多少钱就说。

孟培仁摇摇头，说：小军兄弟，俺知道你和大兄弟都了不得，是有钱有势的人，可俺不能要你们的钱……

孟军笑笑：不要紧，不是弟兄也是乡亲，帮你也是应该的。

孟培仁仍然摇头不止，说：小军兄弟，你，你把事想偏了，俺不是冲钱来的……

孟军：那是…？

孟培仁一副要哭的样子，说：俺来崮城找你，是有个想法，不是为自个儿，是为咱妈……

孟军依然为这个人"咱妈""咱妈"地拉近乎耿耿于怀，却也不理会，只问：为啥？

孟培仁用手指抹抹流出的泪，颤声说：小军兄弟，你是不晓得，咱妈苦呵，她知道的是咱爹牺牲了，守着烈属牌过日子，可心里一直装着咱爹……

孟培仁说着把手伸进西服内兜，摸出一张泛黄的相片，擎在手里说：咱爹给咱妈只留下这张相片，是成亲时照的。几十年来妈一直保存着……

常德在起身取过相片，看了眼，又送到孟军面前，孟军就接过来，端详起来：年代久远的黑白照，一对青年男女并肩而坐。男的穿一身中山装，留老式分头，神采飞扬，单从这眼神孟军便确认是老父无疑。他又注视起老父身旁的女子，知道这就多的原配孟王氏，模样很标致，笑得甜甜的，因把脸转向夫君，从后脑露出鸭蛋形发髻。不知怎么，看着这张照片，孟军一下子联想到最近看的新版电视剧《苦菜花》，合影上的爹和孟王氏很像电视剧里的马振山和娟子。这一刹他的心弦冷丁被拨动了一下，飞散出一种说不出的情思，不由叹口气，抬眼看着孟培仁说：老孟，你也别难过了，你的心情我能理解，许多事我也是刚知道，心里也挺不好受的。可上辈人已经走了，是恩是怨都没办法了，咱作为晚辈人……老哥，你有什么要求尽管提出来，我会尽力帮你解决的。

孟培仁仔细把相片装进西装口袋里，泪又流出来，说：兄弟，俺是这么想的，妈活着的时候孤单，死了也孤单，作为当儿子的……

孟军：你说。

孟培仁：俺想让爹和妈合葬……

合葬？孟军的心一震，他压根儿没想到这个老孟会提这么个不靠谱的要求。是完全办不到的，他沉思一会儿说老孟也许你不知道，我父亲的骨灰保存在八宝山……

孟培仁闻听像吓着了，连连摆摆手说：不，不，俺，俺不是要骨灰，这个，俺想都不敢想的。

孟军在心里思忖，对的，这个他应该晓得完全不现实，可是，除此还有什么可以用来合葬的呢？他头脑里陡地跳出两个字：头发。是的，用头发代替逝者是民间约定俗成的做法，而且他还知道，父亲去世前每次理发，母亲都暗暗把头发收集起来，必然还保留着。他说：老孟，请等一下。说毕他从沙发上站起身，走进健身室，把门关上后给家里拨了手机。

照例是老婆接，他直截了当让她请老母听电话。

从母亲不甚耐烦的声音他晓得是正在看她百看不厌的电视剧《甄嬛传》，便言简意赅地把事情的大致过节讲给她听，当母亲最后弄清楚是让她分出父亲部分遗发与那个女人合葬，便不由分说予以拒绝，呛道：你个小军从啥时起学会吃里爬外，净办不靠谱的事呢？我对你讲，你想再认个妈我不管，可要想把你爹分出来送人，我决不答应。说毕，咔嚓挂了电话。

孟军怔了怔，然后回到客厅。

他有些歉意地说：老孟是这样，家里本来保留了我父亲的头发，按说可以……，可是，可是……找不见了。

孟培仁开始认真听，听着听着又慌张起来，说：这个，俺，俺也没敢想，没敢想……

孟军不由疑惑起来，问：那你想？

孟培仁说：俺想要件爹的衣裳。

孟军：衣裳？

孟培仁点着头说：俺就想要父亲一件穿过的衣裳。按照老家的规矩，把衣裳埋进坟里，也算是合葬。这样，咱妈和咱爹就团聚了。妈就称心如意了。

孟军一下一下地点着头，他听明白了，也理解了，便有种如释重负的感觉，长舒了一口气，想若早知道就是这么点事，又何必风声鹤唳费那些心思呢？

而常德在从律师的角度似乎还心存疑窦，追问孟培仁道：你这次来找孟总，单单只为要一件衣裳？

孟培仁再点点头：对。

常德在：肯定？

孟培仁：肯定。

常德在说：好。我们相信你，当然……常德在没把话说下去，可孟军晓得他想说的是我们已将你的话记录（录音）在案，想反悔也是没用的。不知怎么他有些可怜起这位自称老哥的孟培仁来，依仗他的现有身份，本是可以多索取些东西的，只要适度他也能给。可他没这样，只要一件衣裳。他觉得常德在从法律出发的"较真"就有些欺凌的味道了，可他也理解他的心思，律师就是拿人钱财替人免灾的角色嘛。他千里迢迢跑来，不就是为这个？

他回了回神，看看孟培仁说：老孟你放心，衣裳可以给。

孟培仁喜出望外，问小军兄弟你同意了？

孟军微微点下头，说没问题。可你想要件什么衣裳呢？单的，还是棉的？

孟培仁赶紧又从口袋里掏出那张合影相片，用热切的眼光盯着看，说要能给件中山装最好不过了。照这像时爹就穿中山装，妈活着时成天拿出来看，嘴里不住地嘟囔：仁呵，看你爹穿这身衣服多体面啊。所以她死后我就一直想：要能有爹的一件中山装陪伴着，她在地下就心满意足了。

孟军默默听着，心里不由泛出些酸楚，他晓得"老哥"的这一要求也不难满足，父亲自军界转到政界后就一直穿中山装，各种面料的中山装多的是，可刚要说老孟给你中山装时，又顿住了，改口道老孟你等一下，说着起身离开客厅，走进健身室了。

常德在晓得，他一定是要与他真正的大哥联络，听听大哥的意见。一件衣裳，哪怕是中山装，都不值什么，可要允了，会不会发生其他意想不到的是非来？孟军有些拿不准。对，是这样，他怕拿不准……也许正在这一刻常德在的内心发生了微妙的变化，角色亦由受佣人变为一个旁观者，有言当局者迷，旁观者清，他觉得就这桩事的本来面目而言，发展到这一步也是他始料不及的。孟培仁的要求不应止于一件衣裳。这一点，他清楚，孟军清楚，至于当事人孟培仁清楚不清楚，他就无从猜测了。反正他放弃了除中山装之外的所有诉求，他觉得假若自己现在是他的代理律师，那他会……问题是自己不是这个角色。他望着面前仍然诚惶诚恐的老孟哥，不由摇头叹息一声。小心翼翼说句：老孟哥，无论从哪方面说，孟总都是可以帮帮你的。对他，也真的不算什么……

"呵，不用，不用。"孟培仁咧嘴一笑说。

这时，孟军回到客厅。望着孟培仁说：老孟你放心吧，给你中山装。

孟培仁满脸绽笑，说：谢谢小军兄弟了。

孟军说老孟你别客气。等我回北京就立马把衣裳寄给你。

孟培仁点头哈腰告退。走到门口又转回身，望着孟军问：小军兄弟，这次你不回家看看么？停停又说：回去看看吧。

孟军止步于房门口。望着"老哥"的身影消失在走廊尽头。不知怎么，心情不仅没感到轻松，反倒无端沉重起来。也包括默然而立的常德在。

经一拖再拖之后，捐赠仪式终于开幕了，一个小会用"开幕"这一"隆重"字眼是因为会开的确实隆重。四大班子一把手悉数出席，电视台、报纸、网络一大帮子记者集聚现场采访。仪程周密一丝不苟：介绍来宾、宣布开幕、奏国歌、向英烈默哀，后安市长讲话，高度赞扬"孟老将军"为革命为家乡的解放所作出的伟大贡献，以及孟家人将珍贵的革命文物捐献给家乡的无私精神。云云。接着由"孟家人"的代表孟军宣读捐赠物品的清单。大多为在战场上缴获的战利品，计：

南部一四式手枪一支（崮山战役缴获）；

九三式望远镜一只（济南战役缴获）；

奥林匹亚照相机一只（淮海战役缴获）；

军用折刀一把（淮海战役缴获）；

炮兵使用的偏差盘（渡江战役缴获）；

礼仪佩刀（指挥刀）一把（渡江战役缴获）。

另有一些小件战利品，如上有"大福"字样的铜币型护身符、国军上校军衔肩章、纯银鉴花烟盒及上有"国光"字样的白瓷酒壶，等。

孟军宣读完毕，全场热烈鼓掌，掌声中，于涛书记将事先印制好的捐赠书颁发给孟军。

捐赠仪式按既定议程一项一项往下进行，气氛热烈而郑重。只是在进行"兄弟相见"一项时出现了问题：孟家老哥竟不在现场。于涛书记转向邓主任询问，邓赶紧近前向其耳语，书记渐渐点起头来，说这么，那就取消。这期间孟军心里是清楚的：孟老哥孟培仁回家了。

正式的会结束，与各方领导握别后，孟军在秘书长、市文明办李主任以及纪念馆陶馆长一干人陪同下参观纪念馆各展室。在荣誉室里，孟军看到父亲的标准像已悬挂在众多英烈人物照片的阵列里，包括当年指挥崮山战役的高级指挥员如陈毅、粟裕等。父亲照片的位置正对着一扇窗子，那双坚定有神的眼睛如能望出去，就可以看到那乳状的崮山山岭，那里是他建功立勋的战场。孟军甚至觉得，此刻的父亲越过六十多载的时光当能真切地看到千军万马前仆后继冲向山头的情景，其中当包括"孟老哥"自己真正的亲人。这么想时，"孟老哥"如愿以偿后那感激涕零的模样又浮现在眼前，心情顿时沉郁起来。

接下来参观的是战利品陈列室。孟军看到，他们孟家捐赠的物品已摆在陈列架上。这意味着他的家乡行已画上了句号。

尾声

捐赠仪式完毕后，孟军便回到北京。常德在因一个偶然事件留下了：就在捐赠仪式结束的第二天，那个正在山上拍摄战争场面的剧组发生了一个事故，一个十二岁的男孩在奔跑中不慎掉进一口被茅草遮掩的枯井里，摔死了。在此事的担责问题上双方起了争执，孩子家长说孩子是剧组用的群众演员，剧组应对孩子的死负责，而剧组的说法是这个小孩并不在他们聘用之列，他出现在现场只为冒领一份盒饭，剧组没有责任。这事是常德在给镇上王书记打告别电话时得知，说起来王书记亦表露出对剧组种种劣迹的不满，问常能不能留一留，为孩子家长提供些法律援助。尽管常德在深知"影视人"都不是吃素的主，可还是不打艮的应允了。此事说与孟军，孟军表示赞成。回京后孟军本人亦遵守自己的承诺，从父亲尚未来得及处置的衣物中挑选出一件中山装。所谓挑选，一是说父亲的这种样式的衣裳太多太多。从脱下军装到地方，除出席有着装要求的场合，就不差样的穿，可谓情有独钟，再是对要送与"孟大哥"做合葬用的这件，他也有自己的尺度与标准：不要太奢华，布料排除毛料与呢绒，颜色、质地尽量与所见照片（父亲与前妻孟王氏合影）上趋近，如此在"送达"孟王氏身旁时，她才不会感到突兀，才会真正感受到阔别已久的夫君已经归来。就这么孟军经认真挑选，最后选定一件藏青色中山装，随即经"快递"寄出。当然，这事他是瞒着母亲的，他断定若她知道定会做出强烈反应，那就够他受的。于是便多一事不如少一事。

再是，崮城那个"古城礼赞"工程终是没有接，他在心理上接受不了。在为他饯行的宴会上安市长又向他提及此事，他借故推掉了。弄得安怏怏的，说丢了这工程实在是可惜。一天，他想起秦欢，随手拨了个电话，秦欢告诉他那个"礼赞"大工程已有人接了。他随口问句哪儿的公司？秦欢说省城的，据说老总是省政法委的内弟，是通过于涛书记拿到的工程。不久邓主任来电话也谈到这个工程，当是觉得孟军已不在纠葛中，说话便十分直接，他说这些人这么个弄法，就是在给自己挖坑。孟军无言，邓主任又说起受孟军所托之事，也是来电话的主旨，他说档案馆的人已查到那个叫宗福元的国民党老兵。孟军急急问他后来怎样了呢？邓主任说被俘了，随后当了"解放兵"，可他说他的耳朵给炮声震聋了，瞄准的右眼也看不清东西了，无法再上战场打仗。部队只好打发他复原，就回了崮山南面的老家，种地养羊。孟军问他还活着吗？邓主任说让公安的人从内部网上查了查，已没有这宗的信息，说明已经死了。孟军关切问怎么死的？邓主任说这很难讲，可要是按照他的身份推定，恐怕他逃不过三个关口，一是1950年的镇反，二是1960年的灾荒，三是1966年的文化大革命。孟军点头听着，无语，那边邓主任问：孟总要是一定要知道详细，我让他们再查，应该能弄清楚。孟军说不必了。挂了电话孟军感慨不已，在心里想，要是那老兵姚再联络自己，应作何答呢？想想也就有了决断：依然模糊着吧，这样老兵姚心里还有一线希望，这希望或许会支撑着往下活……

又过了几天，叶红打来电话，说话吞吞吐吐，似有难言之隐。他正忙，催促道叶红有事只管说嘛，叶红说真不好意思，那件事没帮你办好。他问什么事呢？叶红说"陪读"呵，他问陪读咋？叶红说出了故障，那女生打了退堂鼓。他不由一怔，这是他压根儿没想到的，从内心讲，他一直为能帮助那女孩改变命运而自得，甚至心存崇高，怎么……叶红赶紧解释，说：也不为别的，就是她家里人不接茬，不肯相信这会是真的，说一分钱不花出国留学哪会有这样便宜事？咳，农村人，见识短。特别是她那个在外面打工的爹，听说这事给闺女下了道死命令：不准去，天上掉不下馅饼，也掉不下金块，这肯定是个……陷阱。塔西佗陷阱。孟军脑子里一下子跳出这个词，先惊了一下，尔后无奈地摇头苦笑。

呵，与崮城已无什么瓜连了，孟军想，如果有的话，就是他心里还惦记着的两位"女同志"，还有亢总那里自己已打意要买的"温马"的后……

鸭舌帽

1

在长途汽车站下了车，车窗外悬了大半天的日头已不知所踪，姚高潮立在站前广场向四下望望，城市已开始昏暗，天空像铺了一块脏兮兮的黄布，看了让人晕眩；马路上向同一方向奔跑的车流，在姚眼里犹同村外小河夏季发洪水的浑浊波涛向下游奔泻，而此时他的心情也如眼望汹涌河水那般惊悚惶恐，茫然无措，似乎自己就要被一只无形大手抛入其间，不知将流落何方。而迷蒙中他唯有一点尚且清醒：这里不是久留之地，办完事立刻回乡。这件操蛋事弄得他焦头烂额，早已急不可耐，恨不得插了翅膀寻到这个叫李爱萍的女人，向她告"密"，陈说她男人的奸情，让她成为"一个战壕里的战友"，与自己并肩作战。

他向侧方移动了几步，在一根造型壮美的电镀灯柱下站住，借头上路灯的黄色光亮拨起了电话，这个号码他费了好大周折弄到并烂熟于胸。

哦，电话里说不在服务区。再拨，还说不在服务区。再拨，仍然说不在服务区。

姚高潮把手垂下，一阵突然袭来的疲惫让他的身子软软靠在路灯杆上，心中无以复加的沮丧。奶奶个猴，啥个叫不在服务区？服务区是个啥意思？他使用手机的时间不长，所知不多，这种情况从未出现过。这五个字让他一头雾水。

出师不利。

姚高潮寻找住处时天已完全黑下了，城市的黑夜以灯火通明为标志，这让他颇为不解，灯就是照明，看得见就成，何苦亮得刺眼。村子没通电那年月，他在油灯下学习，总能按照爹妈的要求，将火苗控制在黄豆粒大小。一盏灯油能点两个月。而在"村村通电"后，家里所有灯泡不差样是五瓦节能，爹还觉得浪费，四下打听有没有瓦数再小的灯泡。

走在明亮的大街上，姚高潮觉得有些晕眩，脚步踉跄地行走在亮着"空调""淋浴""上网"字样广告箱灯的小旅店中间，这些设施的有无他不在意，在意的是住一宿的价钱。

很快，他发现了一个秘密，离大马路愈远的小巷子房价更便宜。

"大哥，玩玩吧？"

他寻声看去，见路旁站着一个描画得像演员样的女孩，眼媚媚地勾着他看。对这情景他倒不犯糊涂，晓得是什么的"干活"。他们镇上就有这路人，以前叫发廊女，现在叫站街女，意思一个样。

"大哥，玩玩吧，不贵的。"女孩热情相邀，粉脸像朵花。

姚高潮的心兀地一跳，下意识地停下脚，眼直愣愣地望望笑盈盈走来的女子。他清楚自己，这码事有生以来没干过，现在也不会破例干一把，可他不清楚怎么竟响应召唤般地停下脚。这时，那女子似乎已看到"商机"，快步走过来，扫他一眼说句：大哥，跟着我。说完，拐进一条短街口。他站在原地不动。

"大哥，走啊，快快快"，那女孩似乎后脑勺长了眼，转回身向他催促着。

他尴尬地朝她摆摆手。

"乡巴佬！"

分道扬镳后，姚高潮长叹了一口气，倒不是为女孩的骂，这骂多少是自己"赚"来的。他只是觉得疑惑，这骚货眼咋这么毒，自己没放声就认定自己是乡下人？说起来自己也算得一表人才，许多人说像年轻刘德华，况且临行前也做了一番修饰：在镇上理发馆里理了发，找出一套压箱底的灰西服穿上，黑皮鞋上油蹭得锃亮一切都没差池，如此这般还被人叫乡巴佬？他委实想不通。

经一看二比三砍价，姚高潮终于在一家个体小旅馆住下。他把行李包往地上一放，接着又拨起电话。"不在服务区"，字字如钉，朝他的脑门扎，他真的犯愁了。

在小店住了三天，连天打电话还是没人接。他想难道是号码错了吗？不会，号码是从她亲哥那里要到的，错没道理。咋办呢？回去？他不舍气。再往下等？可等到啥时是个头？犯难间，他想到在这座城里工作的邻村同学杨柳条，（正好春节同学聚会讨了他的电话号码），便掏出手机拨了号。通了，当耳机里冒出柳条的声音，他竟激动得嘴唇发抖。

出门时，姚高潮被染一头黄毛的女老板拦住，用诧异的眼光看，问：夜里你出去了？他怔了一下，女老板说值班的老陈看见你开门上了街，过了半个多钟点才回来。听到这里，姚高潮一下子心明如镜，吞吞吐吐俺，俺有梦游病……女老板将信将疑，态度却缓和些了：梦游？出去干了什么还记不记得？姚高潮摇摇头。女老板说要这样，晚上得把门上锁，省的出去惹了祸，把俺也连带上。姚高潮不吭声，满脸羞愧往外走，女老板追句：回来再交三天押金……他恨恨想：交个屁，今个再找不到那娘们儿，就离开这鬼地方。

根据柳条在电话里的指点，倒了两次公交车，接近中午时来到柳条开的五金店。柳条没往里让，直接把他带到附近的一座大排档吃饭。

喝啥酒？柳条问。

都行。他说。

吃啥菜？柳条又问。

都行。他说，对了，有没有大白菜猪肉炖粉条？

你这人。柳条冲他一笑，去点菜了。

他凝视着柳条的背影，突然觉得怪怪的，怪在已完全不像个乡下人，衣着，口音，派头，心中不由生出一丝不解。柳条进城的过程在同学间口口相传，那是三年前，柳条听说自己的妹妹柳枝在城里被一个有家室的老板霸占，怒不可遏，买了把刀，离家进城找那老板替妹妹报仇，可没等靠近，就被公安捉拿，最后还是那老板出面把他"捞"出来。妹妹去拘留所接他出来，一路埋怨，说不该不问青红皂白就杀人，其实老曹（老板）对她挺好的，除了不能给名分，啥都给。又说人分好坏，有钱人也一样。后来妹妹把他带到老曹给买的房子里，他东看西看，几乎不敢相信自己的眼，问：这屋，这东西，都是你的了？见妹妹点头，他长叹了一口气，说要这样，就过吧，过吧。妹妹没让他回乡，帮他盘下个小五金店，于是就"袜子升套裤"当上小老板。他晓得，同学们说到柳条颇为不屑，其实心里是很羡慕的。自己要是有个好看的妹妹多好呵，这是他此刻的心声。

没有大白菜猪肉炖粉条。柳条回来告知，又说满世界不是只有大白菜猪肉粉条好吃。

对饮了一大杯啤酒。添满后柳条问：怎么舍得丢下老婆一个人进城呢？

姚高潮闷闷地说：我还回去，不在这儿呆。

柳条一笑：说来说去还是舍不得。自然了，有个当老师拿工资的老婆，谁还愿意出来，光棍儿呢？

老子现在就是光棍！他冲口而出，愤恨溢于言表。事已至此，他也不想隐瞒什么，遂将老婆背叛自己，与学校一男老师勾搭成奸的事一五一十说了。柳条却不显惊讶。

她是玩真的，还是假的？柳条问。怕他不明白，又问句：她想离婚？还是单纯玩玩？

她要离。他闷闷地说。

离就离，这年头，谁离开谁不能

得轻巧，要是你老婆和你离……

离呵。

姚高潮惊讶地看看柳条，问真这个心思？

柳条从烟盒里抽出一支烟，递给姚高潮，又抽出一只衔在嘴上，姚高潮打着打火机点烟。

两人对着眼深深吸了一口。

接着又干了满满一杯啤酒。

反正我不离。姚高潮一脸悲苦：结婚把家里的钱都花光了，离了，到哪弄钱再娶？

到城里来赚呀。柳条说，在这儿干一个月顶在家一整年。

我，来这儿，家里的鱼塘让谁管？

鱼塘，鱼塘，你眼里只有个鱼塘，我看你也快变成塘里的鱼了。

姚高潮掏出自己的烟，从里面抽出两支后又赶紧把烟装进口袋里。柳条不接，摇头说：抽一块五的烟，喝一块五的酒，这日子还过个啥劲呢？

姚高潮给自己点上。突然想起什么，问：柳条，啥叫"不在服务区"呢？

柳条不明，看着他。

他就把给情敌老婆打不通电话的事说了。

柳条说：这说明她去的地场没有信号。

她，她到哪儿去了呢？他自言自语地问。

你想咋？回家？还是在这儿等？

他想都没想说：等。

临走时，柳条把那半盒云烟丢给了姚高潮，似乎又晓得对方不懂自己的意思，直截了当说句：人前，别掏你那烂烟。姚高潮把烟装了，又瞅了瞅饭桌，柳条高嗓一吆：服务员，打包！

2

　　与柳条分手姚高潮没直接回住处，来时在公交车上他看到一处"人市"，觉得应该去看看，这么在城里待下去，势必坐吃山空，不如找个活干干，添补添补，能攒几个带回家更好。

　　在"人市"下了车已过晌午，没让雇主领走的"人"仍在等最后的机会，大口大口抽烟，眼珠随来往人群转，一旦发现像雇主的人便赶紧凑过去：有活么？有活么？大多数几乎连眼珠都懒得转，他们便退回原处，解嘲地用脚踢踢摆在身前地上写有"瓦工""油工""水暖工"字样的小木板。他知道，自己不属于这类"技工"范畴，便走到一个"强人"样的"力工"面前，问句：小老弟，干力工一天多少钱？强人以教训的口气问：力工是一样的么？姚高潮问你多少？强人说一天二百，姚高潮有些吃惊，心想吹牛吧，力工二百，那技工还不得三百，四百？城里人的钱就这么好挣？"强人"似乎看出他的不信任，说我是说要二百，人家再还价。姚高潮心想这还差不多，遂又问，一般多少钱能成交？"强人"说没定规，好天坏天不一样，上午下午不一样，比方现在有人来找工，五六十块就乖乖跟人家去。姚高潮知道他说的是实情，心想要是明天再找不到李爱萍，就来这靠活。

　　回到旅馆房间，姚高潮又给"那娘们"打电话，还是"不在服务区"，顿时怒从心起，骂句：操你个妈，想躲老子吗？没门！挖地三尺也要找到你。从这一刻，他下定决心：不达目的决不罢休。不过说到"目的"，他与柳条讲出口的是找到"那娘们"结成联盟，共同应对奸夫淫妇，而没讲出口的是若"那娘们"不肯配合，就把她干了，把事扯平。

想到这一桩他的全身忽地燥热起来，"那玩意"也颤了几颤，似乎向他告示着什么，其实用不着告示，他也晓得此刻最想的是什么，自老婆丁燕不许"上身"，这情状就如潮水阵阵袭来，让他心慌意乱寝食难安。已经多长时间了？起码半年以上，是个周末，老婆从学校回到家，睡下后，他正欲手到擒来，丁燕却推开了他，说了句让他五雷轰顶的话：咱离婚吧。他半天没回过神来，嗫嚅问：咋，咋的啦？丁燕反问：你觉得咱还能过下去吗？他说能，咱过的不是挺好吗？丁燕问你觉得幸福么？他打个艮，因他不明白她说的幸福是指什么，丁燕叹了口气，说姚高潮你连幸福的概念都没有，可我要寻找自己的幸福，他同样不明白她寻找的幸福是什么。第二天出门去，她就没有再回这个家，住在学校里，打电话不接，去找不见，捎话说再见是在办离婚手续的地方。后来，他从别人嘴里得知她和教语文的曲老师好上了……让他一直想不通的是，自己有什么地方让丁燕不满意，坚决要离婚？

姚高潮被一种狂躁的情绪鼓胀着，像要找个人干仗似的大步来到街上，是三天前进城的时辰，也是寻旅店走过的小街，然而却没有见到那个要和他玩玩的女孩，他冷丁站住脚，一下子明白自己奔出来心里盘算的是哪一桩。

黑下吃了"打包"回来的剩饭，擦擦嘴，又打手机找李爱萍，他一惊，不再是那句"不在服务区"，而是关机。他想看样从外地回来了。不再拨，到服务台给黄毛老板交了押金。

熟睡中姚高潮被手机铃声惊醒，他摸起迷迷瞪瞪问句：谁？对方——一轻柔的女声反问句：你是谁？他兀地有些慌，语无伦次说我，我是我。女人轻笑一声，说知道你是你，你给我打电话了？他"啊"了一声，明白是"那娘们"，问句你是李爱萍？对方说我是，你——他赶紧回答我是姚高潮。姚高潮？对方念了一声，说我不知道你啊。他说可我知道你，还知道你男人是县一中老师，姓曲，叫曲光芒。对方的声音有些变调，说你知道的事不少，又问：你找我有什么事？他说这个，在电话里不好说，我想见你，当面说。

叫李爱萍的对方似乎在思索，过了一会儿说不行，这阵子我不方便，有事就在电话里说吧。他也想了想，说行，我先说个大概，让你有个心理准备，我到城里来找你大妹子，是要告诉你一个坏消息，你男人和一个女的胡搞，那女的就是我老婆……叫李爱萍的女人声音平静：这个，我知道的。他惊讶：你知道？知道。他立刻追问：你想咋样？李爱萍说这个，我不知道。他愤愤说：你咋能这么说，你也太懦弱了。李爱萍问你想要咋样呢？他说，这个我早想好了，得当面跟你说。李爱萍说这一阵子我真的不方便，无法见面。他说我等，你方便了咱再见。李爱萍半天没吱声，后问：姚大哥，你家里有什么人呢？他说：我，老婆。李爱萍说老婆已不和你一条心了，实际情况就你一个人。他的心痛了一下：可不是的。李爱萍又问：家里的日子靠什么呢？他说二亩地一个小鱼塘。李爱萍问：一年能收入多少？他说除去使费万八千吧。李爱萍说那还干个啥劲呢？他没应声。李爱萍再问：姚大哥是头一遭进城吗？他说来过，没呆下。李爱萍说姚大哥你听我讲，依你眼下的状况，也就没必要回去侍弄庄稼了。他说还有鱼。李爱萍说鱼也一样，市场上的养殖鱼贱成那样也没人瞅一眼，这个，你比谁都清楚的。他没吱，心想，这女人的腔调与柳条一个样，李爱萍说要乡下比城里好，谁还往城里跑呢？我看你应该留下来，找个工作，干好了，发达了，还愁别的？老婆自己就跑来找你了，那时说不上你还不想要她了呢。这话让他心里很熨帖，从小就听奶奶说过朱买臣马前泼水的故事，覆水难收，那个薄情女人的下场一直让他觉得很解气，而此刻，电话那头尚未见面的李爱萍向他描绘了属于他自己的"马前泼水"情景，差不多让他血脉偾张了，他似乎看到回心转意的老婆苦苦哀求原谅她的过失，当然，最终自己是会原谅她的，只要她痛改前非，就一块好好过日子。可也只是兴奋了片刻，他的心潮便跌落下去，不由叹了口气，说句：我也晓得城里好，可自己除了种地养鱼别的啥也干不了。李爱萍说刚来时都一样，从头学，从头干。他暗自摇摇头，说：两眼一抹黑，从哪寻个"头"呢？那边的李爱萍顿了顿说：你打意留下来，我先给你牵个头。他问咋呢？李爱萍说：我给你介绍个能帮上忙的人，她是我的一个好朋友，好姊妹，在一家大饭店当领班，你去找她，她会帮你的忙。

他一时不知作何答，心里倒有些跃跃欲试。李爱萍问：咋样呢？他说行。李爱萍没再说话。他问还有啥？李爱萍说还得说谢谢呀，说完在电话那边开心地笑起来。他明白了，觉得很不好意思，这女人打着哈哈给自己上了一课。

尔后，李爱萍把她朋友的电话工作地址告诉了姚高潮。

扣了电话，姚高潮怔了半晌，怏怏地，自己的老婆一天和自己说不了几句话，而这个没见面的女人在电话里讲这么久，她对自己摊上的事不在意，倒对他这个两姓旁人热心帮忙，不由得想，这样的女人，曲光芒那小子咋就不知珍惜呢，倒和别人胡搞？而这个别人正是自己的老婆，啥事哩？

3

　　如果在未来的日子里，姚高潮能在这座城市里落根生长并结出硕果，那么今天这个日子便是他一生中的转折点，意义非凡，只是不知到底有没有这个"如果"。

　　按图索骥。姚高潮在"淮扬楼"饭店大厅见到了李爱萍的好朋友好姊妹李平。第一感觉是城里人：身材苗条，皮肤白皙，眼睛亮且媚，完全卡"好看女人"的标准。好看的李平，这便是他对这个女领班的初始印象。

　　姚大哥你好你好。普通话字正腔圆，伸出手与他轻轻一握，松开后顺势朝一侧的长沙发一指。

　　大妹子……

　　别，别这么叫。李平笑着说：叫李领吧……

　　李领？

　　李领班，大伙习惯叫李领，上班时间这样，其他时间叫李平小李都成。

　　姚高潮"哦"了声。

　　在这彼此称师傅，你块头大以后我叫你大姚吧。

　　姚高潮点点头。

　　会讲普通话吗？李平问。

上学时老师让说，算会了，以后不讲就忘了。姚高潮如实讲。

拾起来，这是家淮扬菜馆，客人多是南方人，听不懂北方方言。

李领你的普通话说得很好。姚高潮由衷说，李爱萍讲得也好。

李平笑笑说：相信你也能，这也不是千难万难的事。

姚高潮点下头，心里想那啥个才是千难万难的事呢？

李平说：我把你的情况向店长讲了，店长让我定，没见面拿不准，一见面，我放心了，没问题。

姚高潮问：你觉得我行？

李平说：我是说，你给我的第一印象不错。

姚高潮心里略有些得意，想：看来自己这一身深灰色西服是穿对了，当然还有脚下的黑皮鞋，人是衣裳马是鞍嘛。

这时一个穿白色工作服的中年男人从前面走过，看见李平扬手打招呼说句：李领，老家来人了？

李平说：赵师傅正要跟你讲，206房的空调坏了，中午前要修好。

好咧。赵师傅应命而去。

姚高潮心中不免疑惑，这个赵师傅咋像那个"卖货"一眼就看出自己是从乡下来的呢？不等想出答案，又听李平说：这样吧，今天回去做做准备，明天来上班，对了，你有什么特长没有？他惭愧地摇摇头。李平说没关系，餐饮，除了灶上案上，别的一干就会。他说力气活没问题。李平笑笑说也别打谱老干力气活，人往高处走，水往低处流，要发展，努力努力。李平又笑笑，上下打量了他一下，说明天来别穿西服了，他不解地问：不允许？李平说不是不允许，只是……穿套休闲服不挺好的嘛。他仍不明就里。

走出饭店，姚高潮想把这事给李爱萍讲讲，并表示感谢。关机。不久，李爱萍倒把电话打进来。他赶紧向她汇报，说事情很顺利。李爱萍说顺利就好，又说有什么要求只管和李平讲。他说她让我叫李领。李爱萍说你就叫她李领，对了，住的地方……他说我忘问，要不马上给她打电话？李爱萍说不必，据我所知，店里有单身宿舍，新人可临时住住，签了合同再到外面租房住。他问租房很贵吗？李爱萍说有贵有贱，没定规，眼下用不着想这个。他说知道了，谢谢你！只听李爱萍笑。

还有时间，他想去找柳条说说情况，忙音，不打了，就直接去到他的五金店，柳条坐在沙发上大讲电话，好像是遇上纠结事，柳条情绪激烈，声音抬得很高，有人进门，视而不见。

　　姚高潮悻悻的，站也不是坐也不是，好不容易等到柳条讲完把手机摔在沙发上嚷：你说他妈这是个啥事哩，刚从我这里借走五千块钱，回去说是假币，钱是从银行提的，怎会是假？姚高潮问：是朋友？柳条连连摇头，说朋友我还不这么生气，是亲戚，表弟，宰熟宰到我头上了，这年头就没有能相信的人了。

　　姚高潮亦问写借条没有？

　　柳条说写了。

　　姚高潮说到时叫他还是了。

　　柳条说还，也是假币，没准早就把假币准备好了呢。

　　姚高潮说有借条可以打官司……

　　柳条说官司这么好打？说不上拿不回钱，还得往上打。

　　接着像赶苍蝇似地挥挥手，算了算了，权当钱叫老鹰叼走了，咳……

　　柳条总算让坐了，也总算想起老同学的事，问他找没找到要找的女人，姚高潮本来就是来讲这事的，就按顺序细细道来，直说到刚才从饭店出来。

　　挺好挺好，柳条频频点头，我说过应该留下来嘛，这不，人家也持同样观点，可谓英雄所见略同。

　　姚高潮想你个柳条进城没几天，说话就文绉绉的。他又由想起离店时李领对他的提议，不由上下打量柳条一眼，见他上身穿一件浅色条纹体恤，下身穿一条深色制裤，脚蹬一双咖啡色叫不出款式的皮鞋。别说，这么上下一搭配，看着挺不一般。

　　柳条被看得不自在，问你看啥呢？

　　姚高潮就把李平对自己的挑剔说了，接着问：穿西服怎么的了呢？

　　柳条再打量一眼姚高潮，拿腔拿调说怎么的了呢，你没听有种说法叫农村人吃上肉了，城里人又吃菜了；农村人穿西服了，城里人换便装了……

　　姚高潮明白他的意思，却不服气，说如今公务员不都穿西服么？

　　柳条说：不假，是穿西服，可人家是量身定做，穿在身上像军装似的熨帖笔挺，你瞄瞄自己这一身，下摆提到腰上，袖子短半截，过时的布料，皱皱巴巴。

姚高潮嘟囔句：从箱子里拿出来，没熨。

柳条抽抽鼻子：说句到家的话，城里人穿西装是自己的，乡下人穿西装是别人的，你说！你这身是不是从城里亲戚接过来的二手货？

姚高潮不吭声了。

换装吧，他告诉自己，就照柳条这身买。

4

上班当天，姚高潮那句颇自信"干力气活没问题"的话便不攻自破，不仅有问题，还大有问题，他的工作是打零杂，哪个环节需要就到哪个环节干。大姚，出去卸车！他就赶紧奔到门外，把采购员老陈从市场拉来的鱼、肉、蔬菜往厨房里搬，不等搬完，面案又有人吆：大姚，去库房搬两袋面！他就去搬面，搬完面回到街上，老陈就火辣辣的，嫌他磨洋工，他觉得委屈，忍不住解释几句，老陈又嫌乎他态度不老实，话说的很难听，弄得他脸红一阵白一阵，也不敢再说别的。到了上客时间，是饭店最忙乱的环节：引客，点菜，上茶，变更座位，再就是上菜上酒，多少服务员都打不开点，这种情况下，所有人都把眼光聚在他身上，呼来吆去，弄得他像个陀螺团团。一埃席散客去，大堂、单间一片杯盘狼藉，又要与服务员一起打扫"战场"。当终于坐下开吃迟到的午饭，浑身有一种散架的感觉，心里膨胀着满满的怨怼，且不晓得是冲着别人还是冲着自己。唯有一条在头脑里渐渐清晰：只怪没有一技之长，哪个都能呼来唤去支使自己，可要想掌握一门技术，也不是件现蒸热卖的事。看来这儿不是能待的地方，还是回家……哦，他轻呼一声，心想：谁说自己没技术？有的，杀鱼。每逢捞鱼季节，都要把鱼拉到集上去卖，有的主顾嫌回去收拾麻烦，就让他把鱼收拾好，一来二去，杀鱼就成了拿手戏。对，和李平讲讲，让自己给灶上杀鱼。正想着，店里传出了争吵声，一雅间的客人因冰镇苦瓜没配蜂蜜出口不逊。也是因为有"底火"，那客人自带了一瓶高档白酒，按店规要付三十元开瓶费，那人舍不得花这份钱，把酒收起，另点了一瓶，火正无处发泄，发现缺蜂蜜的错处。也算吊诡，菜品各家有各家的做法，并没有一定之规，可偏偏这盘不起眼的冰镇苦瓜的点缀小菜，走遍大江南北都不差样地配蜂蜜，像一个师傅教出来的，所以，客人借此发难，店里也无言以对，只得连连赔不是。尔后这件与姚高潮本无关联的事就有了关联，负责菜案的齐师傅吆他立刻去外面的超市买蜂蜜"救火"。他奔出饭店大门，才转过脑筋，初来乍到，对周围环境不熟悉，不晓齐师傅说的超市在哪里。"鼻子下面有张嘴"这是乡亲们常说的一句话，不是指吃喝，是指打听事情，此刻这句话便对他具有指导意义，他踮着猫步，奔向纷至沓来的各色行人打听超市之所在，在众多人摇头走过后，有一个提菜篮的白发老太将手往前一指，他看见马路斜对面有个店面，拔腿便奔，这时只听"嘎"的一声，一辆面包车在他身前刹住，从驾驶室探出一张怒气冲冲的脸，喝句：不要命了！那一刻他似乎失去了知觉，直到听人吆绿灯了，可以过，他才随人流过了马路，进入那家小超市，然而付款时身上没带钱，他简直想哭，平时，只要不是打意要买东西，他是不装钱的，怕丢，丢个十块八块也是一条鱼钱呵。可这个不管是好是坏的习惯这时给了他重重的一击，打得他晕头转向：怎么整呢？要在村里，他就能先把东西拿走，以后再还钱，这里不行。那么是回宿舍拿钱，还是找齐师傅要？往回奔时他的头脑在翻转着，来到了饭店门口答案才有：对，找齐师傅要钱，比回到宿舍省时，可找齐师傅他心里是打怵的，眼下被客人逼在气头上，怎能容得自己出差池？果如他所料，齐见他空手而回，又张嘴要钱，顿时大发雷霆，喝问：你个老小子，知道公私分明呵，把钱先垫上怕耽误生利息呵！他想解释，可齐根本不听，从兜里掏出一张老头票向他掷过去……

　　客人吃上了苦瓜沾蜂蜜，姚高潮却对天发誓，一辈子不会吃这一口。不过还是难忍疑惑，问面案的小苏，吃苦又怕苦，加上甜物，这是咋吃法？小苏开导说：吃苦瓜不是为吃苦味，是为了撤火，现如今的人烦心事多火气大，就吃苦瓜，可又怕苦，加上蜂蜜，这不就把问题解决了吗？

这算啥狗屁问题呢？姚高潮恨恨地想。须不知，种种"狗屁问题"接踵而来，让他晕头转向。

一个上午没见到李平李领的面，可见了面又能怎么对她讲？干脆说这活干不了，想撤。

好不容易熬到食客酒醉饭饱散去，轮到员工吃饭，已是下午两点多了，大堂里，男一桌女一桌，也有几对男女单独在另桌，姚高潮心想不用说是夫妻档了。这是他在店里吃的头一餐，很在意饭食，发现此时淮扬菜菜馆一下子变成了鲁菜馆，大锅菜：一盆白菜猪肉粉条，一大盆炖土豆块，外加米饭馒头。姚高潮忍不住咽了下口水，想奶奶个猴饭食倒是个养人的地场。看样大伙都饿了，一上来狼吞虎咽地大吃，等吃得差不多，嘴就腾出来放声了。先是那个让姚高潮愤恨不已的齐师傅，说昨晚看了一个新闻，一个孕妇到县城生产，孩子生出来当妈的还没见是啥模样，没了，找不到了，你猜怎么的，是接生的女医生卖给人贩子了。蹊跷新闻天天有，可蹊跷到这种程度就成了天外奇闻，让人"咝咝"吐冷气了。

啥个叫近水楼台先得月？这就是了，你想想，偷婴儿还有比接生婆再便当的人了吗？没有。

那是。

这可咋好，医院不敢去，在家里让男人给老婆接生？

让男人干？也不保险，你没听发生过男人背着老婆卖孩子的事？

这可怎么弄呵，怎么弄呵？

姚高潮边吃边听，也感叹于世道的凶险，心里沉沉的。而对自己来说，眼下不是怕孩子被人偷，而是能不能有孩子，老婆坚决离婚，这不明摆着照此下去别想有自己的后了。

大姚，你的小孩多大了呀？声音是从"女桌"发出的，姚高潮没往那边看，心想咋哪壶不开提哪壶呢？嘟囔句：咱没孩子……

你，没结婚？

结了。

那咋的不生？

老婆要离婚。

咦……女人一齐发出叹息声，眼盯着姚高潮看。

离就离，大姚，你要个头有个头要长相有长相，还怕离婚？话来自"男桌"。

对，离了再找，这年头，男爷们不怕离婚。

可不，三条腿的母猪不好找，两条腿的娘们儿有的是。

放屁！放屁！放屁！"女桌"群起而攻之。

不是放屁，是事实，你没见电视征婚节目，参加的百分之八十是女人，说明什么？说明女人剩的多，男人是稀缺物。

你说的是城里，不是乡下。"女桌"反驳。

可不是，在乡下，男人还是不好讨老婆。姚高潮心情很低落，就说自己，连娶进门的老婆都想跑……

4

从饭后到接待晚上那拨客人中间这一段，是员工一天中唯一能松口气的时辰，有人回到宿舍或附近的租房里休息，有的留在大堂里喝茶下棋，打扑克。

姚高潮回到饭店六楼的集体宿舍，已觉身心疲惫，刚想躺下眯一会儿，听有人在走廊里大声吆，大姚，出来跟我走——

五分钟后，姚高潮就坐在采购老陈身旁的副驾位上，车就驶上了马路，老陈四十多岁的年纪，男人长了一双女人的丹凤眼，单看面目冷丁难辨是男是女。老陈没讲要到哪，干啥，不问也不清楚。他忽然觉得搬运这活挺不错，不用技术，来回坐车上看光景挺受用。

上了大马路，老陈的神情有所轻松，从驾驶台上摸起一盒烟，发现是空盒，撇一边儿。姚高潮刚想从口袋掏烟，兀地记起柳条对他说的话，便收手。一路无话。老陈一副不与凡人搭腔的神情，一左一右地扭动着方向盘。

穿过几条马路，老陈把车停在一家菜市场门口，带姚高潮进去，采购了晚上用的各种食材，叫姚高潮提溜着，自己甩着大手回到车旁。装上车，姚高潮心一动，快步到一小摊买了两盒云烟（柳条抽的那种），上车后把其中一盒放在老陈身前，老陈看了没吱声，发动车上路。姚高潮打开留下的那盒，从中取出两支，一只递给老陈，一只衔在自己嘴上，然后快速帮老陈点了。

当吐出一口烟，老陈的脸变得开朗和蔼了，不转头地问：哪场人？

姚高潮说了。

哦，山东半岛，老陈笑起来。姚高潮心里犯闷：山东半岛有啥好笑的呢？老陈就说：去年来了一个面案师傅，人家问他家哪里，这人嘴唇厚，吐字不清，说他家在山东半屌……引得大伙儿大笑，后来再有人问，他就只说是山东半……人家说不对呀，还落下一个字嘛，他说落下就落下，不就一个屌么？

姚高潮苦笑笑，他知道，自从那个老乡名主持人在春节晚会上用家乡话播了天气预报，全国人都学半岛话寻开心。他问老陈是哪里人？老陈说他是鲁中人。他又问孩子多大了？老陈说读大学了。他说这么大了，我看嫂子很年轻。老陈斜他一眼：嫂子？你见过我老婆？他说中午你俩不是一桌吃饭么？老陈懂了，没吱声，他又说嫂子年轻又好看。老陈笑笑：那，不是我老婆。姚高潮没听懂，又斜了老陈一眼，老陈说：我老婆在老家，没跟来。他问那这个她……老陈干咳了一声，说句这还用问么？明摆着的嘛？轧伙，相好，情人，小三……这些同义词在姚高潮脑子里渐次掠过，他问：那另外在一桌吃饭的也都是……老陈说对呀。他大为惊讶，觉得不可思议，怎么能这样乱来呢？老陈好像听见了他的心声，说句：这个，以后就慢慢明白了……

说着伸手去摸驾驶台上的香烟。

姚高潮没给他点烟，还怔着，两眼茫然望着往身后退去的街区，一时竟不知身在何处，想：这是哪儿？真共产共妻了吗？

傍晚时分李平领班出现在大堂，与一个年轻女服务员说着什么，此时姚高潮正在更换沙发罩布，他觉得须和她谈谈，就等着。不久，李平向他走过来，一边给他打手，一边说今天总店那边有事，过去了。姚高潮问还有总店？李平说有呵，一个总店三个分店。换完罩布李平说这阵子还没开始上客，坐坐吧。姚高潮带情绪说：还有人喊我打扫仓库呢。李平说没关系。他问怎么没关系？李平笑笑说李领找你说事呵。就对面坐下，李平说我听说采购老陈向你发火，他就那脾气，别往心里去。他说咱是磨道里的驴，听吆喝，可吆喝来吆喝去该听谁的？李平说这事不难办，有句话叫先来后到，你搬菜，面案又叫你搬面，你就说搬完菜马上搬面，你不该放下菜去搬面，老陈自然不高兴。他想也是这个理，当时自己咋就没想到呢？李平又说我还听说为买蜂蜜齐师傅也冲你发了火。他说也是我的错？李平轻轻一笑，说这事，齐师傅发火不对，可你也得反思一下。他不服，说我有啥好反思的！李平说你身上要带了钱不就把蜂蜜买回来了吗？他说我没带钱的习惯。李平说这习惯得改，在家种地可以，在这里不行，说不上啥时就要用钱，一分钱憋倒英雄好汉呐。他想也是的，刚才老陈喊自己去菜市场，若不是临走装了点钱，烟就买不成了。像要证实什么似的，他从口袋掏出个人造革钱夹子，在李平眼前晃晃，李平说快装起。他一下子警醒：这般不是让人以为是在行贿受贿么？赶紧把钱夹子装回口袋。李平似乎看透他的心机，笑笑说：放心，没人会这么在光天化日之下受贿的，停停又说：我是说现在没有男人把钱装钱夹子里的。他问装哪里？李平说口袋不能装钱？他心里又不痛快了，连怎么装钱都有规矩，这城里还怎么呆。这时想起自己要找李平说什么事，便说：我给李爱萍打电话，老关机。李平说她忙，有事你和我说说行了。他顿了顿，说我不适合在这儿干。李平问怎么不合适？他说说不上来，就觉得不适合。李平问：想回家？他点点头，说家里那一摊子事……李平说实在想回去也行，不过得干满试用期，现在辞工不返还保证金。他说我没交保证金呵。李平说我替你交了。他看看李平问：多少？李平说一千块。他不吭声了。他没想到会这样，李平这女人挺仗义的，不声不响替自己交上钱，自己要走，就应该把钱还给李平。可他口袋已差不多空了。

他问：试用期工钱给不给？

李平说：干满给。

他说那就干满吧。又说：能不能给我换个工作？

李平说：店里有规定，新来的人，除非有专门技能，都得从勤杂做起，就像新大学生开学先军训那般，接受锻炼和考验，如果连这一关都过不了，怕永远一事无成。

他听出李平的话隐含的意思，却不服气，反驳说其实我也是有技术的。

李平问：啥技术？

他说杀鱼。

李平问：你杀过什么鱼？

他说：鲤鱼，草鱼，鲫鱼……

李平淡然一笑：也对，忘了你是养鱼专业户，不过话说回来，你会杀塘里出产的鱼，不一定会杀咱这里的鱼。

他问：咱这都吃啥鱼？

李平说：不是咱吃，是客人吃。比方白鱼，鳜鱼……

他头一次听说叫这种名字的鱼，问反正都是鱼，还不一样的杀法？

李平说：不一样就是不一样，比方白鱼，又薄又长，南方客人小气，常点半条，就得从中间不差分毫地剖开来，这就需要手腕部分特别给力，眼明手快，手起刀落才能保证鱼切地漂亮。再比方说鳜鱼，要满身打花，那刀工可——不是一天练就的，这个，你到厨房里看看就知道，"术业有专攻"呵。

他似懂非懂地念咕着：术业有专攻……

李平想起什么，问：听说你当着全体面讲老婆要离婚？

他不晓李平问这个是啥意思，面呈警觉。

李平说为什么要讲这个呢？这是你自己的事，个人隐私。干嘛要让所有人都知道？

他不吱声，心里却不服：想乡下人从来就不晓隐私这个词，一个人放个屁，满村人都知道，便说乡下人……

李平打断说：别老拿乡下人说事好不好知不知道，咱这饭店除了店长和大厨都是乡下人。

他看看李平，不相信地问：你也是乡下人？

李平说是。

他说不像。

李平说不像就对了，像就不对了，进城的人，哪个不是一门心思让自己像城里人，像得越快越好。

李平又说：乡下人像逃荒一样来到城里，今后是好是赖全凭个人造化，怎么干，怎么变，得想想，好好想想。停停又把语气变缓，说大姚你别有意见，李爱萍把你委托给我，我有责任，不然……好了，以后再说吧。

李平说毕抬腿离去，把姚高潮一个人留在那里发怔。他心里很不痛快，想：李爱萍让你帮我个忙，就以为有权教导人吗？城里再好，可咱在这里活动不开筋骨，又有啥法子？能赶鸭子上架？

6

姚高潮再次梦游是来饭店后的第三天。当然他自己并不知道。早晨起来，同宿舍的面案工小宋问：大姚，黑灯瞎火的怎么出去了呢？他一时不明白，说没有呀。小宋说你爬起来开门，把我惊醒了，以为去上厕所，老不见回来，就出去寻，这时看见你从楼梯走上来……

这时他明白过来了，遂如实向小宋说自己犯了梦游症。

小宋说你看见什么了呢？

他摇摇头。

中午吃饭时，姚高潮被李平叫到一张桌一起吃。李平的脸色不太好看，姚高潮就心虚：难不成又做错事了么？果不其然，李平问他收拾雅间是不是吃了客人的剩菜？他有受责的心理准备，却没想到是这一桩，便没当回事，问句有人向你打小报告了？李平说不管是不是有人打小报告，到底吃了没有呢？他只得承认吃了，却有说辞：几样菜只动了动，丢了太可惜。李平说可惜了也不能吃。他问为什么？李平说没为什么，就是不能吃。他说我看见女服务员……李平打断说女服务员偷吃还有情可原，女人就是女人，男的绝对不能做这等事，怎么和你说呢？这有关尊严，男人的尊严。他不再说什么，其实当时他也犹豫能不能吃，也怕别人看见，可最终……

李平叹了口气，说这也难怪，许多事一开始都是不清楚的，以后注意是了。

他听着心里很不是滋味。

李平又说：等哪天休班，请你出去吃饭。

他抬头看看李平，问：你请？

李平：算我替李爱萍请你吧。

他仍不解，问：李爱萍让你请我？

李平点点头。

他问：她为啥要请我？

李平想想说：她欠你的。

他问：连面都没见，她欠我啥呢？

李平一笑：她男人抢了你老婆呵。

这话一时让他脑子转不过弯来，便说：不错，她男人是抢了我老婆，可，可我老婆也抢了她男人呀！

李平说：这倒是，不过情况是不一样的。

他问：咋不一样？

李平说：这事你在意，李爱萍不在意。

他问：这么大的事，她咋就不在意呢？

李平的神情黯然下来，要说什么又停住，过会儿说：凡事有个常理，夫妻间，一方移情别恋，说明这婚姻已经死了，死了就没有办法救活过来，分手是最佳选择。

他有些吃惊，问：李爱萍同意和她男人离婚啦？

李平说：应该会同意的。

他有些急：她要同意离婚，那我咋办呢？我还指望……

李平：组成联合阵线？

他说：对，可她一妥协，我只有单独作战了。

作战？李平摇摇头。

这时，"男桌"那边突然有人放起高声，所指明确：大姚，你说说，咋起个姚高潮的名字呀！

他朝"男桌"看时，听李平悄声说是电工庄胖子，长红鼻头的那个，这人烂，别理他。

他收回眼光，继续吃饭。

那边庄胖子却不想收兵，又发声：大姚，在家你老婆咋喊你？也喊：要（姚）高潮？要高潮？

有人在笑，说明听懂了庄胖子狎昵秽语，他怒从心起，却不知该如何回应，不由看看李平。

李平朝那边吆句：庄师傅，饭堵不住你的嘴呵！

庄胖子油嘴滑舌：报告李领，本人吃饱了，吃饱了。说毕又转向姚高潮：人家要高潮得赶快上劲给高潮，跟不上趟，不和你离婚才怪！

又是一阵笑。

李平问：你得罪过他？

他摇摇头。

李平说：这厮无理，得教训教训他！

咋样呢？他用眼光询问。

把他扔到大街上。

得了将令，他站起身，走到"男桌"前，用手指着庄胖子，压低声音：咱出去！

庄胖：到哪儿？

他用手指指门外。

庄胖子懂得了对方的意思了，却纹丝不动，问：干嘛要出去？

别把血溅到别人身上。

庄胖子一惊：你，你想打人？

打的不是人！姚高潮上前一把揪住庄胖子的前胸，把他拖离座位。这时全体怔住，像没看清楚发生了什么事，寂静无声只在一瞬，庄已死狗般被拖出老远，当是认清了形势，他顺势倒在大理石地面上，眼望着姚高潮连连告饶：停停，大姚，停停，大姚。

姚高潮没停手，按李平所要求将他拖到饭店门外，扔下。

店内一阵叫好。

后来他问李平怎么料他庄胖子会服软认输，李平说她清楚，庄是狼心兔子胆的主，你战，他就败。后来他就想，李平随时随地教自己人生道理呵，包括治理庄胖子……

7

姚高潮正要给老婆丁燕打电话，却接到一个陌生女人的电话。他是临时起意给丁燕打电话的，尽管她不接他的电话了，可他还抱有幻想，隔一段时间拨一次。这回为寻求同盟者来到城里，还没给她打过，主要是心里发虚。电话铃响起的那一瞬，他竟异想天开，希望来电话的人是丁燕。

你是……他的心乱跳。

大姚，我是薛小英呀。

他啊啊了两声，一时又想不起这个称薛小英的女人是谁。

我，我是面案的小薛师傅呀！对方进一步明确。

呵，小薛师傅，是你呀，找我有事吗？他问。眼前浮现出一张清瘦白净的面庞，在他眼里，也属于"好看的女人"。小薛师傅专做夹肉面饼，对他挺友好，那天"治理"了庄胖子，还朝他竖大拇指。

东西太重，帮帮忙吧，这么晚了，不好意思。小薛师傅向他求助。

行行，他痛快答应，你在哪儿？

几分钟后，他来到饭店侧方一个绿化三角地，小薛师傅身前有两个鼓鼓的编织袋。

小薛师傅说她请陈师傅在菜市场买了些东西，本想自己拿回家，可太重了……

　　这对他是小菜一碟，二话没说把编织袋一手一个提起来，也不觉得太重，心想女人和男人到底有差别呵。他跟在小薛师傅后面，走出三角地，穿过一条明晃晃的马路后，进入一条昏暗的步行街，他知道这是一个待迁街区，店里不少员工在这儿租房住。

　　两人脚前脚后，开始都不说话，就像脚夫替人送货那般。小薛师傅放缓脚步，侧转头说：庄胖子要帮我送，死乞白赖的，我不用，烦他。他不作声。小薛师傅：那天你教训得好，他那种人，欺软怕硬，终于遇上个吃生米的了。他问庄是哪里人，小薛师傅说好像黄河边上。他一头雾水，黄河长了去了，从中国西流到中国东，又听小薛师傅说：对了，他那里出枣。他想那是乐陵了，乐陵小枣全国有名。

　　边说边走，从后面跟上来一对男女，女的叫了声薛姐，男的叫了声大姚，回头一看，是饭店里俩员工，小薛师傅说我买了些东西，拿不动，让大姚帮忙……女的轻轻一笑，男的说大姚体格棒，找他算找对了。两人脚步急，很快就走过去了。小薛师傅说他俩住在前面，他低声问：两口子？小薛师傅说不是。他问不是两口子咋住一块？小薛师傅轻轻一笑，说这个，你赶几步去问他们呀。他自然不能赶上去问，却想起了陈师傅那一对以及吃饭看见的一对对"露水夫妻"，心想这些人咋的就明目张胆的胡轧伙呢？他不由想起自己老婆和她的姘头曲老师，心想他们在学校里也是这般无所顾忌地明铺热盖吧。他的心揪了一下。

　　到了。小薛师傅在一间平房前站住。里外都简陋。毕竟是女人住，屋里收拾得很整洁。床单平整，被子方方正正。床对面是一张半新五斗橱，上面摆了台电视机和一个白色物件。只听小薛师傅说坐坐吧。他说不坐了，太晚了，小薛师傅你早点歇着。小薛师傅笑起来，映着灯光眼亮亮的，说别一口一个小薛师傅好不好？他问那咋叫呢？小薛师傅说：你坐下，咱论论。

　　在一个方凳上坐下，小薛师傅就开始"论"了，问你哪年的？他答：八四。小薛师傅一笑，说我八一，好那，女大三，抱金砖。他想说啥呢乱七八糟的，却记得那年媒人上门给他提亲，说女方大三岁，他妈喜得合不拢嘴，说女大三抱金砖。这事就成了。小薛师傅说：你比我小，以后就叫我薛姐吧，你块头大，我还叫你大姚，行不。他说行。小薛师傅得寸进尺，说现在就叫声薛姐我听听。他听话地喊了声薛姐。不料，这一声薛姐让小薛师傅兴奋不已，一下子站起身，说姐给你洗桃子吃，撩开门帘到厨房里去了。

听着哗哗的水声，他站起身，像寻找答案般踱到五斗橱前，这时才看清白色物件原来是一个被翻转过去的相框。他犹豫了一下，还是翻过来看了看，是合家欢，薛姐和一个留光头男人并排坐，中间有一个同样留光头的四、五岁男孩。他一时木讷迟钝，又听水龙头的水声停止了，便赶紧将相框再翻过去。

吃了一个桃子，他便离开了薛姐的小屋。

姚高潮回到六楼宿舍，见小宋还没睡，趴在被窝上看一本医书。这些天，小宋像突然对医术有了兴趣，得空便看，如醉如痴。抬眼见他进来，略显惊讶，问你不是去小薛师傅那里去了吗？咋又回来了？他心想就奇了怪了，这事没声没张，也就一会儿工夫，咋的就传到他的耳朵里了？他没好气说：我不回来能咋？小宋笑笑，说你个大姚，真是不解风情，这么晚了，人家让你去家里，心思不是明摆着的吗？他问：啥心思？小宋说这还用问，你呀，我看要么上头有病，要么下头有病，反正不怎么健全。他明白小宋的意思，说我哪儿也没病，只知道不能干伤天害理的事，人家三口之家，过的和和美美（他从合照上确实看出了"和和美美"）硬插一杠子……小宋不住摇头，说，行了行了，你高尚，可高个三年五载，就晓得高尚是件不容易的事了。那玩意要闲上……他突然想起什么，问：那你呢？小宋说：我和你们不一样，和女友虽然不在一块，可正筹备结婚，当然不能胡来。他知道小宋的一些情况，女友是中学同学，眼下在烟台打工，只等结婚便迁过来。他问：今年能结婚吗？小宋说那得看经济状况如何了。他又问买房吗？小宋把书往床上一丢，攒钱，叹了口气，说，每回打女友的电话，都会先听到潘美辰的"我想有个家"，咳，女人就是女人，我不能让她失望。

他同情地点点头说：攒够钱也不容易呀。小宋顿了顿，抬头盯着头上的节能灯，说不是有句话叫光明在前吗？只要心里装着大目标，总能开山辟路……开山辟路？他问：山在哪儿？路在哪儿？小宋不语。他看看反扣在床上的医书，似有所悟问：你想现学现卖，当江湖骗子行医赚钱？小宋连忙否认：咱不能干那缺德事，再说有心行骗也得有点道行才成。他打破砂锅问到底：那你到底想出啥赚钱的法子呢？小宋迟疑了许久，又像怕被人听到般压低声音：对你讲，我正从事第二职业，当试药员。他头一回听说有这职业，问啥叫试药员？小宋说药厂研制出新药，临床前先给健康人吃，看有没有负作用。他十分惊讶：乱吃药？你疯了！小宋摇头说我没疯，很正常，发展是硬道理嘛，要向前开拓顾不了那么多，小宋把眼睛从节能灯上移开，看着他，说：其实也没啥可怕的，我已经吃一个多月了，化验结果正常，也没觉出有啥不舒服。他问干这个能挣多少钱？小宋狡狯地笑笑，说：这属于商业机密，人家不让说，咳，反正比挣工资高多了，否则……

　　向死而生。睡下后，他脑子里跳出这几个字。着实为小宋担忧。

8

中午接到柳条电话，问他吃饭了没有，他说没有，客人散了才能吃。柳条说客人散了你就过来，咱俩一块吃。他问有事吗？柳条说对。

换了饭店，不是上回那家大排档。店不算大，却雅致整洁，柳条提前定了一个小单间。进去后姚高潮拿眼四处扫扫：这儿是不是得多花钱？柳条说有最低消费，我不用，和老板熟。他说要多花钱就到大厅里，柳条说在这儿说话方便。他心想柳条这么郑重其事看来有事。

话头还是先说到姚高潮的现状及何去何从。他告诉柳条，那个李爱萍把他荐到淮扬楼已半个多月，一直未见面，那个李领倒是对他负责，只是样样挑剔，说他这不是那也不是。柳条笑，说这就对了，不丢掉一身庄户毛病怎能在这里立足。他说我也没打算在这里立足。柳条说先别急记着下结论，往前走着看，不过，你要是信得过老同学，不妨听听我的建议：树挪死，人挪活，一辈子"三亩地一头牛，老婆孩子热炕头"，这是老辈人的生活理想，现在什么时代了，还抱着这一套，可悲不可悲？可笑不可笑？他不服气，说各人情况不同。柳条说你的情况不就是要离婚，你不舍气，老同学，要有更高的人生目标呵！

正说着，服务员端上菜，柳条问咱喝白的？姚高潮连忙摆手，说不行，喝高了又会招李领批。柳条笑笑说，一口一个李领，李领漂亮吗？他说挺漂亮。柳条又笑。

喝啤酒。姚高潮给自己定的量是一瓶。说反正没人，"吹"得了。说着，抓起瓶子往嘴上对，被柳条吃住，说干嘛呐，没人，服务员不是人？见了多不雅，会从心里瞧不起。他悻悻地把瓶离嘴，往杯里倒。

碰了一下杯，干了。柳条言归正传，说找他是为妹妹柳枝的事。柳枝怀孕了，去医院照了片子，是男孩，孩他爹曹总只有一个女儿，就想让柳枝把孩子生下来，为曹家延续香火。

这，这是喜事呀。他由衷说，来，为柳枝干一杯。

柳条踌躇了一下，还是干了，抹抹嘴说：只是后面的事挺复杂的。

他问：复杂啥？曹总和老婆离婚……

柳条挥手打断：复杂就复杂在不能离婚嘛。

他懂了。心想不和老婆离婚，又想白捡个儿子，这事的确不好解决。自言自语：这事可咋办呢？

柳条说：倒也不是没有办法，曹总已做通了老婆的工作，同意收养一个儿子，下一步，就"定向"收养柳枝生下的孩子。

"定向"？咋个"定向"法？他问，生下来就抱进曹总家？

当然不行，柳条说，正式领养孩子国家有法律规定，很复杂，只能想办法钻法律的空子。

他侧耳倾听，柳条清清嗓说：事情要朝这一方向发展，首先柳枝要有一个男友，"认"柳枝肚子里的这个孩子，然后一起到医院生下来，然后俩人一齐失踪，然后孩子就到了社会福利院，只要成了社会福利院的无主孩子，曹总就有把握把孩子收养到手，当然要花钱，方方面面，包括那个名义上的男友……

这事倒真是复杂呀。他心里在想。

热菜一个一个上，他叫不上名堂，却觉得都高档，加上柳条一杯接一杯敬酒，也敬得他有些诧异，他抬眼望着柳条，试探着问：柳条，你让我来……

柳条说咱是老同学，就不虚言假语说见外话，今天让你来是想和你商量，你来做柳枝的假男友。

我，我有老婆呀！他提醒说。

你那也算有老婆？柳条也提醒他。

没离婚就是我老婆。

对，可别忘了，人家要和你离，早不承认是你老婆了。

他哑口，心想揭人不揭短，打人不打脸，你个柳条也太不给人面子了。

柳条说：我奉劝老同学不要执迷不悟，赶紧把婚离了吧，轻轻松松演这个"角"，这样赚钱的机会打着灯笼也难找，这些……柳条握起一只拳朝他晃晃。十万？他略为有些吃惊，但没问出口。

中不中？柳条问。

他摇了摇头。总体上他觉得自己不能干这种事。

柳条叹息一声。

他心里突然有种没来由的烦闷，想尿，就出来上卫生间，回来经过大厅时，见一把椅子的后背上挂着一顶帽子，是鸭舌帽，他晓得是客人落下的，抬眼见周围没人注意，便不当回事地拿起扣在自己头上，摇摇晃晃进了房间。

先生，你，你走错门了！柳条望着他，一脸的错愕。

柳条，你咋啦？他同样错愕。

哦，奶奶个猴，奶奶个猴，柳条认出这个戴帽子的人是谁，解嘲说：你他妈从哪弄个帽子，一下子走相了，简直认不出来了。太酷了！太酷了！

他把帽子摘下。

柳条：别摘别摘，说着替姚高潮把帽子戴上，端详着说：你知道我想起谁了吗？阿宝，唱陕北民歌的那个阿宝，平常他头上缠白毛巾，是不折不扣的羊倌，可一戴上鸭舌帽，人就全变了，像影视明星，也像黑社会老大。

他苦笑笑，把帽子摘下，揉巴揉巴装进裤袋。然后向柳条告辞，说要误了下午上班，又要挨李领的批。

9

挨李平的批倒不是因为上班迟到（确实迟了十分钟），而是……

李平板着脸：储物间进水了，泡了很多东西，水是从员工洗手间进去的，有人说你打扫完卫生间急着走，忘了关水龙头，是不是这样？

他想了想说：关了。

李平：你记准了？

撒谎是王八。

李平说：用不着起誓。这儿不兴这个，不是你的责任，否认就行了，但要咬住，稍一含糊，人家就不相信了，记住了？

他点点头。

李平又说我和店长已商量好了，你从明天开始不再做勤杂，传菜。

他知道传菜这活计比勤杂轻松得多，也不用听从别人驱使，便说谢谢李领。

李平说我让薛姐带你一两天，她熟，人也挺好的。

为啥让薛姐带？莫非……他不无疑虑地寻思。

姚高潮回到宿舍小宋已在，正甜言蜜语打电话，这是小宋在宿舍里的常态之一，另一项就是大翻医药大典，也如往常，见姚高潮回来便匆匆收电话，说：我见李领找你，是不是为水龙头跑水的事？

他点点头。

小宋问：急着往外跑，疏忽了？

他说我关了水龙头，不是我的事。

小宋问真这样？

他说真不是我的责任，我发誓……

小宋说要这样，就是庄胖子诬告。

庄胖子？

小宋说庄说他亲眼看见你忘了关水龙头……这里有一个逻辑问题，既然他看见你离开洗手间时水龙哗哗流水，为什么不赶紧关了，而等到淹了储物间再讲出来，讲不通嘛。

显而易见是庄胖子故意制造事端，发泄对他的愤恨，便说那天我让他在大伙儿面前出了丑……

小宋说怕不光是这一件。

他问：那还有啥？

小宋看看他：还有……薛姐呀……

薛姐……他也看着小宋。

小宋说：你来得晚，不晓得，庄胖子一直缠着薛姐，薛姐不应。

他问：他家里没老婆？

不等小宋回答，他便意识到问得多余，陈师傅（还有其他人）家里也有老婆，不照样……他记起有句"老革命遇到新问题"的话，心想，看来他们进城打工的也遇到了新问题，可用这种方法解决，合适吗？他把自己的疑惑说给小宋听，询问他的看法。

小宋寻思了一下，说这事还真他妈不好说，肯定不对，可……有句话叫存在的就是合理的吗？看来只能这么往上靠了，像咱店里一对一对的"轧伙"，各有各的老婆和男人，可一年也就见个一面两面，有和没有又有什么两样？个顶个饿狼似的，所以也就……庄胖子是没人稀罕他，就死乞白赖犯邪劲，他是发觉薛姐对你有意，就羡慕嫉妒恨。

他突然有所警惕，盯着小宋说：他不晓得薛姐让我帮她送东西的，怎么……

小宋说：怕是让他盯了稍，薛姐晚上下班，他经常跟在后头，这个，店里的人都知道的。

是吗？他有些后怕，要是那晚真留在薛姐家，……

小宋似乎看透他的心思，笑笑说，也用不着担心，咱店里那么多"轧伙"夫妻，他不也是看着干瞪眼么？

他突然想到另一个问题，问：他们公开一块吃，一块住，干嘛不躲躲避避呢？

小宋说：手打鼻子眼前过，躲避得了吗？如其装模作样地偷鸡摸狗，还不如光明正大算了，这样才不累。

他无语。他对许多事情都无语。

小宋又说：知道庄胖子这德行，以后防着点就是了，哎，你今天到哪去了呢？

他就把柳条找他的事原原本本告诉了小宋。

小宋摇头说：啥事都难不倒有钱人呵。

10

经薛姐用心"传帮带",他几天工夫便适用了新工作,只是直接与客人打交道,需小心谨慎,周到得体。那句"客人永远是上帝"的话,反过来就是服务员永远是孙子。须不知孙子也不是好当的,遇上难伺候特别是喝高了的客人,稍有差池就招一通"狗屁呲",再冤枉也只能承受,顶多像阿Q那般在心里骂句"孙子熊老子"了事。薛姐经得多,性子也绵,遇事总能化干戈为玉帛。比如把客人引进房间,出来时就会提示他,"那女的不是盏省油的灯","那个男的面不善",再比如要是客人自带酒水,一开始就要告知须付开瓶费,若客人提出抗议,不与他争辩,反正最后是在吧台结账,客人发火也发不到咱身上,还说不上醉醺醺早把这事忘到九霄云外。还有,对一些更为微妙的事体要应对得当,比如要小间的男女,男老女嫩,多为偷情,如年龄相当,就难说什么关系,或夫妻或相好或一般朋友。对前者,做好服务后就退到门外,再进须先敲门,对后者则可随便些,客人要是觉得你碍事,会自己提要求。

习以为常,备而无患,但也并不绝对,许多情况会猝不及防出现在前面。比方那天中午进小间的一对情侣即如此。

中午面案吃紧,薛姐被叫了过去,姚高潮自觉已能单独应对。自然是先点菜，他站在这对男女身后，等着记菜名，因光线较暗，又背对客人，唯听声音，男人说你看看想吃什么，只管点。女的说我哪会点，头一遭吃淮扬菜。男的说正因为没吃过才让你来品尝，保准吃了还想吃。女的嬉笑说你要做广告呵，男的也笑。后说你不点，我就全权代理了呵。便一样一样点了菜，四凉六热。姚高潮心想，两个人点这么多，够浪费的。

将客人引进小单间，他才看清是一对年龄相当的男女，（难断是夫妻还是"轧伙"），男的很健壮，也很喜相，穿一件灰 T 恤。女的面庞很白，眉眼细长，也属好看的女人。落座后，男的拿出一个袖珍茶筒，说：泡一壶茶，饭店的茶没法喝。

茶端上来，给斟到杯子里。男问女喝什么酒，女说下午有课，不能喝。男的很惋惜，说这算咋回事，下次在没课的时候聚。又说：一杯果汁，一扎啤。

取果汁和扎啤的时候，他起码清楚两点：这一对肯定不是夫妻，女的是名教师。不知怎的，这一瞬间想到自己那个当老师的老婆，心里顿生反感。

也许是神情恍惚，当把四样凉菜摆上桌竟忘了报菜名，正欲转身出去只听男客人一呼：报菜名呵！他立刻回过神儿，报告：水晶肴肉、盐水鸭、风干鸡、雪菜笋丝。

名堂不小呀，女客人两眼亮亮说。

真名堂还在后头哩。男客人有些得意：什么都有学问，舌尖上的学问最要紧，民以食为天嘛。说开来，中餐菜肴有四大风味八大菜系说，人们常说的鲁菜是宫廷菜，粤菜是商贾菜，淮扬菜是文人菜……

所以你们写文章的人都喜欢淮扬菜了。

男客人脸上荡开得意的笑。说：也算是吧。他端起杯子向女人举举：人生得意须尽欢，莫使酒杯空对月……来，我们干杯。

上热菜后，他大部分时间是站在门外，这属于不打扰客人的"潜规则"范畴，另外他也实不愿听那个"写文章"的男人对女人酸溜溜的卖弄。自己不是文人，可文人见过几个，他村子后面有一座山，山上有一座据说是明朝建的小寺，不时有城里的文人来朝拜（他们的说法是采风），村支书先请吃一顿"农家宴"，然后带上山。他们迎着山风意气风发，大发感慨：多么美的地方呵，蓝天白云，山清水秀，神仙待的地方，真想留下来呀。当然没一个人留下来，靠写文章好不容易写出个城市户口本，哪舍得丢弃呢？这也能理解，可你不能嘲弄乡下人呵，好像庄稼人住在乡下赚大便宜似的。

当然这都是一闪而过的想念，要不是后面发生了一件让自己抓狂的事，当会很快忘记这对一餐吃了八百多块的偷情男女。

是在那之后的第三天？还是第四天？他记不准，反正那时已开始"独立"工作，中午，又来了一对要小单间的男女，这样的一幕每天都在上演，不稀奇，可不稀奇的事让他看出了稀奇：他认出那女人正是那天和"写文章"男人一起的女教师，那男的他也认识，却不是那个"写文章"的作家，这"另一个"男人也是那天出现在饭店，在教师、作家情侣双双离去后，这人找到了他，询问刚走的一对都点了什么菜，他觉得奇怪，问这个没来由。而这时李平教导的那句"顾客永远没有错"的话起了作用，便如实讲了，那男人记下来便匆匆离开。而今天这个男人与女教师结了伴，就弄得他云里雾里，像发生在谍战片里的事。顺着这个开头"看"下去，后面的情节就更让他目瞪口呆，这男人先让女教师进了房间，自己去点菜，点的与上回一样不差。进屋后冲女教师笑笑，说老婆今天一是品尝张处一再宣扬的淮扬菜，二是纪念咱们结婚十五周年。他的心豁然开朗：俩人是夫妻呵。女教师说等祺祺旅游回来一块多好，就是不听，固执！男人又笑笑，说要的就是二人世界嘛。边说边从包里拿出一瓶葡萄酒，他说先生按规定要付开瓶费的。男人翻他一眼说：我说过不付了吗？他赶紧道歉，一边开瓶一边想：一个叫老婆戴了绿帽子的人，还这么大脾气。刚想到这里，便不由与自己挂了勾：你他妈姚高潮有啥资格嘲笑人家，你不同样被人戴了绿帽子吗？心情顿时低落。

悬念早早解开，老夫老妻下馆子，再平常不过的事，可他心里还是有一个疑团，这个当丈夫的分明是知道老婆与人胡搞，且跟踪而来，不当场揭穿，反倒另寻日子在同一场合请老婆吃同样的菜，这当间有啥个"弯弯绕"？真是看在眼里，不明白在心里。

开席了。当四个与上回相同的凉菜摆上桌，男人微笑着与女人碰杯。接下来夫妻间话并不多，说的也自是家常话，爷爷奶奶这个，姥姥姥爷那个，当然稍多些的还是那个外出未归的"宝宝"。把上高中的孩子叫着宝宝，他觉得有些可笑。

头道热菜是大煮干丝。他报了菜名。女教师现出新奇而有兴味的神情，先品尝，说句不错。

再上的是水晶虾仁。女教师夹了颗油津津的虾仁送进嘴里：嗯，不错，不错。用的是电视上主持人品尝美食时惯用的腔调。

第三道是清炖蟹粉。女教师看看似乎迟疑了一下，不过还是吃了口。

男人望着问：怎么样？

女教师声音勉强：也不错。

红烧狮子头。他报。

也就在这一刻，女教师似乎意会到什么，眉头一皱，脸色一<u>丝</u>一<u>丝</u>变得难看，放下筷子，把酒杯往前一推，凝神不动。

吃呐，此狮子头非彼狮子头也。男人说着夹了口送进嘴里。

作为局外人的他此时方明白了这男人如此这般之用心，是告知这女人她所作所为他是清楚的。心想这男人真是有心机呵，至于这样做是完全的精神凌辱，还是善意提醒促其改邪归正，他自是无法猜测了。而这件发生在自己眼皮子底下的事，实实在在是让他大开眼界。原来世界上的许多事都是有玄机的，包括夫妻关系。他知道如果这类事发生在他们乡下，处理起来那是很直截了当的，要么以武力（包括后期的法律）解决问题，要么以一方忍气吞声为代价保全这个家，就像自己现在的所作所为。他的心隐痛。

当事人心照不宣，却又不动声色，僵持着。而他，自是继续着自己的"角色"，上菜报名：油焖笋、芦蒿炒干丝……当把最后一道松鼠鳜鱼端来，满脸灰白的女教师腾地从座位上起身，扫了男人一眼，说句好样的，好样的！随之甩手而去……

事后，他觉得自己像看了一场戏，倾向上他完全站在那"男主角"一边，"女主角"狼狈逃窜让他生出一种隐隐的快意。

他没料到的是"戏"还有下半场。

当客人渐渐散去，员工准备用餐，李平神色异常地找到了他，先问了一下刚才小间饭局的情况，然后告知：那女的又返回来，大发脾气，指责饭店丧失职业道德，说要与刚才的服务生理论。他听了顿时火冒头顶：妈的，这个世道，做了见不得人的事却能大大方方地摆上桌面。后面李平所说的让他道歉认错的话一句也没有听进耳。

走进大堂时，那女教师已被人安抚在沙发上，一副怒火填膺的样子，从侧面看过去，他蓦然发现她那前留刘海烫个反翘小波浪的发式与自己老婆的发式竟无二致，这种发式看上去给人纯真的感觉。这一发现让他的愤懑无端升级——装什么？装！长久以来所经受的屈辱一下子涌向心头，他一步一步走过去，瞪着她，抬声发问：你，你说，我做了啥个需要向你赔礼道歉？

女教师先是一怔，不自觉地站起身来，一时语诘，当回过神来，厉色重新挂在脸上，质问：做了啥事难道不清楚？他说我不清楚。女教师：你暴露别人的隐私！啥个隐私？菜名。菜名是隐私？女教师蛮横：就是就是。这一刻，他觉得站在面前的女人分明是自己的老婆，那冷冷的神情，那逼人的口气，他再也压不住心中的愤恨与怒火，高声痛斥：你以为你是谁？你有多么了不起？还不是两条腿支了个屎肚子！凭着好好的日子不过，走歪门邪道，对你讲人做缺德事是要受到报应的，若不改过自新，早晚要倒大霉……

女人完全给骂傻了，后捂着脸奔出酒店，像只斗败了的鸡。

这一幕就发生在李平与众员工面前，姚高潮对女顾客的斥责令所有人瞠目结舌，事情本不该这个样子的，可大姚生生改变了惯常的店客应对模式，孙子成了老子。大姚让人们感到陌生，当然，也有人（包括李平）担心那女人不会善罢甘休，会卷土重来报一箭之仇，却没有，还好，那女人再没有露头。于是，就有人发出感慨：看来荡人也不是好惹的呀。也许只有姚高潮自己心里清楚，这女人只是他的一个出气筒，她劈腿与自己没有一毛钱关系，她当了丁燕的替罪羊，吐出一口久积于心的恶气，无比畅快。

11

　　立了秋，一早一晚凉快了许多。热的时候，客人留恋于饭店免费的空调，拖到很晚才走。现在好了，客人酒醉饭饱之后或回家或进行别的休闲项目，如喊一喊、蒸一蒸。如此，饭店也能提前下班了。自薛姐回到面案，姚高潮与她接触就少了，偶尔在走廊或大堂相遇，薛姐都会对他甜甜一笑，笑中含有一种在他看来有不同寻常的意味儿。平心而论，薛姐是一个各方面都不错的女人，店里许多男员工都对她"惦记"着，至于自己，那晚从薛姐家回去，小宋咬定了薛姐对他有意思，后来自己一直想这事，在老婆丁燕出轨的前提下，自己就是和薛姐好了，也没啥了不起，这是一方面，另方面要薛姐真存那个心，自己不响应，对她也是很大的伤害，他感到不安。

　　这天下班他没急着回宿舍，此时小宋一定会爬在被窝上给小对象打电话，他不想破坏人家的甜甜蜜蜜。走到大堂，发现沙发没人坐，便径直过去坐下来，凝了一下神，从口袋里掏出手机，拨了李爱萍的号码，他觉得已快干够一个月的试用期，何去何从他感到迷茫，得从李爱萍那里讨个说法，当初就是冲她来的，而她把自己荐给了李平，一直不肯露面，无论如何要找到她。

　　关机，再打，还是关机。他发着怔，一怒之下，拨了老婆的电话。这遭通了，响了许久也不接……心想这娘们是铁了心不弹自己这根"弦"了，他断是想不通，一个女人怎么就能这么铁石心肠？有一回问她为什么不给他一点机会，她回答得挺"学问"：给你机会就是不给真爱机会。他问你说的真爱到底是什么？她说你不懂告诉你也不懂。他问真不真爱不是还得过日子？过日子不就是一个锅里摸勺子一个炕上滚个子？她咧咧嘴，十分罕见地露出笑模样，讽刺说：唯吃饭困觉是你这般男人的最高人生境界。他无话可说，只在心里不服：奶奶个猴，你倒是说说那个曲老师的人生最高境界是什么？是不吃不喝躺在炕上甜言蜜语单把鸡巴闲起来当摆设？

　　大姚，给谁打电话呀？

　　他抬头看看，是薛姐朝自己走来，他赶紧站起来，讪讪地笑着，将手机收起。

　　肯定是给老婆打电话了，薛姐也笑眯眯：讲完了吗？

　　她不接。他如实说。

　　不接？

　　嗯。

　　薛姐支招：给她发短信。

　　不会。

　　学学嘛，也不是三篇文章两篇诗的，一学就会的。薛姐说。停停又说：要不，我教教你？

　　他摇摇头：我一笨人，一时半会儿学不会。

　　薛姐想想说：要有急事，我帮你发。

　　没想到薛姐会提这种提议，一时犹豫不决。

　　薛姐笑笑说：要没怕别人知道的隐私，也没啥要紧，有事说事嘛。

　　见薛姐真心想帮他，便把手机递给了薛姐。

　　薛姐说：你看着我操作，等发出这个短信，你就会了，以后自己你把想说的意思讲讲，我拟出来，再让你过目。

　　他想了想说：也没啥，就是希望她能回心转意嘛。

　　薛姐不再言声，低头拟短信，拟好后让他看，上写：亲爱的老婆，分别这么久，很是想念，热望你能回心转意，从今往后咱好好过日子。你的高潮。

看过他竟然红了脸，连连说，不行不行。

薛姐问哪儿不行？

他说：一前一后不行，太……

薛姐意会，笑说：总是你求人家呀，说点好听的哄哄。

他不语。

薛姐说这么发吧。

他点了下头。薛姐就按了键。

等了很久，也不见回复。薛姐叹口气说句：油盐不进，怕是没戏了。

他心中的羞愧沮丧无以复加。

与薛姐分手碰上了下班往外走的老陈。这段时间老陈很是友好，有次还借钱给他救急，也不催着要。都知道老陈办采购有"外快"，可谁也不觉得有什么不可以。老陈问要不要一块出去转转？他问去哪儿？老陈说找地吃夜宵去。他不解：刚吃了饭还吃夜宵？老陈意味深长笑笑，说你个大姚，是真不懂啊还是装不懂？走吧走吧。

出了饭店，沿一条繁华马路前行，路两边的各式建筑灯火辉煌，中间车道如流火，构成一副绚丽旖旎的景象。进城虽说时间不短，可很少迈出店门，特别是晚上，他没有真正观赏过都市的夜景，此刻置身其中，他感到五光十色的光束，犹同万箭穿身，疏通了全身滞淤已久的经络。他长长呼出口气。是呵，都市和乡村完全不是一回事的，只说这夜晚，在家乡，当日头落山晚霞消退，山峦，道路，田地和房屋便完全沉没到无边无际的黑暗中，一切像死去，人也一样。

便道上行人如梭，他怕走失般紧跟老陈身后，从一个路口右拐，又走了一会儿，来到一个街区小公园，林木遮挡了灯光，环境有些昏暗。他不由心生疑窦，问老陈咋带他到这儿来呢？老陈说来吃夜宵呵。夜宵？老陈说往树下看看。哦，他看到了，是一些人三三两两在树底下走动，看不清面目，从身姿形体上能辨出是女人，他问：什么人？老陈：良家妇女。良家妇女？老陈说对，又说良家妇女不容易的，别讨价还价呀。讨价还价？他脑子里噼啪一声响，晓到老陈说的吃夜宵就是找……顿时六神无主，他自知这码事从没涉足，那玩意像洗净了的萝卜干干净净，不能说不想，特别是老婆不许近身后，曾赌气来一把，现在这码事不声不响降到面前，他一阵发蒙，惶然不知所以。站在一旁的老陈坏笑着给他打气：阿米儿，冲！他仍犹豫着，老陈拍拍他的肩调笑说：老弟，别搞错了，这不是干坏事，是帮姐妹们的忙，做好事，姐妹家里正等米下锅哩。他想想也是，话糙理不糙，家里有吃有喝的谁会出来干这个？老陈似乎打定主意要拉他"下水"，继续鼓动：走，跟着我，爷们儿点，看上哪个就递上一支烟……

话没说完，老陈的手机响了，老陈"啊啊"着回应。他心里打个怔，想当不是老陈的女人从老家打来的？那女人神算，不早不晚，在自家男人要打别的女人"炮"时先打过来一横炮。是李领。扣了电话老陈说。

李领？他一惊，啥事？老陈嘟囔：这个庄胖子！净添乱。

老陈告诉他，庄胖子叫派出所扣了，要饭店去人把他领回，李领说店长不住，她也有事，叫我去一趟。

为啥扣了？

黑下到小区偷女人的内衣内裤，闻味儿，下作。

一路上，老陈仍耿耿于怀，不断数落着庄胖子的斑斑劣迹。说庄是在派出所挂了号的人物，有回找小姐给了假币，让人家举报，罚了五千块。

小姐举报？他吃惊问。

小姐不举报别人怎么知道？结果小姐自己也受了处罚。老陈说。

不上算，他说。

不蒸包子只为蒸口气，人有时候就是为口气。停停又下一结论：所以不能欺人太甚。

快到派出所时，见一辆闪着红灯鸣着警笛的警车开来，到门口停下，跳下车的警察从车上往下驱赶人犯，看模样都是农村人，他不由心里一紧，想犯啥法了呢？懵懵懂懂跟在后面进派出所，无形中与犯人混成块。只听警察厉声喝道：面向墙壁，蹲下，抱头！人犯乖乖就范听命。你，还有你，那警察扬起手里的电棍在他眼前一晃：蹲下，抱头！他不晓警察是冲着谁，四下看看，警察上前一把抓住他的脖子，正要把他往犯人堆里推时，老陈从外面进来，见状张嘴解释，说误会了误会了，不是一伙的。那警察投去不信任的一瞥，仍不肯松手，这时另一个警察用脚踢踢蹲在地上的一个人犯的屁股，吆，你转过来看看是不是一伙的？那人犯转过来看了眼，点下头。警察问是不是？人犯说是。姚高潮又气又急，一时竟开不得口，情急之下，老陈倒有了招数，快速给李平拨了手机，三言两语说明情况，然后把手机递给警察，说我们饭店领导要同你讲话警察皱皱眉头，还是接了，不耐烦地"嗯嗯啊啊"，那边怎么说听不见，可这边警察的口气和缓下来，说句那是误会了。说罢，一边把手机还给老陈一边向揪姚高潮脖子的警察摆摆手，姚高潮得到了解脱，怨恨地向诬他的人犯质问：咱无冤无仇你凭啥诬陷我?！嫌疑人眨巴眨巴眼不答。那警察吆句：你说，为什么要咬他！那人犯嘟囔：俺寻思，一份罪，多一个人担，能轻些……警察忍不住咧嘴笑了，骂句你他妈真会寻思啊，有这么多弯弯心眼，还用得着犯法铤而走险么?！

　　一场虚惊之后，老陈和姚高潮领回了也不啻"铤而走险"的庄胖子。

　　回到宿舍，姚高潮心绪难平，嘟囔差点让老鳖咬了。小宋问怎么了，他就说了刚才这一段。小宋说我看警察也是装糊涂，多抓人出政绩嘛。好了，抽根烟压压惊吧，说着撂给他半盒中华烟。哪来的？小宋说是客人落在桌上的。他说谢谢。小宋说谢啥呢，白捡的。又说我发现你老哥越来越有修养了。他摇摇头，迫不及待抽出根点上，深深吸了一口，存在胸膛很久，才缓缓吐出来，感叹说好烟孬烟就是不一样呵，小宋跟句应该说有钱没钱就是不一样。他说：大实话，谁不知道。小宋说这倒是，都知道钱的重要性，看电视上报的案子，杀人、抢劫、盗窃、诈骗、拐卖孩子，哪桩不是为钱财。还有打官司，朋友和朋友打，亲戚和亲戚打，兄弟和兄弟打，孩子和爹妈打，真是大水冲了龙王庙一家人不认一家人，同样是为钱财房产、遗产什么的。想想，这个世界真让人寒心，活着一点意思没有，可也不能不活，活着又想活好，想活好只能想法弄钱，这就成了怪圈，现在中国人都在这个怪圈里转呀转，直到转晕转疯狂。姚高潮边抽烟边听，虽赞同却不免在心里嘀咕：这家伙建造幸福新生活连命都不惜，咋又突然悲观起来了呢？他附和句不管咋的该活还得活呀。小宋说可不是。停停问句：大姚，上回你说老乡让你当假爹那事，你决定不干了吗？他说对。小宋又问：不后悔？他说不后悔。小宋说大姚，我想和你商量一下，你要真不干，就把这事让给我，行不行？他看着小宋，问这个能让？小宋说能，反正是顶缸，是谁没啥两样。他想想也对，刚要点头，又觉不对，说小宋你是快结婚的人，做这等事不是坑你对象么？小宋连连摇头，说我哪是坑她，是为她好。有了首付，把房买了把她早早接过来，再说我已经跟她说了，她不但没反对，还让我抓紧落实。他看看小宋的神情，不像在说谎，再想想把这事促成也算是帮了柳枝的忙，遂点下了头，说哪天我把你的情况对人家说说，听听人家的意见。小宋说自然要听人家的意见，又说这事真成了，就……小宋做出点钱的手势。他说咱俩不来这个。小宋说哪能，这是规矩。

第二天，他给柳条打电话，问顶缸的事解决了没有。柳条说没。他说店里有一个人挺合适，随之把小宋的情况加以介绍，柳条听听说还可以，但这事得坐下来细说，最终还得曹总首肯，就等我电话吧。

看来柳条那边也急，很快便回了电话，说曹总同意见见，让他把"那个人"带到约定饭店。

小宋替自己和姚高潮编了个理由，向李平请了假，于中午前离开赶赴曹总的宴。路上，姚高潮难掩心中之疑，问小宋怎么很少见店长的面，小宋说近些时间店长一直靠在总店的扩建上，他是淮扬楼公司焦老板的亲弟弟，打虎亲兄弟，所以要紧的事情得担起来，再说店里有李领打理，足可放心。他说我看大伙都听李领的。小宋说李领有能力，人也不错，听说不久会提拔为副店长。他点着头，又问：李领吃住在店里，她没有家吗？小宋说这个还真不晓得，她这人嘴严，很少对别人讲自己的事情。他不由记起李平批评自己随便泄露隐私的事，遂不再作声。

是一家粤菜馆。坐下后方知曹总本人没到场，柳条解释说曹总很忙，他妹妹身子不方便，所以……这事由公司法律顾问冯律师全权代理。冯律师是一个精干的中年人，还带了一个女助手，清秀苗条的小管律师。

冯律师就位以主人的身份说：其实我是很喜欢淮扬菜的，考虑到你们来自淮扬楼，所以今天请你们吃粤菜，淮扬菜别有风味，粤菜同样别有风味。姚高潮点头称是，心里却想在淮扬楼快一个月了，除了偷吃了一口还挨了李领的批，哪里吃过啥个"别有风味"的淮扬菜？不过能尝尝被那个酸文人称为商贾菜的粤菜也挺受用的。

上过茶。冯律师言归正传，说：按商界不成文规矩，喝了酒说话是不算数的，所以我们先把事情谈定，然后一醉方休。

柳条道：就是，就是。

姚高潮、小宋点点头。

冯律师呷口茶，抽张餐纸擦擦嘴唇，又咳一声，给人的感觉是要隆重开讲了。他说：我先总体上说说这件事，坦率地说从法律层面上看，发生在曹总与柳小姐身上的事人们会有说词，于道德层面也确乎如此，我要说的是：一，这事发生在曹总身上应该具有某种合理性与必然性。二，曹总对这件事的处理是令人称颂的。先说一，曹总的妻子生不了儿子，对于像曹总这样家大业大的家族企业来说，这是难以接受的，后继无人嘛，要在旧社会，可以娶妾解决，二房解决不了，可以三房甚至四房，可现在是新社会，此路不通。今天现成的办法是离婚另娶，但曹总是有情有义的人，不忍背弃糟糠之妻，事实上曹总一度断了求子的心念，一心培养女儿在未来接班，然而世界上的许多事不以人的意志为转移，正这时曹总邂逅了柳经理进城打工的妹妹，也就是柳枝小姐，两人曾是校友，一起在老家完小读书，当然了，曹总是高年级，柳枝小姐是低年级，不夸张说柳枝小姐从小就是个美人坯子，人见人爱，自然也包括曹总在内了，当时他自然不敢有非分之想，而柳枝小姐的倩影却一直印在脑海里，伴随着半生行走江湖，多年后再聚首，这是真正的缘分，缘分加爱情是无可抵挡的，发生什么事都是题中之意，反过来再从总体上说曹总为了责任不与妻子离婚，为了爱情与柳枝小姐走到一起，两全其美，足以证明曹总是一名当下社会难觅的优秀精英，作为律师与曹总的朋友，我完全被曹总的人格魅力所征服，心悦诚服地愿意为他做事。我说的没错吧，柳经理？

柳枝频频点头，说冯律师是曹总非常信任依赖的铁哥们。

冯律师说：对，我们是铁哥们。相信这件事圆满解决后大家都会成为铁哥们。

姚高潮和小宋只有点头的份。

务完"虚"，开始对实际的"合作"条款进行拟定，达成一条，小管律师在手提电脑上形成文字。而这时姚高潮走神了，不是因为事不关己，而是冯律师所讲曹总与柳枝的爱情勾起了自己的对往事的回忆：他在读初中时倒真是喜欢上同班一个叫曹美娥（也姓曹）的女生，可以说无时无刻不在想着曹美娥，觉得今生如能将曹美娥娶到手就是世上最幸福的人。最终没能成为最幸福的人原因很多，最重要的是家里穷，人穷志短，没勇气向曹美娥表白。毕业后他关注着曹美娥的情况。后来听说她进城了，再后来又听说和一个城里人结了，这才渐断念想。而曹与柳枝的事深深触动了他的心：同样是农村出身的曹总，只因为发达了有钱了，才能理直气壮地寻找柳枝变旧爱为新爱，要换成自己碰上曹美娥，她会答应跟自己好吗？不会，不会，连跟自己成了亲的丁燕都要离开，又何况别的女人？有句话叫钱能解决的问题就不是问题，真是不假，那天，大堂里的电视播放一部电视剧，名叫《爱的秘方》，当时想，爱情就是爱情，能有啥秘方，现在想来是有秘方的，就是钱呵，这一刹那，他晓悟到李爱萍（包括领班李平）力促自己留在城里的用意所在了。

饭前草拟了一份"合作"协议。小管律师用电脑成文，又在酒店商务中心打印出来，只等曹总过目后双方签字生效。

粤菜的口味偏甜，姚高潮却吃出了苦涩的味道。

12

　　很快，发生了一桩对姚高潮影响至深的事，也让他始料不及，早晨起床发现枕边的手机不见了，找了几圈没找到问小宋，小宋说没见，把自己的手机递过去，说震震。他拨了自己的手机号码，响了一阵铃，一个女人接听，他惊了一跳：你，你是谁？女人：我是谁？你可真好记性呵，说毕扣了电话，他赶紧再拨过去，已关机。他擎着手机，自言自语：怪哩，怪哩。小宋帮忙分析：想想，昨晚回来打过电话没有？他说给我爹打过，让他往鱼塘里放水，再呢？再就睡了。小宋说这逻辑上说不通。

　　一上午，脑子里尽装着这事，问号一个接一个：这个女人是谁？认识的还是不认识的？手机咋到她手里了？她会昧下？那破手机根本不值钱，值当的？

　　员工开饭时，他到吧台用座机拨了手机号码，通了，同一时间他听到饭厅里响起振铃，见一女员工在接听，啊，薛姐！他几乎喊出声来，赶紧扣死电话。

　　吃饭时他不敢向薛姐那边看，只反复在心里嘀咕：怎么是薛姐？薛姐她……

　　饭后是员工短暂休息时间，人陆续从餐厅散去，这时他听到吧台小孙呼喊：有丢手机的到吧台来领。他奔过去，却已不见薛姐的踪影。

他急于见到薛姐，赶紧把事情弄清楚，可想想又觉得不妥，如能当面说事，薛姐也不会让吧台转。他踱到一僻静处拨了薛姐的手机，关机。他心里一阵委屈，想怎么满世界的女人都不接自己的电话呢？丁燕、李爱萍，又加了个薛小英。烦闷了一阵子，又心想不是可以发短信么？这一招正是薛姐所教。

他很快拟了一条：薛姐，倒底是咋回事呢？我不明白。

薛姐很快回了：咋回事，我更不明白。

你不明白啥呢？

不明白黑下闯进我家，天亮就不记得了。

我去你家了？

没去手机自己跑到我家了？

他打个愣怔，眼盯着机屏像要把字倒过来看，尔后脑里轰的一声响，连连在心里叫：该死！该死！真该死。

他快拟快发：薛姐，实在对不起，我不是有意的，是这么回事，我我梦游……

你说啥呢？

我梦游。

薛姐再没回。

真摊上大事了，春晚小品里的一句台词响在耳畔。他反复想：只去了薛姐家一遭，黑下咋就摸去了呢？去了又怎样了呢？干了些啥？这个自己不清楚，薛姐她是清楚的……

下班回到宿舍，他把这件糟乱事如实讲给小宋听，让小宋帮他理理头绪，拿个章程。小宋听了半晌不说话，后问：你真的什么也记不住了？

他苦着脸说可不？

小宋颇觉新奇问：游出去，知不知道到了哪里，又干了些啥？

他摇摇头，说糟糕就糟糕在这里。

小宋问：这病是怎么得上的呢？

他说：我不晓得别人，只晓得自己是遗传。从老辈一代一代往下传。

小宋觉得不可思。

他说：有些事情说起来像滑稽剧。有一年，对了，就是饿肚子那年月，要过年了，家里把留在囤子底下的一点点麦子磨了面，可第二天发现白面没了，哪儿也找不着了，还怀疑是邻居偷去了，去问，人家说黑下听见俺家有闹腾声，便趴在墙头看，看见一家人在忙活着做饭，还分工合作：俺婆婆在锅上烙白面饼，俺爷爷灶下烧火，把风箱拉得呱呱响，我爹小，管着去厢房拿柴草……

小宋急不可耐问：是真的？

他说是真的。

小宋问：一块把饭做吃了，一家人都不知道？

他说可不是的。

小宋险些笑岔了气。

他无奈地摇着头说：想想对老祖先一肚子意见，啥田产没给子孙留下，单留下这么一个丢人现眼的怪病。

小宋说要是游出去惹是生非就有麻烦了。

他说可不是，有一年我大伯半夜偷人家的苞米穗子，天亮让人发现，好揍一顿，日怪，这一揍倒把他这病给揍好了，再没犯。

小宋惊讶地问：真的？

他说可不是真的。

小宋忽然想起什么，说对了，前几天看早报，上面说有人的头脑受了重伤，一下子变得聪明起来，原来不会做的事会做了，也许道理就在这里。

他拍了一下手说：你再发现我往外游就揍我一顿，争取把病揍好。

小宋哈哈大笑。说行啊，揍。到时候，你可别说我侵犯人权。

他苦笑笑，说没事，谁叫咱得了个欠揍的病呢。

13

　　这晚姚高潮负责的雅间没上客，就有了空闲，想到外面买盒烟，走到大堂见小陶从一个雅间急急奔出，问他见没见李领，他说没见，咋啦？小陶说上回那伙刁客找茬来了，说毕又去别处寻李平。小陶说的事他是清楚的，完全是刁客无理，喝高了，牛皮哄哄，要店长去敬酒，而那天店长去了总店，领班李平去敬了一杯酒，不想这伙人又要求李平陪全程，李平婉拒离开，这伙人就认为不给面子，骂骂咧咧走了，临出门丢句话：走着瞧。他想这伙人就为寻事而来。他不放心李平，就没去买烟，等在那儿。不一会儿李平随着小陶径直进了闹事客人的雅间，他想跟进去，又觉不妥，仍站在那里，过会儿小陶出来了，他赶紧拦住问情况，小陶说那伙人说菜里吃出了苍蝇，王八蛋，肯定是自己带来的。他相信小陶所说，因这种事时有发生，要想找店家的麻烦，这招最损也最便利，而店家却有口难辩。恼恨间，他突然想到曾听过的一个应对此"招"的"反招"，同时一种英雄救美的豪迈令他义无反顾，他大步进到雅间，扫了一眼寻事客人，问句苍蝇在哪里？客人先怔了一下，其中一个胖客指指桌上那盘油浸芥菜，说句掌眼，其实不用掌眼他也看见了在菜茎上卧着一只苍蝇，货真价实，他走过去附身盯着盘子看看，又伸手捏起苍蝇瞄瞄，说这哪是苍蝇呵，是炒糊了的葱花嘛，说着，一抬手，把"葱花"丢进了嘴里。这当儿，所有人一下子目瞪口呆，辨不清片刻间发生了什么事，那个让他"掌眼"的胖客脸上的表情更是瞬息万变，随时会爆发，最终却出人意料地咧嘴笑了，解嘲说看差了，是葱花，误会了误会了，哈哈哈……

哈哈哈……

走出雅间，李平脸上也绽出笑意，柔声说句：谢谢你！大姚你行了，真的行了。

他明白，李平是说自己进步了。她的夸奖让他欣慰。

14

淮扬楼迎来了十年店庆，恰这时姚高潮的试用期满。对于走与留，他还没打定主意。原因嘛，一是与丁燕的事悬而未决，再是与那个李爱萍一直没见上面，由于事情捆绑在一起，她的态度关乎自己下一步棋，必须向她讨个说法，而这时李平对他倒没有什么建议，一副悉听尊便的样子，他觉得有些反常，心中不免有些失落。

十年一大庆。淮扬楼公司尤为重视，停业一天，为了让员工玩得尽兴包下一高档娱乐城。又要求员工着装整洁，注意仪表，以展"淮扬楼人"风采。在小宋的怂恿下，姚高潮戴上了那顶捡来的鸭舌帽，当来到乘车集合点——饭店大门口，所有人都侧目相看，大夸其酷，他不免有些得意。

后面的事情则具有某种传奇性：在娱乐城布置舞台时，姚高潮与另外几个男员工被指派去抬一架钢琴，完事往台下走，发现一个衣着光鲜派头十足的男人盯着他看，看得他有些慌，刚想快步离开却被那男人喊住：你，你，你过来。

他停下脚，迟疑着，后一步一步走到那人跟前，这时李平从不远处走来走来，对他说这是公司焦总。他向焦总鞠个躬道声焦总好。焦总面带笑容，仍上上下下打量个不停，说：好，好，气宇不凡虎虎生威呵。又转向李平问：他到公司多久了？李平说一个月。焦总点点头，又问姚高潮文化程度，他说高中。焦总笑说比我高呵，有什么特长？李平抢先说：最大的特长是对工作认真负责，接着将不久前那桩"葱花"事件讲了，焦总大悦，说这就不单是认真负责，而是对公司的无比忠诚呵，难得难得。想想又问：身上有没有点功夫？他如实相秉，说曾跟小学体育老师学过螳螂拳，不过上中学就断了。焦总频频点头，后转向李平笑说这遭我要挖你墙角了，这个人，我要了。李平笑而不语。焦总又说明天就叫他到总公司，找我。李平对他说：老板提携……他赶紧接口，说多谢焦总的关怀。焦总亲切地抬手给他整整帽子又拍拍他的肩。

焦总离去，他一时间竟觉得有些晕眩。不由想这是不是梦游？他暗自掐掐腿，庝。

李平的眉眼都在笑，说句：淮扬楼店庆志喜，对你，也是一喜呵。

他心里想到"咸鱼翻身"这个词，问自己：命运改变只在一瞬间？

姚高潮被公司任命为"清障"队队长，属中层，可谓平步青云。而对于私营公司，这种破格升迁无须走程序，只凭老板一句话，没有什么可大惊小怪。

后来姚高潮知道，淮扬楼股份有限公司是一家综合公司，除经营传统淮扬菜馆，还有房地产，食品，药品及汽车出租等，街上跑的"华民"出租车便是公司所经营。他自己所在的清障队隶属于"淮扬楼"总店。总店要在旁边进行扩建，规划、设计、拆迁一揽子事体都已完成，只等择日开工，正这时，城中村的坐地户节外生枝，说被拆的毕家祠堂没给予应有的补偿，祠堂为族产，家家有份，原先只顾自家的补偿，把共有的族产忽略了，要求补偿此项，由于利益共享，全体坐地户同仇敌忾，以决一死战的姿态与公司抗争，不能说没有道理，但鉴于合同已签，再给一份补偿公司不情愿，故没有答应，在此情况下，坐地户为增加取胜砝码，欲在原址重建祠堂。公司意识事态的严峻，一旦建成，既成事实，事情就复杂化，故专门成立了"清障"队来应对。姚高潮来前，已有一个姓常的副队长和十余名从各店"征"来的青壮员工，在这里踞守工地，不允许任何人近前。

事情僵持着，剑拔弩张。而对于新任队长姚高潮，心里虽忐忑，却澎湃着"天降大任于斯人"的豪迈情怀，特别是清障队的商务面包车一早一晚接送（总店暂时腾不出宿舍），坐在车上他端的有一种贴地面飞的感觉。

15

　　这天午后，姚高潮正在停于工地边上的面包车里休息，小宋打来了电话，说他的对象小马从烟台来了，他明白小宋的意思，前些天为此曾铺垫过，对他讲小马要来了，到时就撵"佃户"（赶跑）。他没表态，不想已事到临头，他说小宋我……而不等他把话说全乎，小宋已替他拿了章程，说姚哥我掏心窝子跟你讲，薛姐这人真不错，你走后不时向我打听你的情况，不是一般的惦记，当然你别误会我为让你倒地方才这么说，不是，我还没这么自私，我是说薛姐对你有心，你也该有意才是，投桃报李嘛，你说上回去她家，她提前把全家福照片翻过去，用意就很清楚嘛……

　　他一直听着想着，后说句小宋我知道了，扣了电话，心想，就是小马不来，怕自己也是按捺不住的……

　　站在暗影里等薛姐下班回家，等待中姚高潮的心一直在咚咚敲鼓，拿不准薛姐今番会怎样？是像小宋分析的那样么？当然这很大程度取决于上回"游"到她家所发生的状况，上了薛姐的身是一回事，没上又是一回事，这个薛是清楚的，而自己则完全糊涂。总之，他的心忐忑不安。

　　奇异的是这一刻竟然想到老婆丁燕——那个执意弃他而去的女人，怅怅的有一种说不出来的滋味。

薛姐的身影出现在视野中，昏暗中迈着急促而轻快的脚步走来，在门前站下，开了门，闪身进去，门从身后关了。

他像要攒足力气般凝神片刻，然后一步一步迈到薛姐屋门前，像怕吓着薛姐似的用指关节轻轻敲敲门。

谁呀？薛姐的声音透出警觉。

我，大姚，姚高潮呵。他全方位回答，只怕里面的人对不上号。

屋里静默了许久方出声：你来干嘛，是不是又梦游了？

没，没，这遭是真的。急切中词不达意。

没梦游，你来做啥？

来，来找你……

门开了，灯光从薛姐身后射出来，刺得他眯起眼，也就在这一刻，他像被魔鬼附身，抢先一步，不由分说将薛姐搂抱住，拥进门去紧箍着不松。

关门，关门，薛姐说。

门是用脚后跟蹬上的，接着把薛姐抱起，走前几步放在床上。

你疯了，疯了，薛姐张眼看着他低声说，半卧在床上不动。

而紧要关头，他却停摆了，木桩般立在床前不动。

久了，忘了，不会了……他嗫嚅着，眼里闪动着怯懦的光。

大姚，啥个忘了，不会了？薛姐弄不懂他胡乱八糟的话。

就是干……干事嘛。

薛姐眨巴眨巴眼，扑哧笑了，说这个呀，乱讲，我对你说，你没忘，你会，行着哩。

你，你咋知道？

就知道，薛姐面呈得意，我不知道谁知道。

即使再愚笨他也能听出几分，心想：一定是上回来和她把事做了，一切顺利，才得到薛姐的肯定。

他妈这事就是这样：觉得行就行，觉得不行就不行。接下来，姚高潮以实际行动验证了薛姐的话并非妄语，干柴烈火，烧得劈劈啪啪，说起来，薛姐也算是个幽默有趣的人，"忙活"中不忘逗他：要，要……他已被胜利冲昏头脑：要啥？快说要啥？薛姐变声：要，要高潮呀！他赶紧说：我在嘛，在嘛……我永远和你在一起。

当是这句话勾起了薛姐的心事，完事后抽泣起来，姚高潮有些慌，搂着她问：咋地啦？不是好好的吗？

好，好个啥，薛姐从他怀里挣脱，依旧哭泣：挺着，挺着，到头来还是……唔唔唔，俺对不起孩他爹呀……

他无言以对，心也顿时沉重起来，小宋曾对他讲过薛姐的家庭，他男人是瓦工，在小孩出生那年到城里打工，没过多久便发生工伤，腿残了，回去了，换成薛姐出来挣钱养家……

我，我不好……他检讨说。

你以为你是个好人吗？坏着哩。

对不起，对不起。他低声说，坐起身。

你，你想咋？薛姐停住哭，问。

我走……

你敢！薛姐打他一下，随后把他拉到自己怀里，叹口气说：咱这号人，贱得连"对不起"都没资格说呵……

他的心里一阵酸楚。想薛姐是个心情如水的女人，可是……也就在这一刻，他油然生出与丁燕分手的念，。尽管他清楚薛姐不会离婚抛夫弃子。

16

工地上的事态一直僵持着，公司与坐地户像在进行一场"顶牛"比赛，谁都不肯退缩。同时双方也都清楚，僵持只是暂时，随着工期的临近，一场血腥大较量迫在眉睫。

公司给出的底线是决不能让对方把祠堂盖起来，须日夜严密监视。姚高潮就把人员两班倒，他与常副队长一人带一班，据守工地。如同激战前的沉寂，起初对方没太大动静，只是派人特工样远远向工地窥望，过了些时日，开始向工地边搬运建筑材料，意图不言自明。情况报与于公司，公司进一步明示：决不退缩，他们盖我们拆，决不能让他们的目的得逞。一时间气氛紧张，人心惶惶，不晓后面有什么事情发生……

这天，姚高潮当班，接到小宋的未婚妻小马的电话，摞着哭声说小宋的眼突然模糊了看不清东西了，刚把他送进医院。他说我马上去。

赶到医院，医生已做过诊断，"好看的"小马正扶着小宋往外走，他迎面走来小宋果然看不见他，他帮着把小宋扶到走廊的一张长椅上坐下。已成"睁眼瞎"的小宋满脸沮丧口吐悲声"姚哥，我完了。他不知该怎么安慰他，对于一个到这般天地的人任何安慰都是徒劳的。他只是问小马医生怎么说。小马说病因不明，需要做 CT。他问啥时做？小马说等通知。他说先住上院吧。小马说医生说没床位。他问啥时候能住上？小马说等通知。他愤愤说，急病是不能拖的呀！小宋就让小马直接到住院处问问情况，小马说好，小马的脚步声刚一消失，小宋哭了起来，说趁小马不在，我同你讲，我猜到眼是怎么回事的。他问怎么回事？小宋说吃药吃的。他问你不是说没有问题吗？小宋说开始是在一家医院吃药，后来想多赚点钱，又在另外两家吃，一定是混合吃，吃出事来了，聪明反被聪明误，我自己完蛋了，还坑了小马。他说你先别胡思乱想，等医生的结论。小宋悲切说我心里清楚，等不等结论都一样。

　　姚高潮用自己来坐的面包车送小宋回宿舍。路上，小宋突然变得絮叨起来，说路遥知马力，日久见人心，姚哥咱虽然认识不久，可我断定你是个好人，好人就有好报，这不，你刚来一个月就有了机会，就上位，我断定你会越来越好的。姚哥，努力呵！为我们这样的人争气。

　　他心里一酸，险些流下泪。

　　他给李平打了电话，讲了小宋的情况。车了到饭店门口，李平已带人等在那里，一齐把小宋送进宿舍。临走李平安慰小宋，说他是淮扬楼的员工，单位会为他负责的。还关照小马好好照顾小宋。小马连连点头。

　　回到大堂，李平把姚高潮叫到沙发坐下，这里是与李平头遭见面的地场，虽只一个多月时间，他却有隔世之感。他本以为李平会问他和薛姐的事，（她应该知道），可不是，她问他近来的情况，他讲了讲，她沉思了片刻，说句好自为之，最要紧的是别惹出是非。他点头称是。李平又转话题，说当初你一来就找李爱萍，到现在也没见上，还想不想见了？他想了想，说不用了。李平说原先那么急着见，怎么又不愿见了。他说原先是原先，现在是现在。李平问现在怎么？他说我已经给丁燕发了短信，同意离婚，这事就和李爱萍没了关系。李平点点头说对你讲，李爱萍已经与曲老师离婚了。他惊讶地看看李平，问啥时候？李平说就在你刚来的时候。他"啊"了声。说她讲不方便见我，原来是忙这事。停停又说：她这人心眼好啊，自己倒霉时还帮我，还有你，我得好好谢谢你俩。李平笑笑说彼此彼此，你也帮了我嘛。他问我帮你啥了？李平说吃"葱花"呀。这一说，他倒是记起来了，说这算啥呀。李平说怎么不算？化解了一场危急呀，否则那伙人还不知要闹到啥地步。他连连摇头，说这真的不算啥，庄稼人吃饭，哪盆菜都不敢保证没苍蝇，眼不见为净罢了。李平说可你是明知是什么而吃了的呀，单为这事我就得请你，哪天到总店要个包间，吃淮扬菜，正儿八经品品滋味儿。他不由想到刚来时偷吃客人剩菜李平训他的那一幕，不由红了脸。他说要请也必须我来请，李爱萍也一起，没有你俩，就没有我的今天。李平眼里闪着亮亮的光彩，问句：要是李爱萍和我只请一个，你会请谁呢？他打个怔，没想到李平会问这么个怪问题，一时竟不知该怎么回答。

　　想好了就给我打电话要哟。李平盈盈笑着站起身。

　　难道？望着李平渐远的背影，他似乎意……

17

醒来时薛姐已离家。临近中秋，面案日夜兼程制作月饼，以大赚一把。薛姐就是不折不扣地早出晚归了。不过再怎么忙，两人的"那"事并没闲下来，薛姐有些"贪"，恰恰使姚高潮得到一种在丁燕那里没有得到的异样感受，像庄稼人遇到了好地，愈发下力耕种，"活路"亦渐入佳境，只是都清楚再怎么也是"苟且"，总有种难言的哀伤……

刚起床接到小宋的电话，听声音似有些故作轻松，说虽然医生无法断定病因（他自己坚信是药的事），但已明确表示医治无方，只能静养以观其变，这样他就不能在这座自己和小马都十分喜欢的城市继续呆下了，要回烟台老家。姚高潮听得眼有些湿。小宋又再次表示了对他的感谢，特别对那桩"充当人父"的事，说姚哥给了他这么好的赚钱机会，无法得到是自己没这个福分呐。他又劝说姚哥把这事"接"回去，自己干，说现在满世界的人都变着法儿弄不义之财，咱不偷不抢，无非给人当一回爹，委实算不上什么呵。他的心不由一动，觉得这块"肉"不吃有点可惜。他问句小宋你回去打算怎样生活？小宋说我和小马商量了，学盲文，学推拿按摩，学成租一个门头干，不是有句话叫老天爷饿不死没眼的老鸹嘛。他听得又一阵心酸，试探问句：小马同意？小宋说她同意，本来我让她离开我，可她坚决不同意，你知道嘛姚哥，老天爷把小马给了我是我这辈子最大的福，我别无他求。他连连称是，说我能和小马讲几句话么？小宋说当然可以。不一会儿小马的声音就响在耳畔：姚哥，小宋一直都非常感谢你，也包括我。这年头人和人不亲，可你对我们……没说的。他连忙说没有没有，我没帮什么忙，也没这个能力，不过，以后要是有用得着我的地方，就来电话。小马说一定一定。他静默了一会儿，然后像寻求证实又像为她鼓劲问句：小马，小宋说你对他不离不弃……小马打断了他，说姚哥我知道你想说什么，这么说吧，以前不是有句口号叫"我为人人，人人为我"么，现在这口号作废了，我把它改改，叫"小宋为我，我为小宋"，小宋是个好人，遇上他也是我的福分呵……

他一边咀嚼着薛姐给他留在锅里的饭菜，一边回味着刚才小马说的一番话，别样滋味在心头。

这时手机响了，是面包车司机赵勇，声音透着急躁：姚队，打你手机一直占线，我正往你家赶，一会儿就到。他的心跳了一下，意识到工地发生了情况，果然被赵勇后面的话所证实：晚上下雨，咱们的人撤了，早晨去一看，新祠堂拔地四五尺高了。他一惊，赶紧问常副队长呢？他值班呵。赵勇说常队拉肚子，去医院了，"上面"叫你赶快去处理。

他愣了半响，头脑却异常清醒：是福不是祸，是祸躲不过。担心的事情终于来到面前，且知凶多吉少，上面叫自己去处理，这没说的，自己是"清障"队队长，完全是分内的事，问题不在这里，在于上面给出的底线是绝不允许这个"非法"建筑物的存在，强拆不商量，而对方既然盖了，决不会眼看着你拆，双方势必发生强烈冲突甚至斗殴，无论城乡此类冲突导致的死伤案件层出不穷，前有车后有辙，后果不堪设想。想到这他不由打个寒噤。

但这事自己能回避吗？他无须多想便暗自摇了摇头，遇事当缩头乌龟，无论怎么说都是不可以的，连自己都瞧不起，何况老板待自己不薄，有知遇之恩，自古便有"养兵千日，用兵一时"一说，而自己也想望能抓住一切机会……说到底风险与机遇并存。他想起那回把小宋当试药员的事告诉了柳条，柳条竟持赞赏的态度，说人呵，一旦心里有了大目标，就像打开了潘多拉魔盒，也便身不由己了。他想：此刻的自己是否也是这个样子……

这时赵勇赶到，一进屋便催命似的吆喝：姚队，火速，火速……上头说……

上头？他略略一怔，上头是谁？老板？店长？

不晓得，反正是公司领导传话。

他问咋讲？

赵勇说就是事关重大，决不能手软，一定给他们个颜色看看。

颜色？他似乎看到一片血红。

他说小赵你到外面等一下，我处理一下。

他先给薛姐打电话，刚要按键又住手，扣了。想想从口袋掏出门钥匙放在桌上，再想想，又从口袋掏出一摞大票，这是刚拿到的工资及奖金，他一直想送薛姐件礼物，而此去生死未卜，也许不再有见面机会，让她自己选一样买吧。他走到床边，将钱悉数压在薛姐的枕头底下，后大步出门，大有壮士一去不复返之状。

面包车载着他在清晨的街道上奔跑。日头还未从高楼后面升起，道路通畅。赵勇侧目看看他，说姚队你戴鸭舌帽平添了七分威武呵。他没吱声，赵勇又说：我们那里把这叫前进帽，戴的人都不一般。他还没吱声。小赵又侧目看看他，说姚队你这人不错，够哥们，我对你讲，动起手来，你别往前靠，战场上当官的都在指挥所指挥，过会儿咱这车就是指挥所……他感激地看看赵勇，可他心里清楚，自己是"姚队"，无论在哪儿"指挥"出了事都是逃不了干系的。他长长叹了一口气。

许是为了缓和一下气氛，赵勇打开了车上的音响，立时一苍凉沙哑的男声从音箱溢出，他有一搭无一搭地听着，倏地觉得心被碰撞了一下，问：谁？刀郎。

……
世界总是那么多变，
总是把握不住一点两点，
理想仿佛在逃，
你驾着两腿奔跑。

谁曾在乎我，

寂寥，孤独，落寞

谁曾放手执着，

这世界充满诱惑

呵，和梦不一样，这是我真正所想

哦，天堂原来你就在身旁……

　　甚是不谐，这一瞬，姚高潮的面前竟跳出一个女人的倩影，哦，不是薛姐，也不是李平，更不是丁燕，而是那个曾占据他少年心的纯美女生曹美娥……

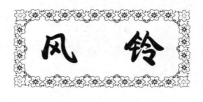

风铃

0

　　只因无端陷入一桩匪夷所思"狗血"绑架案，接受调查便成为杜连福全部生活内容。这一切让他猝不及防。

　　知道我们为什么传唤你吗?

　　……知道。

1

太阳西沉，街灯未亮，这是城市一天中最昏暗的时刻。杜连福走出洗浴城大门抬眼向大街上空望望，诡异的暗黑不由使他的心往下一沉，害冷似的打个战，下意识地往下拉拉帽檐，又将出门前未系的羽绒服纽扣一颗颗系好，这才迈步向前，穿过马路，走进更为黑暗的待拆城中村。

老爷子，往前走，别转身。杜连福听到身后有压低声音的说话，正疑惑这话是不是冲着自己时只觉后腰被一硬"家伙"顶住。枪，遭劫了。他的心兀地一跳，一口气噎在喉咙里，下不去上不来，惊惧中唯一点尚明白：须按歹人的指令去做，走，别的先别管，走，不得违逆，这是一个断不能出差池的生死关口。

接下来的事情倒让他有些诧异，歹人从后面递给他一副墨镜，命他戴上，尽管不明就里，也仍然从命，刹时眼前兀地一黑，像掉进万丈深渊，他明白歹人给戴的是付涂了黑墨的货真价实的"墨镜"。自己在瞬间变成了一个盲人。对前方的不明虚实让他身不由己地畏步不前，这时歹人上前一步顺势挽起他的一只手臂，连拖带拽挟持着前行，任何人看到这情状，都会以为照料盲人的是他的亲朋或看护。而真实情况唯有他俩心知肚明。

对你讲，这么的，对你好。与他耳鬓厮磨的歹人冲他轻轻说，说话时向他偏了偏头，他闻见了一股含着酒气刺鼻的大蒜味儿，不用猜当是刚吃了顿"酒醉饺"。说起来酒醉饺也是他好的一口，到饭馆一坐，一小瓶二锅头，一大盘三鲜饺，省时省钱饱了肚子还过了酒瘾。只是因工作缘故他尽管克制少吃，而让他修脚的那些男女顾客却不管三七二十一直往他面前喷。

走了一会儿，拐了一个弯，原本清静的耳边陡然变得喧嚣起来，人声车声交融混杂，他知道是来到一处繁华路口。应该是株洲路与劲松路交叉口。当是恰逢绿灯，没有停顿，且加快了步伐，自是在歹人的钳制下的身不由己。过了路口，又拐了一两个弯，外界复于寂静而这时头脑中的方位感顿失，感到世界迷蒙混沌一片。他感到一种刀逼当胸般的恐惧：这歹人究竟要把自己带到何处去？要把他怎样？单为钱，何必这么像叫鬼咬了脚后跟样往前赶？即使到了天边最终还是一场打劫，拿走他的钱，与其这样倒不如龟孙子早早行事，完了他也不会报警。不报警是因为他清楚自己身上的钱数目有限，破点小财免个大灾，也算不幸中之幸。

冷丁生出逃跑之念是缘于感觉顶后腰的家什不在了，歹人啥时候收的枪？他拿不准，或许一上路便如此吧，歹人挨着他并肩前行，自是没法子抵枪，只是紧张所致没觉察罢了。是的，一对一，逃走是有可能的，只需将墨镜甩掉，大呼一声抓劫匪！不信光天化日之下……哦，不行不行，周遭叵测，不闻人踪，挣脱呼救不是时机，不妨等到下一个繁华路口……

却再也没有什么繁华路口，正相反，周围愈来愈寂寥，似进入一个空旷之地，他兀地停下了脚。

这，这是哪儿？他伸手往下摘眼镜。

歹人抢先抓住他的手，将他止住，声音强硬：想保命就别动！

他一下子泄了气，因晓得歹人不是在吓唬他，干这种营生本就是白刀子进，红刀子出的勾当。为保命，他打消了逃跑的念头。正是识时务者为俊杰。

丧失了视力，再俊杰也要打折扣，感知四周只能凭借竖起的两耳。这时他才切实体会到视力与听力所起作用之天涯之别。暗无天日是对盲人生活的真切写照，而对他这个骤盲的人更如此，何况又面临着不可知的凶险，他感觉像坠进万丈深渊。

别怕，不会把你咋的。歹人自然清楚他的心思，安慰说。

钱，给，都给你。趁歹人开口说话，他赶紧表明态度。语气诚恳。

哈，我不急你急？歹人讥讽说。

是真的。都给你，在右边的……口袋……

你闭嘴！

他闭嘴，心里直犯嘀咕：抢钱的不要钱，究竟怀的是啥心思？

路上车声渐稀，人声也渐稀，从侧方吹到脸上的风明显增强，有一种冬季田野的气息。他意识到已来到城边儿，所谓城乡接合部。他心里犯疑：抢点钱何苦这么费力巴事？脱了裤子放屁！以劫持的时间衡量，他晓得此时天已黑下，置身于无边无际的黑夜，他端的想起那句"月黑风高夜，杀人放火天"江湖狂言，不由打个寒战，反抗逃走的念头再次在心中燃起。

然而却没有了这一机会。

歹人停下脚步。他一时没收住打了个趔趄。身子一弯，从黑镜下端缝隙看见歹人穿在脚上的一双解放鞋。

到了。歹人说。不知是对他还是对自己。

这时他听见风中飘过来清脆悦耳的风铃声：滴铃铃、滴铃铃，呵，这是啥个地场？咋的有风铃在响？他不胜惶恐。

进了屋，穿"解放鞋"的歹人将他按到一只凳子上坐下，他不假思索地从鼻梁上摘眼镜，却再次被"解放鞋"歹人阻止住。说：别摘，戴着，眼不见为净，让你瞎眼，是为你好，懂不懂？

他没回懂也没回不懂。

别怕，不会伤害你，咱远无冤近无仇。"解放鞋"歹人口气和缓。

他在心里哼了声。

得罪了，先向你老爷子赔个不是。"解放鞋"说，口气诚恳。

他一时懵懂，几乎不相信自己的耳朵，没听说有劫钱先赔礼的事。

把你请来，也是没办法，向你借点钱救急。

借钱？救急？他脑子一时转不过弯来。

对。

我借，不，我给，身上的钱……。

有多少？

三百多。

不够。

不够？

差得多。

那，那要多少？他惊讶不已。

这数目，从你口袋是掏不出来的。

那……他犯疑。

让你儿子送过来。

我儿？他没钱。再说……

"解放鞋"干咳一声，说老爷子我知道底细，你儿有钱，但看愿不愿意拿出来换老子的命……

绑票！这两字像道雷电在眼前漆黑的天幕耀亮炸响，击得他身子晃了几晃，他断然没想到电视上常报的事，今儿竟摊在自个儿身上，可，可咋会这样呢？阎王不嫌鬼瘦，莫非狗日的瞎了眼？

"解放鞋"叹了口气，说老爷子你听了，俺也不愿干这种事，可实在没办法了，有句话叫什么来着？对了，叫铤而走险，对，俺就是铤而走险呵。

明知是铤而走险偏要干！"解放鞋"的古怪话让他难解，也勾起他的好奇心，很想知道眼前这人是个啥样人，是高是矮？是胖是瘦？这个他难以猜度，只是凭想象，想象中应该像他的工友老费，对，口音像，声音哑哑的也像。老费身上有些功夫，说是螳螂拳，不晓这厮有没有武功，要有，自己今天是没招数了。

墨镜造成的无边的黑暗让他极不舒服，觉得自己就像戴了"捂眼"推磨的驴，据说"捂眼"的作用是不叫转圈的驴发晕，而此时的自己静止不动亦觉得晕头转向，有种想呕吐的感觉。当然这都没什么打紧，要紧的是摊上的事让他摸不着头脑：绑票是索要赎金，得是有钱人家，而自己是个替人修脚的穷老头，儿子是个挣不多少钱的工薪族，同属"要钱没有要命一条"的主，咋就让这厮给盯上了呢？他陡地记起报上登的贩卖活人器官的勾当，陡然打了个颤：老天，莫非"解放鞋"另有所图？

老爷子，看你也大不了我几岁，就叫你老哥吧，老哥你千万别怕，俺说不伤你就不伤你。"解放鞋"看出他此时的惊惶,安抚说:你配合一下,完事就叫你走。

你,想咋?

手机我用用。

他就"配合",虽然歹人已与他称兄道弟了,也唯有"配合"才成,便从口袋摸出手机,递过去。

就听见到按键的滴滴声。

又听见"解放鞋"讲电话,一张口,原先的胶东口音变成了普通话,胶普:是常老板吗?您好您好。我是谁?说了你也不认识。啥事?就是告诉你呀,有这么件事,你爹在我手里……

常老板?你爹在我手里?"解放鞋"歹人的话在那一瞬间让他打个怔,接着便对事情有所醒悟:哦,张冠李戴,奶奶个猴,自己被当有钱人(常老板)的爹给绑了票。认识到这一点,他顿时松了口气,觉得自己没事了。

他急于把"解放鞋"歹人的错误言明,让他放自己走,可不成,歹人顾不上,继续与常老板讲电话:你只要答应条件,保证不伤你爹一根毫毛,可你要报警,我就不客气,让你连尸首都找不着!

"解放鞋"放出绑匪惯常的狠话,尽管已知与己无关,仍不由让他打个寒战,可不是,"解放鞋"已将他这个假"票"带到一个荒凉隐秘地,一怒之下把他做了"处置",真是无法寻找呵。

又听"解放鞋"讲:好,好,常老板是个大孝子呵,没说的,你仁我就义,一不伤人,二不漫天要价。多少?二十万。这个数对你们大老板不算啥,可对我,就是一条命呵!

"解放鞋"这话让他不大明白,命和钱咋连在一块儿?

"解放鞋"又说:好的,好的,常老板是爽快人呵,不用拍手也成交。啥个?和你爹讲讲话。可以呀,可以呀,应该。

"解放鞋"把电话塞到他手里,说你儿要和你讲话,告诉他我对你很客气。

他以为:只要常老板与自己搭上话,也就明白是咋回事了。就会安心,会嘲骂歹人一番,再扣死电话,再呢,自然是"解放鞋"垂头丧气放自己走人。

爹，你，你是怎么回事呢?! 一直说等司机打电话再出来嘛，可……电话里传来一男人的埋怨声。不用说是常老板。

一时他竟然不知怎么应声。

爹! 爹! 你讲话嘛!

他还是张不开嘴，咳了一声。

对方顿了顿，兀地问句：你，你是谁?

我是谁? 他有些语无伦次：我是我，我是我……

对方轻轻"啊"了声，结结巴巴：怎么回事呀? 你，你……你不姓常，是不?

他"嗯"了声，心想这常老板耳朵可灵，只一声就听出不是他老子。

能听出对方呼了一口长气：哈，好，好，太好了，太好了……

他顾不上说胶普，急急问：你说啥呢?

对方说：弄错了，绑错了。

他说：你知道就好。

对方连连说：好好，好极了。

他说那你就叫他放了俺。

对方打了一个艮。说别急。

他又说一遍，你叫他放了俺。

这时在一旁听的歹人插句：老哥，钱一到手俺立马放你，别急。

电话里的常老板也说：别急，别急……

他心里愤愤地，心想你个常老板明知不会出钱赎俺这个外人，还叫俺别急，什么用心，他问句：你想咋?

你，你听我讲，咱将错就错，报警，逮住他，绝不能放虎归山! 懂不懂?

他怔了一下，这个他没想到，一时难以想通：人家也没绑到你家的人，干吗还……

你把电话给他，我跟他讲。常老板说。

他交出手机。尽管听不到电话那头的常老板讲了些什么，仅从歹人的回应他也清楚常在给歹人"下套"。而且歹人中套了。

活该! 他转而想，这样的人就该逮起来法办!

2

让他万万没想到的是"活该"的是自己——修脚工杜连福，第二天，他被派出所的警察从洗浴城里带走。接受调查。就是人们常说的"进局子"。

对他来说"进局子"是平生头一遭，他性情温和，不是个惹是生非的人，属"良民""顺民"一族。不过，之前在梦里他倒是差点进过"局子"。当是梦境过于凶险，他至今还记得，一想到便心有余悸，好像真发生过那般。梦很短，儿子朝满考上了京城大学，他、老伴、已出嫁的闺女朝花一起送朝满去烟台乘火车，拖拉机刚开到村头，这时一辆鳖盖（轿车）从村里追出来，挡在拖拉机前，开门下来的是村主任陶伟，他心有些虚，因为选举他没投陶伟，而是投给了杜姓本家侄子，朝本。陶伟当上了村长后一直不正眼看他，不过这遭陶伟从车上下来却直瞪着他，问：杜朝满把户口起走了吗？他说起走了。陶伟吭了一声，说，一张考卷换了个北京户口，牛啊，他没吭声，老伴、朝花、朝满也没吭声，一齐望着陶伟，陶伟说好处不能让你一家全得了，朝满的承包地得交出来。陶伟的话像把刀插进心窝，他大吼：你，你违背政策！陶伟又哼了一声，说政策改了。他说：不可能，你把政策拿给我看看，陶伟指指自己的脑袋说政策在这里面，想看砸开，他暴怒了，大骂一声龟孙子，一脚油拖拉机朝陶伟撞过去，陶伟一跳脚躲开，呼声110，立刻有七八个警察向他围过来，像提前埋伏在这里似的，陶伟向警察发令：带走，带走！这时他醒了，是电话铃把他吵醒，是朝满，告诉他已经报上到了，让家里放心，他心跳得厉害，手握着电话发怔，半天才明白过来刚才只是做了一个梦，凶梦。

梦里进"局子"是虚，现在进"局子"是真，梦想成真了。

经昨天阴差阳错被绑票，尽管最终平安，却仍是惊魂未定。在迈进审讯室那一刹，眼前一黑，腿打起绊子，那个跟在身后的小警察扶了他一把，才没跌倒。坐下后，他揉了揉眼睛，看见对面坐的除了刚才扶他的那个白净小警察，还有个被小警察称为"邵所"的黑胖警官。此时他并不知道这两个穿警服戴国徽的人要审他什么，他没有前科，未曾被审过，可这审人的架势从电视上看过不知多少遍了，场景气氛都很熟悉。不过，今番让他不明白的是，在两警察侧后方还坐着一个着唐装大腹便便的中年男人，扫一眼，端的觉得很眼熟，那脸庞眉眼像自己一个老熟人，是谁呢？一时对不上号。当然了，也没有空间让他对号入座，那邵所便开始问话了。

姓名？

杜连福。

年龄？

五十二。

籍贯？

山东牟平。

职业？

修脚技师。

家庭成员？

儿子、儿媳、孙女，在外地。

再呢？老伴呢？

没老伴。过世了。

杜连福，知道我们为什么传唤你吗？

知道，昨天下班我被绑票了。

是叫人绑了还是绑了人？

叫人绑了。他回答，心里很别扭，常老板报了警，警察肯定知道案情，为啥还这么说呢？

是这样的吗？

是。

犯罪嫌疑人为什么用你的手机？

这个……是让对方相信被绑的是他爹吧。

对方？指谁？

常老板。

常老板？

他的心扑地跳了一下。邵所在吐出常老板三字时不经意地朝坐在侧后的唐装男瞥了一眼，待他把眼光随过去差点喊出声：常老头！这人像常老头！他太熟悉常老头了，是他的客户，隔几天就找他修回脚，车接车送，都晓得他儿是一个大公司老板，此时他对上了号：不错，屋里这个与常老头像一个模子倒出来的唐装男就是昨晚在电话里让他"配合"逮"解放鞋"绑匪的常老板……

对，常老板。他说。

邵所继续询问：杜连福，你要是想让我们相信确是绑错了，就必须配合我们把真正的绑匪抓住。听明白了没有？

听明白了。他嘴上这么说，心里却不住翻腾，昨晚是自己心生怜悯放了那歹人一马，才让警察扑了空，要再帮警察把他抓起来，这又算咋回事呢？他有些惶惑。

邵所示意小警察做记录，然后说：讲讲整个过程，如实讲，从下班后说起。

这过程他记得，永远不会忘记，下班后走出洗浴城，没多久便被歹人顶上"家伙"。他就从这一刻说起，一直说到从歹人手里逃脱为止。当然了，逃脱是没有的事，是瞎话。可不这样说行吗？能如实说最后是两人握手告别的？那自己就真来罪了。

他说：都说了，就这样。

邵所：说说绑匪的体貌特征。

体貌特征？

就是高矮胖瘦……

我没看见。

邵所哑然一笑，从烟盒摸出一支烟，不点，横在鼻孔下闻闻，又放桌上，问你没看见？没看见？

他点点头。

邵所敛住笑，说：杜连福你可别开这种玩笑呵，从绑到逃那么久，没看见人？

他说是没看见。那人给我戴了墨镜……

墨镜看不见？

不，不，不是墨镜，是黑镜，涂了黑墨的眼镜，一点不透亮。不光人，啥也看不见。

小警察放下笔看着他。

他也看看小警察。觉得很像那个青岛明星黄晓明。

他说我说的是实话。

邵所：你的意思是那人站在你面前也认不出？

他点下头。

邵所摇摇头：看来你是不想与我们配合了。你知道不配合意味着什么吗？

他一时不明白，望着邵所。

邵所：和绑匪是一伙的。

他说我是被绑的，错绑的。

邵所：一开始是这样，后来就变了，不是了。

他问：咋？

邵所：成了同伙。

他连连摇摇头：不是不是。我怎么能是绑匪一伙呢？

邵所说：包庇就是同伙。我问你，常总在电话里让你把绑匪稳住，等到交赎金的时候抓他，可他跑了，使计划落空。我们只能怀疑是你把底兜给犯罪嫌疑人。

他坚决否认：不是，不是。我没向他兜底。是……

邵所：是什么？说下去。

他说：是他自己觉出不对头了。

邵所：啥不对？

他说：晓得绑错人了。

邵所情不自禁地瞟了一旁的常老板一眼。

他又说一遍他晓得绑错人了。

邵所盯着他，问：他怎么会知道？

他觉出一旁的常老板也直盯着他，像问同样的话。

他倒不知该怎么回答了。当初的情况是这样：歹人与常老板在电话里把事谈完后，再不说话，过了很久陡然冒出一句：大哥贵姓？他回句：姓杜。只听绑匪啊了声，顿了顿说蹊跷，姓杜倒有个姓常的儿。这时他明白自己讲错了，不，是讲对了，却错了，露了底。他慌了，想挽回，却舌头打结吐不出一个字，只听绑匪长叹一声说败了，败了……操他奶奶个猴！

直到此刻他也不清楚，那歹人是怎么起了疑心，才突然问了句大哥贵姓？莫非是从电话里听见常老板对他说的那些话？可常老板把声音压得很低，应该是听不见的呵……

当然，此时此地已不容他再想这个了，得赶快决定要不要把这个过节告诉给两警察。而这似乎又是个不成问题的问题：不讲出来，他们仍会怀疑自己"通匪"，只有讲出来，才能证明自己无辜。得讲。

听完他的讲述，屋里静了很长时间，后邵所问句：后来呢？

后来的事情倒真的不好讲了，他确实对那歹人讲出实情，他要绑的姓常，自己姓杜，弄错了。隔了层墨镜他看不见歹人是付啥表情，也没音，闷着，过很长时间才气冲冲地吼：你，知不知道坏了我的大事！他不承认，嘟囔句：是你绑错了，怪得着谁呢？歹人不吱声了，只听"呼呼"喘气声，过了好久，才吐出句：真他妈的倒霉！他如实相告：不犯大罪是走运，我是帮了你的忙，现在住手，免得坐牢。歹人听了，又闷起来，后长长叹了一口气。

他回邵所：歹人清楚这事弄不成，就罢休，放我走了。

邵所：怎么走？

他摇摇头：他送我。

邵所：送？怕你找不到回去的路？

他说：不，他怕我记住他的窝。

邵所：你知道那是啥地方？

他说不知道，出了门口他还不让我摘黑镜。

邵所：真这样？

他说是这样。一路他驾着我走。

邵所：最后把你架到哪儿了？

他说：架着我一直走，后来停下，对我说别动。我就不动，他抓起我一只手，我吓了一跳，不知他想干啥，（邵所插句：他干啥？）他握了握我的手，说句对不起了老哥，请多保函，我走了。又说等我走远了，你再摘眼镜。说完松开我的手，走了。直到听不见他的脚步声，我摘下黑镜。

邵所：在哪儿？

他问：黑镜？我扔了。

邵所：我是说这时你在哪儿？

他说三号立交桥下面。

邵所哼了声：来无踪去无影，神奇之旅呀！

他不说话。

邵所：看没看见他往哪个方向走？

他说没看见。

邵所：后来呢？

他说回家了。

邵所：怎么不报警。

他问：报警？报啥警？

邵所：你看看，你看看，刚被人绑了就忘了……

他赶紧说：错绑了……

邵所抬高声音：错绑也是绑，同样是犯罪，未遂而已。

他觉得这黑胖邵所讲得也在理，又想人家是专门干这个的，通法律条文，他点下头，说是。

邵所缓和了口气，说除恶务尽，这样危险的犯罪分子必须让他归案，不能留下隐患。

他说：可，可他下过保证……

邵所：保证什么？

他说：保证今后不再绑……

邵所打断：保证不再绑你，不代表不绑别人，比方原先没绑成的目标——常老板的爹，他能放过？！

他说：他也说了，谁也不绑了，放弃了。

邵所不屑地：放下屠刀，立地成佛？

小警察随句：金盆洗手。

……

3

　　这桩事让杜连福的生活大变，开始不间断地接受询问。

　　第二天，他再次被传唤到派出所。头天的询问因邵所长应急去处理一桩社区盗窃案而中断。临走对他提出要求：不要上班不要外出，待在家里，随叫随到。他不懂法，要是懂，就知道这叫软禁，所谓限制行动。

　　这回还是邵所和那个英俊的小警察。旁听的常老板没来。昨天离开时常老板与他友好握手，一再对他表示感谢，说因错绑了他，他家老爷子才逃过一劫。让他受惊了。还说希望他能配合警方将绑匪缉拿归案。他会重谢！他理解常老板的心情，又把对邵所讲的那番话对他再讲一遍，让他放心，不会再有第二回。常老板摇头不止：这怎么可能，别叫他蒙骗了。

　　这回询问邵所正是从这个问题上开始的，看来怕歹人再次对常家人下手也是警方戒备点。

　　邵所像询问又像自问：上回，说到哪儿了呢……

　　小警察：放下屠刀，立地成佛。

　　邵所点点头：是，放下屠刀，立地成佛。但这只是我们善良人的一厢情愿。不能指望会成为现实。犯罪分子刚出狱门又作案，这样的事我们见多了。江山好移，本性难改呵，所以，我们决不能对坏人抱以不切实际的幻想。

他沉默。

平心而论，总体上他还是认同黑胖所长的说法的，人一旦走上邪路，要改也难。报纸电视所报的案件，犯罪人大多有前科，是累犯，不思悔改，但也不能说所有人都这样。情况不一样。具体到错绑他的"解放鞋"，从后来的交谈，晓得他原本不是坏人，只因一个坎迈不过去，才……铤而走险（他自己的说法）。在"送"自己回去的路上，那人屏着哭声讲这一年遇上的倒霉事：老伴死了，儿子受伤残废，儿媳跑路，撇下个三岁的小孙子又得了怪病，要治好得花一大笔钱，打死他，他也拿不出来，不得已才……念想是能把孙子治好，自己咋样都不打紧，该死该活屙朝上。当时他听到了心里很不是滋味儿的，都知道人最怕遇上倒霉鬼，他又一连遇上好几个，怎能过得去？他设身处地想，要让自己在救孙子和犯法之间选一样，怕也是和他一样破罐子破摔。问题是"解放鞋"只一门心思救孙子，却忽略了一点：假若被抓，不但孙子救不了，还得把自己搭上，自己坐了监，孙子无人抚养，儿子无人照顾。这后果他咋就没想到？况且这结果是铁定无疑的，那天洗浴城法律顾问代律师给员工"普法"，他说遵纪守法不用讲大道理，只需清楚一条就行，就是犯法必被抓。有句话叫踏破铁鞋无觅处，那是从前，现在呢，只要你走出家门就有监控录像设备，走哪录哪，犯了法警察按录像追人，能一直追到国境线，哪个能逃得脱。代律师的话让大伙直伸舌头。当时他把这层意思讲给那个"解放鞋"听，戴了黑镜看不见"解放鞋"的舌头伸没伸出来，却半天没听放出声。后长叹一声，嘟囔句：糊涂呵糊涂，事先咋就没想到这一层呢？这不是救小宝，是要小宝的命呐！他晓得自己的话正扎在"解放鞋"的穴位上，真正起了作用，便继续开导：知错改错，现在悬崖勒马不算晚。那人颤着声是说：谢你了老哥，明白了后果，这条道我不会再走了，坚决的，我对天发誓。

尽管想到不会起什么作用，他还是将与"解放鞋"分手前的这段事讲给邵所和小警察听。他坚信"解放鞋"是真心悔改……

小警察看了邵所一眼。

邵所笑了一下，说你讲的这罪人幡然悔改的故事满精彩，也满感人，可以拍进电视剧，也会让许多人感动，但对于我们……，不起作用，我们不相信鳄鱼的眼泪。

他心里很别扭。尽管他没看到"解放鞋"的模样，但相信他不是鳄鱼。

邵所从烟盒里摸出一根烟，横在鼻孔下面闻闻。后放在面前桌上，盯着看。嘴里放声：杜连福，无论你出于什么考虑，执意为绑匪开脱，我们仍要将其缉拿归案，在他作案过程中，你是唯一和他在一起的人，是目击证人，你必须将一切毫无保留得说出来，协助我们破案。懂不懂？

懂是懂，可是……

懂就是懂，不懂就是不懂，没什么可是不可是！

那就——懂。

懂就好，应该懂。我问你，从被戴上墨镜，到进入羁押地，总共多长时间？

大概一个钟。

一个钟？噢，修一回脚的时间？

他"嗯"了声。

走了三、四里的路？

他又"嗯"了声。

别老"嗯"，说是还是不是。

是。

走路说了什么话？

没说。

不可能。

对了，他说叫我别害怕，不会把我咋的。

再呢？

没……对了，后来又把这话说了一遍。

哈，这么好的一个人。

不晓得。

不晓得？把你都绑了还不晓得他是好人坏人？是非不清呵！

邵所转了话题问羁押地是楼房还是平房？

没爬楼梯，应该是平房。

给我们描述一下犯罪嫌疑人的体貌特征。

我说过了，戴了黑镜两眼瞎啥也看不见。

真的啥也没看见？

是。

眼看不见物，耳朵能不能听见声？

能。

听见什么声？

刮风。

还听见什么声了？

没听见别的声音。

不可能。

真没听见别的声音。

你好好回忆一下，除了风声还听没听见生物声。

生物声？

驴叫，牛哞，鸡打鸣……

没听见。

真是奇了怪了，怪了奇了，看不见，听不见，有没有感觉？

感觉？啥感觉？

一个人从瞎子身前过，瞎子看不见，可对这人的高矮胖瘦能感觉出个八九不离十。就是常说的第六感。

吓，凭感觉抓人？他顿生反感，没放声。

说说你感觉中的犯罪嫌疑人。

就是个打工的乡下佬。

哈，倒会耍滑头呵，态度成问题，你个杜连福要注意！我再问你，他哪里口音？

胶东。他说，因他知道那人和常老板通过电话，不敢胡乱讲。

太笼统，具体说是哪个县？

是莱阳。

莱阳？

嗯。是。

能肯定！

肯定。

有什么根据？

话里总带个屄，就说明他是莱阳人。

有这说法？

嗯。东县有句顺口溜。

顺口溜？

骂人话，难听。

讲。

真不好讲。

讲。

……莱阳屄，福山屄，文登出个驴操的。

有意思有意思。说说听听。

莱阳人张口闭口不离屄，大年初一到邻家拜年，门里门外对上腔：开屄门呐——干屄啥哩——拜屄年呐——拉屄倒吧——好屄悬呐。

哈，哈——邵所忍不住捧腹大笑起来，这时从外面进来一名女警察，望着邵所的笑相挑起眉头。

她告诉邵所，在烟台落网的抢劫犯已压解到，让邵所立刻与烟警来人办移交。

询问再次中断。

邵所一走，屋里只剩下杜连福和那小警察，小警察趁空掏出手机拨电话，通了后与对方讲起了足球赛。说今晚的足球票多搞两张，有人要。挂了再拨，说的还是足球赛。他就没心思听了，只想今番自己也撞上了倒霉鬼，掉进这不清不混的"官司"里。有句形容晦气的话叫"一跤磕在驴屎上"，自己就是这么背时呵。

小警察打完电话无聊地拿起邵所放在桌上的那支烟，也效仿邵所横在鼻孔下闻了闻，竟打出了个哈欠，后望着他问句：杜师傅，你们店修脚多少钱？他一时闹不清小警察是审他还是拉闲呱，只能如实答三十。小警察又问：提成多少？他答十块。小警察说这么少。又问一天能做几个？他答没定规，多时十个八个，少时三个两个。小警察说算起来也挣不到多少钱呵。他没回声。小警察又问句：要有行动不方便的，你们上不上门服务？他说也行，小警察说我爷爷脚趾甲老往肉里长，最近磕了一跤，不能动弹，就……他倒是听明白了。心想，真难得小伙子一番孝心，一边审人一边还惦记着家里的爷爷。便说行。小警察面露感谢，说到时候我给你打电话。又说我知道你的电话，他说行，到时我按你给的地址找。

　　经这么一个"私下交易"过程，气氛倒一下子缓和下来，一来二去竟拉起家常。他问小警察咋知道他的电话？小警察一笑说老师傅我对你讲，只要我们想知道，就没有不知道的事，公安是干什么吃的？他多少有些吃惊，问你们都知道我些啥哩？小警察说一切。一切？嗯你是胶东人，五十二，老伴三年前去世，儿子儿媳在苏州工作，有一个五岁孙女……他哑口无言了。小警察又说我们就是吃这碗饭的，心明眼亮才能维持社会治安呀。他心想那你们咋就抓不到那个绑常老头的人，倒逮着我这个无辜的人不算完。越想心里越不平衡。小警察似乎猜到他心中所想，说眼下这个案子虽然还没破，但迟早会破的。他说那赶快破呀，也省得我遭殃。小警察说我们找你调查就是破案的过程呵，顺藤才能摸瓜嘛。他嘟囔句我啥也不知道。小警察不相信地盯着他问：真的不知道吗？他说真的。小警察说要是这样……这时听到皮鞋踏在木地板上的"咣咣"声，小警察收了口。

　　邵所回来后又继续"顺藤摸瓜"了。

4

刚走出派出所大门，手机响了。杜连福边走边接听，里面说杜师傅我姓常。

常？常老板？

呵是我。叫常总就行了。

常，常总，有事吗？

杜师傅我请你。

请我？吃饭？

嗯，聊聊。

聊啥？

一是谢你，二是聊聊案子。杜师傅你喜欢吃什么口味呢？鲁、川、粤……

常总你别客气，我已经进了饺子馆。

他没说谎，讲这话时，已推开了"三合园"的红漆木门，同时向迎过来的服务员示意地伸出俩指头。

看不到实景的常老板自是不明真伪，无奈说：这样你就先吃饭吧，过会儿我再打给你。

坐下后，脚步一阵风的服务员已将一瓶二两装的白酒放在他面前桌上。

因被禁上班，自可放心吃"酒醉饺"了。可等热腾腾的水饺端上桌，他倒没了胃口，只吃了几个便放下筷，一味地喝起酒来。

其实他是个没多大酒量的人，一小瓶酒下肚，也就涨红了脸，喘气不匀了。

晕晕乎乎走出三合园，手机响了，还是常老板。一个大老板追着腚给他打电话，说起来也是给他莫大的面子，可他不领这个情。不仅不领，倒十分抵触。刚出饭店便响铃，他怀疑是常布下了眼线。盯着他的一行一动。

这遭常老板邀他喝咖啡，说三合园斜对面有家星巴克，让他先进去，他一会儿就到。他说喝不惯咖啡。常老板略一顿，说那就喝茶。星巴克往南五十米就有家茶楼。他说刚喝下一大碗饺子汤，不渴，算了，常老板有话就在电话里说吧。常老板"呵呵"了两声，说杜师傅太客气了，其实……也好，这回先在电话里聊聊，下回再好好请你。他没吱声，慢慢踱到路边花坛，坐在水泥花盆边沿上，一抬头，看见马路对面的一个花坛上坐着一个"小哥"样的人，这人好像刚才进了饭店，转了一圈又出来了。这回又见，就觉出面熟来了，却又记不起曾在哪里见过，心里惴惴的。

电话里常老板问现在可以讲了吧？他说你说吧。

那好。刚才邵所长把情况讲了讲：事情没什么进展，可能你心存顾虑，不愿多事。当然，这也能理解，当今社会，老人倒在街上都没人敢扶，何况……不过你尽管放心，一旦抓住那绑匪，我们会让法院重判，让他在监狱里扎根，以免继续危害社会，所以你不用担心会对你施加报复……

一股酒气冲上喉咙，嘴巴一张酒醉饺的气团便喷涌而出，噎得他一时说不出话来。

喂喂，杜师傅你在听吗？

……嗯。

所以，你只管放心大胆配合我们破案。实话对你讲，绑匪要的那二十万，我决定当偿金使用，全部用在破案有功者身上，自然也包括杜师傅你。

我不要。

不要？钱不好花？

好花，可我立不了功。

你能立功。想立就能立。

我啥都说不出来。

你不是说不出来，是不想说出来，你还是有顾虑。

没啥顾虑。

不可能，没顾虑怎不帮助破案？

我帮不了。

不是帮不了，是不想帮。

你是说我替人掩盖罪行？

暂时我还不想这么说，但看事态发展了。

杜连福能听出对方话中的强硬劲儿，陡地打了个颤，随之醒了酒。他突然觉出事情的滑稽来，从古至今，有这么在光天化日之下谈案子的吗？他觉得常老板滑稽，邵所长也滑稽，怎的就认准能从他身上找到破案的线索？这时，他突然意识到一个问题，就是那歹人绑错了，常老板虽说虚惊一场，可人财未失，没造成任何伤害，而且人家也保证不再干，为啥非要把人家抓起来判罪不可？还要让人家在监狱里扎根。他着实不明白为什么要把事做绝，有句形容不依不饶的话叫"照死铆子造"，这就是照死铆子造呵！

他觉得应该质问质问常老板，遂抬声音说，常老板你爹没出事，好好的，这不是挺好的吗？干嘛……

对方常老板也改了声调，愤愤说：啥叫好好的，一天到晚有一把刀悬在头顶上，能叫好好的吗？

你是怕……可人家下决心……叫啥个来？对了，叫金盆洗手……

常老板几乎在嚎：从来就没有金盆洗手这种事！

他真的生气了，不想讲了。扣死电话。不一会儿铃声响起，他干脆关机。彻底中止街头说案。

5

但事情并不以他的意志为转移，他不想"说案"，不代表别人不想。

第二天，他又被叫到派出所，新一轮"说"在老地方继续。

不同以往，邵所一坐下就掏出香烟闻味儿，黑着脸，后把烟丢下，开始。

杜连福，今天是第几次了，还记得吗？

记得。

多少？

三次。

对你讲，我们快要失去耐心了，不能耽误在你这里，使案子久拖不破。

我也希望案子早早破，可……

可什么可？实际行动表明你不希望破案，而希望犯罪嫌疑人逍遥法外，是不是这样？

不是。真的不是。

不是就好好配合我们。竹筒倒豆子，把所知道的都讲出来。

行。

讲吧。

讲啥呢？

不是说了吗，凡是与犯罪嫌疑人有关的都要讲出来，都有用。比方说穿的衣裳，从头到脚……

脚？他不由重念一句。一个脚字倒提示了他，他看见过那歹人的脚，是从镜片下沿往地面看到的。他说我看见了他的脚。

噢，穿了双什么鞋？

解放鞋。

解放鞋？

对。

什么颜色？

草绿色。

是新是旧？

旧。

没打补丁？

这个……没注意。

想想，好好想想。

……想不起来了。

穿没穿袜子？

没。

肯定？

肯定。

要真是这般，你提供的这条线索对我们破案一无用处。

抓不到他？

咋抓？进城打工的几乎都穿解放鞋，从多少万双解放鞋当中查找犯罪嫌疑人……大海捞针呵！

这时小警察接邵所的话说：是根本不可能的。

这倒让他松了口气。刚才说出鞋的事他一度担心警察会根据这一点抓到那个一直挂在邵所嘴边的"犯罪嫌疑人"，抓不到正好。

邵所：继续讲。

他犯难地望望邵所：还讲啥哩？

邵所：从绑到放的点点滴滴。

他说也没啥点点滴滴……

啪！邵所把手里的打火机往桌上一丢：我再对你讲一回杜连福，我们的忍耐是有限度的，你可不要敬酒不吃吃罚酒呵。

酒？邵所的话，冷丁让他想到常老板。邵当是知道常请他吃饭的事，才这么说。这是敬酒，那么罚酒……

邵所接着就说罚酒了：有句话叫三次为满，下次就不是在这里对你问询了，也不会这么温良恭俭让，因为事情的性质已经发生了变化，你，杜连福已从原先的被害者变成犯罪嫌疑人的同伙。对社会的安全造成危害，对人们的生活构成威胁，这是我们所不能容许的，这个，你懂不懂？！

他摇摇头。

小警察说：邵所的意思你应该能明白的。

他又摇了摇头。

6

邵所话的含意是公司法律顾问代律师让他明白的。这也正常，作为普通人，他对司法这一套向来无知，法盲。而律师对此却十分精通，是所谓的专家。

他是在洗浴城大堂里遇见代律师的，律师见到他现出一副惊喜样子，说正好正好，杜师傅给我修修脚吧，费师傅回家给村主任的爹奔丧去了，李师傅也不在……他一时不知该怎样作答，按说他可以回绝，说自己不上班，可这般又担心律师误会他。店里规定，凡是老板的朋友来洗浴，无论搓背、足疗、修脚还是保健按摩，一律免费。为其服务的技师也不得从这一单中提成。一旦涉及个人利益，事情就趋于复杂化，也自是因人而异的。有人在乎，有人不在乎，杜连福当属于后者，他觉得过于计较，只盯着钱眼让人小瞧，前面所说的担心误会正基于此。他望着代律师说先洗澡吧，我做做准备。做准备时他不由想到费师傅，这家伙老往家里跑，上个月刚回去一趟，说村里选村主任，这一票的人情不能瞎。票钱也不能瞎。回来闲谈末论，他问把票投给谁了，老费说投给原来的村主任。他问那主干的挺好？老费骂句：操，好个屌。他问：那咋还选他？老费说一是他给的票钱高，再是人家公开叫板，说他干了几任，够几辈子活了，心里倒是想给百姓干点实事，要再换一个新的，上台就一门心思大捞，快捞，还有老少爷们的好果子吃？反正要好要歹你们看着办。想想他说的在理，大伙就选他接着干了。想到这不由叹了口气，现如今"在理"的事恰恰多不在理，不认也得认呵。

所谓准备，就是磨刀，给代律师割鸡眼刀必须锋利，他曾问代这么年轻脚咋就弄成这样。代说他刚当律师时没车，全靠两只脚跑路，天长日久就生起了鸡眼，且一发而不可收。即使后来买了车，省了脚，鸡眼照长不误，他开玩笑说给洗浴城当法律顾问就是为修脚方便呐。

律师洗完澡，准备工作已毕，就开始干活。下手不多会儿，律师来了电话。大厅静静的，连电话传来的声音都听得见，说他的那篇稿子没通过，律师问哪方面问题，那边说题材敏感，主编怕出事。他问可以改吗？那边说可能性不大，要不你另写一篇吧。昏暗的灯光里他看见律师平躺的脸上绽出个鬼脸，说好的好的，就写篇婚姻爱情的吧，纯内心，纯感情纠葛，纯……对方说这方面行，写出来发给我。扣死电话，律师把电话擎在手上，久久盯着看，最终从嘴里吐出个"操"字来。

他早就知道，代律师喜欢写作，是个业余作家，只是有些想不通：有律师这么份体面又挣钱的职业还写啥作呢，乱脑子，不清爽。

他见代律师还没从纠葛中回过神来，忍不住问句：大律师写文章挣钱多吗？代律师叹口气说多啥呢，发一篇几百块钱，不够请客的。他问那为啥还写？代律师说谁说不是呢，我老婆说我有病，也就是有病。人就是奇怪，明明知道这码事是螺丝壳里做道场，可还是……他说人就是这样，这山望着那山高。代律师笑笑，问句你觉得律师这职业就吃得开？就好干？他说可不是，又挣钱又风光。代律师说可吃的憋屈外人不晓得，他问咋？代律师苦笑笑，你没听社会上传大案看政治，中案看影响，小案看关系，律师是摆设……正这时，有短信振铃声，代律师说杜师傅你的。他放下手中的家什，从口袋里摸出手机。暗中，手机屏幕很亮，很清晰，他却像看不见似地久久盯着，上面不明不白七个字："三十六计走为上"他完全不摸头脑。

咋啦？杜师傅，代律师关切地问。

他把手机递给代律师，让他看。代律师看了后问句：杜师傅是不是摊上事了？

他一时不知怎么回答，因为怎么回答都不对路。不错，是叫人绑了，可是绑错了，又放了。公安让帮助破案，正当，可自己偏偏啥也说不出，人家就怀疑你包庇坏人……不放过你，也算摊上事了，摊上狗屁事！

代律师把手机还给他，依然关切地问：短信是谁发的？

他摇摇头。

代律师又问：陌生号码？

他"嗯"了声。

代律师说这事就让人琢磨了，杜师傅你想不想弄清楚这个短信是什么人来的？

他问能知道？

代律师说能查出来，现在手机都实名，能查出相关信息。

他说查不查都不要紧，我知道这个人是对我好，让我赶快离开免灾。

代律师说：这么说他是给你指一条路。

他没吱声。

代律师说：杜师傅你如果不介意，不妨把事跟我说说，看能不能帮你分析分析，出个主意。这些年你不断为我服务，我挺过意不去的，也让我给你服一回务，怎么样？

他的心不由一热，觉得这个爱写作的律师与自己一下子靠近了。他是个好人，有句时兴话叫有事找律师，现在律师就在自己面前，还主动提出相帮，再驳人家的面子，就是不识敬了。

他就把事情从头到尾对代律师讲了一遍。最后问句：代律师我不明白，邵所长最后说给我三天时间，是啥个意思呢？

代律师说，这个等会儿再说，我先问你几个问题行吗？

行。

从绑到放，这一个多小时里，确实没与绑匪打照面？

没。

什么也没看见？

就看见他穿了一双解放鞋。这个我跟警察讲过了。

这个太宽泛，对破案没什么价值。

警察也这么讲。

好的，听没听出他的口音是哪儿？

莱阳，这我也和警察讲过了。

听没听出他的年龄有多大？

五十多岁吧。

别的呢？

没别的了，就这些。

仅凭你提供的这些，警方是很难抓到那绑匪的。所以他们才急，才一次一次逼你讲。

他问句：代律师，你不是讲大街上到处都有探头一直录到国境线，警察咋不从录像里查呢？

代律师说：，这个他们肯定不会忽略，查录像是首选，应该是没有查到才追问你。

他问怎么就查不到呢？

代律师说可能是地处偏僻，没装摄像头，也可能那个地段突然停电，摄像机无法正常工作。反正二者必居其一，让公安没辙。

他"嗯"了声。

代律师问：在扣押地听到什么声音没有？

他说风，外面风一直在刮。

代律师说除了风还有没有特殊的声音？

他问：特殊的声音？哎，对了，有风铃响。

风铃？

嗯。进门前就听到，后来一直响。

咋个响法？

叮铃铃，叮铃铃。

代律师问：这，你跟警察讲没讲？

他说没。

代律师说这个应该讲，这条线索很可能有用。下次传讯可以把这个讲出来。

他问：单凭风铃就能抓住那个人？

代律师说这也难讲，但破案的可能性大增，有句话叫顺藤摸瓜，公安破案事实上就是顺藤摸瓜的过程。

啊啊！他也说顺藤摸瓜，他心里一阵烦闷，冲口说那事已经过去了，人家没干成，还发誓不再干，放一马不行吗？

代律师怔了一下，问：杜师傅你这么想？

他哑了一下，说，他，他那个病孙子可怜见的……他进监，孩子就没法活了……还有孩子他爹也没法活了……

代律师沉默了会，说：问题是这案子已经立了，那个常老板又死咬着不放。

他愤愤说：常老板凭啥要这么着，没伤他爹一根毫毛，也没拿走他一分钱……

代律师说：即使是这样，从法律上讲，绑架案是成立的，算未遂。他错绑了你，绑架同样成立，放了你，算中止犯罪。无论是哪种情况，他都有罪责，都应该受到追究。至于病孙子、儿子可怜，这是法律之外的事。公安也好，常老板也好，人家不可能考虑那么多。

他说，我是小老百姓，他们不考虑，我不能不考虑。

代律师叹口气说：杜师傅你的心情我能理解，这其中的纠结，用我们的法律术语说是法与情的兼容，孰是孰非从古到今都争论不休。我在政法学院上学时，老师给我们讲过清末民初一桩绑架案，这桩案子后来影响深远，反正这空当你忙我闲，我讲你听听？

他说行。

代律师说这桩案件发生在天津卫，一伙绑匪绑了家驻英租界的前湖北督军王占元的外孙，按照行规，绑匪是不对有威势的人家下手的，这回是绑错了（瞧，也是绑错了）。正不知如何是好，接了王占元报警电话的警察找上门来，绑匪乐得顺水推舟，把人放了。可王占元不算完，让警局抓人法办，警局犯难了，黑白两道有潜规则，土匪绑票，一不绑女人，二不撕票，连伤害也不行。如今王占元的外甥回来了，全须全尾，按规矩，不得再向土匪要人，只是这回碰上了不讲理的祖宗。王督军一定要警局交出人，警局晓得没这种规矩呵，人已经交给你了，一分钱赎金没要，已史无前例了，怎么还要人？断了这条活路，以后穷得没法活的时候，只能造反去了。警局没办法，请出社会贤达向王督军求情。王督军那儿没得商量，社会贤达回来向警局献策，找两个倒霉蛋顶杠算了，无奈警局就从监牢提出两个大烟鬼，病入膏肓，又没家，死了也无人领尸，就让他们美美地吃一顿，再给个"泡儿"，行刑的前夜，再招来两个姐儿，让两人美美享受了一通。第二天凌晨插个亡命标儿，绑赴法场，砍了头。这事很快在社会上传开，一片哗然：太没道理了，人家把孩子送回来了，你就不能再追究了，勒索没成，还丢了性命。以后，谁还守规律！后来果然就坏了规矩，绑票的开始撕票，而抓到绑匪，无论绑没绑成，二话不讲，枪毙。如此绑匪更恶毒，官方也更严厉。撕破了脸，谁也不含糊了……

他说可不是。

代律师说可有人就是不明白这个道理，非把绳子结成死疙瘩不可。以前这样，现在也这样。前些年，不是发生了件女歌星将保姆送上法庭的事么？保姆顺走了她几件首饰，万儿八千块，保姆苦苦哀求，可她不为所动，非报警不可，后来给判了七年，一个女孩子做上几年牢，这辈子就完了。代律师又说，报载中东发生了这么一件事，一个青年被另一个青年杀死，罪犯被判处了绞刑。行刑那天，杀人的和被杀的母亲都来到刑场，都流泪，可就在执行的那一瞬，被杀青年的母亲走向绞刑架，解下死犯的绞索，后狠狠打了几个耳光，然后要求法官赦免了他的死罪。这是一个意味深长的故事。相比之下，要是那个女歌星也能打那个女保姆几个耳光，以示警诫，而不是送进监狱，那保姆的人生便会改写。看来惩罚并不是越重越好，而是宽容与适度。对了，杜师傅，刚才你说警察给你三天时间，你不明白是怎么回事，那我告诉你，要对你批捕。

他停下手，盯着律师，抓我？

代律师说：杜师傅你应该做这个思想准备。他像问律师又像问自己：抓我？凭什么？我犯了啥法？

律师想想说：这个，倒需要你问问自己。

问自己？

代律师点点头：对，以前做没做过违法的事？

他似乎没听懂。

比方，沾没沾过毒品？

他摇摇头。

伤害没伤害过人？

他还摇摇头。

侵没侵占别人的财物？

他再摇摇头。

赌过没有？

他继续摇头。

有没有男女作风问题？

他一怔：男女作风？

通奸呵，姘居呵，乱搞呵……

他一时懵懂，嘴里却吐出个没字来。

那，有没有那个？代律师抬眼望向墙上电子屏幕上滚动显示的各种服务项目价目表。

搓澡？敲背？

轮到代律师摇头。

刮痧？拔罐？

代又摇摇头。

保健按摩？

代仍摇头。

他一下子明白律师是问他嫖没嫖。便坚定地摇摇头：那个呵，没有！

代律师笑了，伸出大拇指，说杜师傅，当今社会，你是个相当干净的人呵。

他苦笑笑：不干净又能咋样，杀人放火吃喝嫖赌？说完，又开始给律师修起脚。

代律师郑重说：杜师傅你先别盲目乐观，即使要找不到你曾经的罪错，也可以从这桩绑架案找。

他又停下手，诧异地看着律师。

代律师说：他们可以指控你犯包庇罪。

不讲，就是包庇，就抓起来？他愕然。擎着刀子几乎有些抖。

是这样。

我不知道讲个啥？

他们认为是你知道，不肯讲。

不讲，抓起来就能讲？

没错。

他像没听懂，眨巴眨巴眼。

杜师傅你要相信他们有办法让你讲。

逼供？！

那也不一定。

逼，不逼，我都没啥可讲的。

你有。

有啥？

这别问我。

问谁？

问你自己。

我不知道。

你知道。比方风铃。

风铃？

你不是说在羁押地听见了风铃声么？

是呵。

这个你应该对警察讲。

凭这个能破案？

能不能破案看警察，可你应该讲出来。

这个……

杜师傅我晓得你心里是咋想的，也没必要把事说破，反正各人心里有杆秤。

哎哎，他含混应着。思衬着代律师意味深长的话，他清楚撅起自己心里秤杆的是那个可怜的病孩子。

就沉默。无论是他还是代律师。

这时，音响换了一曲低沉苍凉的歌调，代律师说是许巍的《漫步》，我喜欢，随之，就跟着哼哼起歌调来：

> 很多事来不及思考，就这样自然发生了，
> 在丰富多彩的路上，注定经历风雨，
> 让它自然而然地来吧，让他悄然地去吧，
> 就这样微笑地看着自己，
> 漫步在这人生里。
> 当往事悄然走远，只留下清澈的心，
> 让我们相互温暖，漫步在这阳光里。
> 让它自然地来吧，让它悄然地去吧，
> 就这样微笑地看着自己，
> 漫步在这人生里。
> ……

在歌曲中修完了脚，代律师离去，又转回，贴着他的耳朵说：杜师傅，你记住，要是他们对你动……动粗，就要求见律师。

律师？

嗯。

哪个律师？

我。对了，咱俩交换个手机号码吧，好应急。你把手机号码说给我。

代律师把他念出的号码按进自己的手机里。再次离去。

不久他听到短信振铃，按开看，上面闪着一行字：天黑路滑，社会复杂，早早回家。代明。

他晓得前面两句是现时流传的一句话，后面是代律师自己加上的。他觉得喉咙有点发堵。

7

收拾好家伙，他没有马上离开，怔着，眼前倏地现出一个女人身影，红红白白，眉清目秀，略有些胖。作为一个搓澡工，胖一分便多一分力气。女人姓陶，店里人都叫她桃子。他清楚，这当儿想起小他一旬的桃子是因为刚才代律师那"生活作风"的话，是的，自己一度与桃子相好过，店里也有人察觉，后来桃子因不满同事的挤兑跳槽到另一家洗浴城。他心想假若公安真想从男女事上把自己"拿下"，保不准会有人把他供出来，这就糟糕。他觉得应赶紧与桃子联系上，统一一下口径，只说关系不错，但没别的，只萍水不夫妻，如此对挡公安。

他就赶紧给桃子拨电话，却是空号，他大为惊诧，半个多月前他还给她打过一次电话，咋突然间就换号码了呢？怪怪的，这纠结越发让他急于见到她，可以说是迫不及待了。

他走出店门，抬头看看天上的日头，天快晌了，（进城好多年还习惯这么看时辰）他不由停下脚，寻思桃子是在班上还是在家休息？去两地要坐不同的公交车，略一想，便决定先去桃子家，她家门口有一家小饭馆，要是在家就请她吃午饭，边吃边谈，把事定规好。

说起来，"萍水"就是相逢在那家小饭馆里。那天他休班，无事瞎逛街，逛到这儿晌午了，就便在这家饭馆吃饭，因不工作，他就无所顾忌地来了回"酒醉饺"，正吃喝得酣畅，桌对面坐下一位白白净净的中年女人，两人对视一眼又赶紧收回目光，不一会儿服务员给女人端来一盘水饺，女人就放下手机开始吃饭，当女人咬开一只热气腾腾的水饺，他陡然闻到一股异样的清香，脱口问句：啥馅这么香？女人抬头一笑，说茴香。这一问一答就是这次"相逢"中两人唯一说的话。饭后各奔东西。

再"相逢"竟是在洗浴城，去食堂打饭，看到了对方，都一怔，那天在饭馆吃饭搭话的人，竟是同事，那女人是个有趣的人，像地工对暗号般说句：啥馅这么香？他一下子乐了，对句：茴香。对上了"暗号"两人会意地笑了。当然真正对上号是后来他知道她叫桃子，她知道他叫杜连福。

以后就低头不见抬头见了，却也没有"别的"。

"别的"发生在一个多月后，做完最后一个"活"正准备下班，桃子向他走来，问他能不能晚些下班，帮个忙，他问啥事？她说修修脚。平常这种事常有，便说行。待她在长椅上躺下，他打开聚光灯，左看右看，两只莲藕似的白净光滑的脚完美无瑕，没可修之处。他便抱起一只脚仔细按抚摸检查，无异，再检查另一只，也无异，正疑惑间听到轻轻的鼾声，抬头看桃子竟睡着了。他一时不知该如何是好，索性就给她做起了足疗任她睡。直到她睡醒。桃子起身说句真舒服呵，谢谢呵杜师傅。他说不用谢。他以为事情已毕，却没有，待两人一块走出洗浴城，桃子说杜师傅我头有些晕呢，他一下子紧张起来，问句送你去医院？桃子说不用，过一会儿就好了，停停又问句：杜师傅你急着回家吗？他摇摇头，心想回家也是一个人，有啥可急的呢，桃子又说杜师傅要不再麻烦你把我送回家吧，我怕……他赶紧说没问题，我送我送，他那时候还没想到这一送竟然把她送到"炕头"上，正如俗话说男追女隔座山，女追男隔层板，还真是这么回事哩。两人就这么不铺不垫地走到了一起……

就算公安知道了自己和桃子这档子事，就能成为"拿下"他的罪证么？站在桃子家门口，杜连福脑子里再次过这个问题。

敲门不开，桃子当是在班上了。

他不敢急慢，匆匆赶到桃子现在工作的那家洗浴城，却被告知：桃子已经离开，改了手机号，去了哪里没人知道。他怔了怔，倒松了一口气：自己找不见桃子，公安也找不见，自己这桩倒霉事不会连累桃子了。

　　这晚杜连福做了一个和桃子在一起的梦，自从和桃子好上，这种梦便不间断：梦开始的情景五花八门，不是他去店里找她，就是她打电话找他，或者不知怎么就在哪儿相遇上，再逛街或下饭馆吃饭，奇怪的是每回梦的结尾都相同：桃子把他带到自己的租住房，相聚的高潮来临，可每当欲近桃子身的关键时刻，梦就醒了，好事半途而废，让他很是沮丧，后来忍不住把这尴尬事对桃子讲了，桃子就哧哧地笑，说这还不好办，进门老老实实待着不就行了？他不吱声，心里却想：猫守着鱼头老老实实待着还不是只呆猫？他晓得所以总是想望梦境成真，是因为两人平时难得一聚，洗浴城班次混乱，碰上两人一起休班不容易。

8

让代律师不幸言中，三天后杜连福被批捕，进了拘留所。

拘留所就是拘留所，就像一个糟糕的著名风景点，去过的没去过的都知道是怎么回事，总之不是个好去处。

说穿了，拘留所就是一间大大的候审室，无论什么人来，都得过审讯这一关，审者与受审者在这里生死博弈，情状之惊心动魄是局外人所无法想象的，当然是渐进的，一点一点地"挤牙膏"，直到挤扁挤空。正如"业内人"代律师所讲，最终总是受审者悉数败下阵来，审讯者大获全胜。此为中国式审讯之常态。

对杜连福的第一次审讯是在收监当天，不待辨清东南西北便被带进审讯室。自从被错绑，受审便充斥了他整个的生活，类同于对司法课的"恶补"，一来二去就熟悉了这一套，甚至习以为常，似乎生活就本该如此。审讯警官换成分局的人，进门打照面他几乎喊出声来，那个坐正位的主审警官与派出所黑胖邵所就像从一个模子翻出来的，不仅体态模样，甚至神情语气也没两样。审讯内容亦为在派出所时的翻版：

姓名？

杜连福。

年龄？

五十二。

籍贯？

山东牟平。

职业？

修脚技师。

家庭成员？

儿子、儿媳、孙女在外地。

老伴呢？

过世了。

一个人生活？

对。

知道为什么批捕你？

我叫人绑了票……他说，说这话时他脑子里飞速闪过那天被绑的全过程。不知怎么，已全然没有恐惧感，倒有些惦着绑自己的那"解放鞋"汉子，他如今怎么样了呢？离开了还是没离开？

详细说说整个过程，不许遗漏，不许说谎。"翻版"警官正告。

杜连福就从戴上墨镜说起，一直说到最后脱身。也是对在派出所所讲的复述。讲的过程"翻版"警官边听边看桌上的一份材料，眉头一遍一遍蹙起。

这就完了？"翻版"警官黑着脸问。

完了。

你的态度很成问题呵，杜连福！"翻版"警官眼光直逼：你以为你很聪明是吧？你以为我们是吃干饭的是吧？

这是哪跟哪呀？他心里不安也不满，嘟囔句：我说的都是实话。

是废话！翻版警官严肃指出：你讲的这些对我们的侦破不起任何作用，什么酒醉饺子味啦，什么解放鞋啦，什么大风的声音呵，说着低头看眼材料；还有什么莱阳X，福山X，文登出了个驴X的，这种无聊下流话非但不能帮助破案，反倒把我们往岔道上引！杜连福，你居心不良呵！

我在派出所就这么讲的。他分辩说。

"翻版"警官用手拍拍桌上的材料，说：在派出所这么对挡可以，在我们这里就不成，那儿是"所"，这儿是"局"，懂吧？

……

此时，他确实感知到"正版"与"翻版"的不同了。

需要指出的是：你向我们隐瞒了重大事实！

我知道的就这些，再说不出别的来。他说时，耳畔不合时宜地响起一串风铃声，叮咚咚，叮咚咚……他想驱除，却办不到，他兀的有些慌，心噗噗地跳……

杜连福，我和你交个底吧，"翻版"警官放缓口气，说出的话却掷地有声：你就是什么不说，我们照样能判你的刑！信不信?!

……信。

那为什么还不认清形势？要知道顽抗下去对你没一点好处？对你的家人也没一点好处。

家人？家人就是朝满一家嘛。进来的头天黑下，朝满给他打电话，哭咧咧问他是不是犯了啥事，他当时一惊，嘴里却说没犯啥事。朝满说不对，单位领导找他谈话了，他问领导说啥？朝满说人家也不明说，暗示让他做做老爷子的思想工作，让他走正道，悬崖勒马，不然会连累到他，到时别怪不提前打招呼。当时他只觉得事情有些蹊跷，安慰句放心，我没事，便挂了电话，现在"翻版"警官提到家人怎么怎么，他一下子醒悟过来，是这边的公安……他知道这一套手法并不新鲜，但很起作用，比方此时的自己，已深深为儿子一家人担起心来……特别是那个长得像朝满又像自己的小孙女。

"翻版"警官似乎意识到自己打的"亲情牌"起了作用，便乘胜追击，开始他还能听见从他一张一合的嘴里吐出的话音，什么不见棺材不落泪呵，什么茅坑的石头又臭又硬呵，尔后就啥也听不见了……

不过，"翻版"警官审讯结束时说的话他还是听见了，就是给他几天时间深刻反省，考虑何去何从，不要报不切实际的幻想，下回审讯就不会像这次这么客气了。

不客气？就是代律师说的"动粗"么？又会怎样"动粗"？对此代律师

已告诉他如何应对，不太纠结，相反倒有几分宽慰，因为审讯中始终没追问他与桃子的"奸情"，当是没人告发这档子事，或者告发了，警察他们现时还没找到桃子的下落。

桃子不被牵连进这档子事，是他最大心愿。

9

　　不明不白成了犯罪嫌疑人，真是连想都没想的事情，下一步通过审讯还会将"嫌疑"两字去掉，成为真正的犯人——杜犯连福。

　　真的会这样吗？会，这是"翻版"警官预告于他的前景，只要继续包庇，这前景就会成为事实。对此，他是恐惧的，没人愿意在监狱里度时光，他也一样。就算不为自己着想，搭进去，可儿子朝满一家人咋办？朝满好不容易念了大学，找了份工作，娶了老婆，有了孩子……对于一个从农村出来的人，是真真正正的不容易呵，能眼看着他毁了吗？这可不是当爹的该做的事呵。那天朝满在电话里质问他是不是犯了事，他还不高兴，呛他句犯了事也不会连累你，现在看是大错特错了。

　　一连几天都在浑浑噩噩中度过。黑下更糟，瞪大眼睛睡不着觉，刚入睡就开始做梦，一个连着一个，其中一个他记得很清楚：朝满怪模怪样地站在他面前，问：爹，你做的这一单，到手多少啊？他瞪了他一眼，朝满却笑了，说我是你儿子，用不着瞒，他问我啥事瞒你了？朝满说身份呵，他问啥身份？朝满说有钱的大款呵，这个地球人都知道，还上了报。他说净瞎说。朝满说爹有了钱，千万别抠门，不是有个讲法叫花出去的是钱，花不出去的是纸吗，花吧花吧，花不了让你孙女帮着花，她快上学了，需要一大笔教育费……当然要能帮买套房再好不过了，让她单独有间房做作业。气得他大骂一句：畜生！睁开眼，朝满开溜了，而一种负疚感油然而生，他知道自己是亏待朝满的，去年朝满来电话，支支吾吾说想买房，意思他明白，是希望他能帮着凑齐首付，他没接这个茬……不是不想帮，是拿不出。朝满到现在也没买上房，虽说嘴上不再提这码事，心里肯定是有疙瘩的。都说贫贱夫妻百事哀，贫贱父子也同样的呵……

这个梦重重地拨动了他的心弦，鼻子一酸，竟流下泪来，也茫然，到底该不该讲出风铃的事呢？这事好重好重，得好好想一想了，不能含糊了……

10

原本对监禁生活没有概念的杜连福现在对这档子事渐渐熟悉也渐渐适应起来，最根本之处是准犯人们必须听吆喝，也就是唯命是从。什么都有严格的规范，起床、吃饭、学习、睡觉都有统一的要求，俱依规行事，总体上说除了不自由，其他方面倒也没有什么罪受，比如吃饭，粗细搭配，管饱，有菜有汤，而对他这个单身汉来说，最大的受益是不用自己忙活饭，有点饭来张口的意思，要不是心里装着受审的压力，倒真的会乐不思蜀，做安营扎寨的打算了。这不是虚枉之说，确实发生过流浪汉故意犯法以图入监"享福"的事。

这天天气晴朗，日头从东面高墙电网上升起，就一直明晃晃地照。人的心情与天气有关，晴扬阴抑，对嫌疑人、公安警官皆如此。放完风，好心情让警官对嫌疑人开恩，没让大家立即回监室，允许在院子多待会儿，享受一下冬日太阳的温暖。

杜连福步到院中央篮球架下，席地而坐，抬头一望明亮的天空，然后垂首闭眼，双手合十，口中默念起佛家的六字真言：嗡嘛呢呗美吽……一遍又一遍。

只听有人喊声杜爷，他没接茬，而喊的人仍一声接一声地喊杜爷。

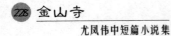

他睁开眼，只见一个二十几岁与他同样穿"大看"桔黄色囚服的小伙子站在身前，笑笑望着他，他并不认识，问句：你喊谁？

你呵，杜爷。

你咋叫我杜爷？

你是条汉子，我尊重你，应该叫你爷，杜爷。

你咋知道我姓杜？

嫌疑人小伙恭敬说：不但知道你姓杜，还知道你别的事，杜爷。

啥别的事？

你叫人绑了，绑错了，把你放了，又叫公安抓了。

你，你是咋知道的？他警惕地盯着这个口口声声称他杜爷的嫌疑人小伙问。

杜爷别紧张，是这么回事，我听见警官对你的审讯了，那时我在隔壁屋候审，耳朵贴着门缝，句句听得清。

他不再吭声。

杜大爷你很冤呐。

这，你也知道？他有些吃惊。

知道，公安也知道，可他们要破案只能抃住你的脖子从嘴里抠东西。

抠东西？

线索呀，杜爷，好顺藤摸瓜（他也懂，也这么说）。

我啥也不知道。

他们认定你知道。杜爷。

……

我也觉得你知道哟杜爷。

他抬眼看看嫌疑人小伙，说我不知道。

你知道的杜爷，就是不讲，对不？杜爷。

他低下头。

杜爷，你是好汉不假，可这年头好汉不好当，要做俊杰。

"杜爷"再抬眼看看他。

识时务者为俊杰呵，杜爷。

……

所以知道的一定要说出来，没必要代人受过，这年头只能自顾自呀，杜爷。

他心里一阵烦闷，不想再说什么了，用手撑地想站起来。

等等，嫌疑人小伙做手势压住他：杜爷，等等，我问你，那常老板接了电话，真的二话没说就答应付二十万？

嗯。

真的？杜爷？

我干嘛撒谎？

一点戾没打？杜爷？

可不，人家是大孝子嘛。

嗯，嗯，是个有钱的大孝子，只怪绑匪晦气，绑错了人，要是绑对了，二十万就轻轻松松到手了。

他承认事情确如嫌疑人小伙所讲，叹了口气，问句：小伙子你是犯啥事进来的？

啥事？我进来了关了十多天都不知是犯啥事。他妈个巴子，过马路，见红灯没收住脚，叫轿车刮了，从车上下来的大肚子汉说我碰瓷，指着我的鼻子吼，说单看你这身糟烂迷彩服就不像个好鸟。我气不过推了他一下，他倒在地上不起来，这时就有人喊：有人碰瓷，快打110！不一会儿警车开来了，把我抓到派出所，审。我说我不是碰瓷的，是去劳务市场找活干，又从包里拿出工具给他们看，他们说工具是幌子。后来以寻衅滋事罪名判拘留十五天……他妈个巴子，寻衅滋事，好歹毒的罪名呵，想整治谁都能以这条罪抓进来！操！

进来几天了？他问。

快出去了。杜爷。

出去找个活好好干……

干个鸟！嫌疑人小伙愤愤：有了这个"前科"，脸上打了"金印"一辈子别想翻身……

没等他骂完，管教发出回监室的指令。

临分手他问嫌疑人小伙：你贵姓？

嫌疑人小伙对他龇牙，说句：不知道好呀，杜爷。

咋？

知道多了会凭空添麻烦呀，杜爷。

这话又让他想起了"解放鞋"曾对他说的话，就哑然。

11

这晚，杜连福的梦仍连绵不断，记得住的一个是在洗浴城遇见了老顾客常老头。常老头光着膀子，头上系条白毛巾，像个陕北农民似的，他心里打个愣怔，想常老头今个是咋的了？常老头像回答他的疑惑似地说：杜师傅，我要回乡了。他问探亲？常老头说，常住，城里没啥好，还是乡下好，回归自然。他在心里哼了声：这是把钱挣足了，又觉出乡下好来了。他问你一个人回去？对，一个人清净。谁照顾你？雇人呵，乡下人工便宜，雇三个人用不了在城里雇一个人的钱。对了，赶在走前给我修修脚。他心里不情愿，说找老费吧。不找老费，就找你，别人谁也修不好我的脚。他问那你下了乡找谁修脚呢？你呵。我？对，你服务下乡，我派车接送，服务费翻番，晌午管饭，陪我喝酒，你看成不成？……他心想财大气粗呵，可觉得也合算，就说成交，就开始修脚，待把脚抱在怀里时，陡地一股愤懑情绪在胸中鼓胀起来，这情绪又让他生出一个古怪念头，他拿出手机，拨了常老板的号码，当常老板的声音出现在耳边时，他峻声相告：常老板对你讲，你爹在我手里……说完他自己被这句话惊了一跳，醒来，张眼看到监室天花板上那盏昏暗的长明灯……

都知道有"日有所思夜有所梦"一说，难道自己……他不相信自己竟有如此大胆，要把"解放鞋"没绑成的常老头由自己再绑一回。这一晚再没睡着，大睁着眼到天亮。

12

只过了三天，出现在梦中的绑架行径便有人替他实施了，对此，几家市报都报道出来。他没看到报，不知此事。又过了一天，拘留所通知他开路回家，说没他什么事了，回去该干啥干啥。他的心一下子提起来：莫非他们已抓到了"解放鞋"汉子？是怎么抓到的？他惴惴地回到洗浴城，在休息大厅遇见了老费，他问老费你不是回家了吗？老费说回了，又折回来了。他问咋的？老费说半路上得了个确信，死的不是主任的爹，是主任本人。他哦了声，随之也领悟到老费不奔这个丧的合理性。接着，老费像补报新闻般告诉他两天前常老头被绑架的事，他惊愕万分：绑……绑成了？老费说这怎么讲呢，算成了，可绑匪没拿到钱。他问怎么？老费说常老头死了。他更惊了：撕票？老费摇头说吓死的，本来就有心脏病，一惊吓落脏了。他问那绑匪？老费说报上说是个有前科的打工仔，警方正全力追捕！他"哦哦"两声，不再问什么。他怎么也没想到事情的结局竟是常家这一劫逃过了初一，没逃过十五，呜呼，哀哉。

冬至这天，风雪交加，杜连福下班后一溜小跑来到洗浴城斜对面的三合园，冬至在老家算大节，他除了像往常那样要了一小瓶二锅头和一大盘三鲜饺，还炒了一盘猪头肉。酒刚斟上，手机来了短信，上写：体育小问答——问：足球比赛发生什么状况最窝心？答：自摆乌龙。

他似懂非懂的"啊啊"了两声。再看是陌生号码，不由犯起琢磨：

——这会是谁呢？

他一时找不到答案。

对口词

（山树林局长于双规前昏厥住院。给人以无限的想象。次日，市纪委潘处长与小杜找山局长的秘书冯远飞谈话，问询情况，当时冯远飞正在病房里陪护已抢救过来的顶头上司，接机关电话后立刻赶到局小会议室，接受问询。）

　　小杜：冯秘书，请坐，我姓杜，小杜；这位是潘处长，潘处。

　　冯远飞：二位好，冯远飞，远方的远，飞翔的飞，叫我小冯。

　　潘处：小冯秘书，你很忙，我们也不闲，就开门见山吧！山树林局长出了意外，市委很震惊，也很关心，责成我们纪检部门进行调查，弄清情况，你是山局长的秘书，他昏在车上时你在身边，所以我们要向你，了解一些相关情况，希望你能予以配合。

　　冯远飞：可以可以。有什么问题二位只管问，凡我知道的……

　　潘处：好的，好的，一听就知冯秘是个爽快人，别的就不多说了，开始好吗？

　　冯远飞：好的，请问吧。

　　潘处：先提一个问题，假若那天山树林局长没昏倒在车上，一切正常，知道后面会发生什么事情呢？

　　冯远飞：去参加市府的工作会议，听取韩市长传达省府会议精神。

　　潘处：然后呢？

冯远飞：散会，回机关呵。

潘处（摇摇头）：不是了，不是了，山局长回不了机关了，永远回不去了。

冯远飞：（瞪大眼）为什么？

潘处：你不知道？

冯远飞：不知道。不知道。

潘处：那我就告诉你，山局长将在会后被执行双规。

冯远飞：哦，双规？

潘处：（点下头）没错。我们的人已等在会场外面，严阵以待，散会后便带走。

冯远飞：山、山局有问题吗？

潘处：没任何疑问，板上钉钉，疑问是山树林怎么不早不晚，偏偏在双规的前一刻发病？蹊跷又蹊跷呵。

冯远飞：……这……

潘处：这个是谜。我们首先要解开这个谜团。当时你在车上，山树林在你眼皮子底下，所以就找你了解当时的情况……

冯远飞：是的是的，还有司机张涛。

潘处：你每天接山树林局长上下班吗？

冯远飞：不是特意接，顺路，算沾局长的光，不用每天挤公交。

潘处：谁先上车？

冯远飞：我。

潘处：从你家到山局长家有多远？

冯远飞：很近，也就五分钟车程。

潘处：那天山局长上车有后什么反常现象？

冯远飞：没有。与往常没两样。

潘处：没两样？

冯远飞：对。我下车给他开车门，他像往常一样说声谢谢。

潘处：山局长对下属很和气呵。

冯远飞：是和气。

潘处：上了车山局长说了什么？

冯远飞：好像没说什么。

潘处：路上接过电话没有？

冯远飞：没有。

潘处：没有？

冯远飞：这个……哦，接过，不是电话，是短信。

潘处：他看了短信有什么反应？

冯远飞：反应？我坐副驾，看不见。

潘处：他在车上接短信的情况多么？

冯远飞：不多，偶尔。

潘处：这遭他回了？

冯远飞：这个……坐在前面看不见。

潘处：有后视镜呵？

冯远飞：哪能随便从镜子窥视领导呵。不过，回不回短信重要吗？

潘处：重要，有关山局长的一切都重要。

冯远飞：一切？

潘处：没错，一切，我们都会问到，冯秘你要有思想准备。

冯远飞：好的。

潘处：接短信多久，山局长昏了？

冯远飞：不久。

潘处：不久是什么概念？

冯远飞：几分钟吧。

潘处：一分？两分？三分？五分？

冯远飞：一两分钟吧。

潘处：怎么发现的？

冯远飞：声音，东西掉下来的声音，回头看见山局侧卧在后座上，头朝下。

潘处：哦，山局长有昏厥史么？

冯远飞：昏厥史？

潘处：就是以前可曾昏厥过。

冯远飞：不晓得。

潘处：这几年你跟他就没发生过？

冯远飞：没发生过。

潘处：听没听别人说过？

冯远飞：没有。

潘处：肯定？

冯远飞：肯定。

潘处：详细说说那天的情况。

冯远飞：像往常一样，张涛先接了我，又接了山局。出了小区拐上台湾路，这时山局的手机进来短信……

潘处（盯着他）：……

冯远飞：车驶进香港中路，我听后座响动，赶紧转脖，见山局歪倒在后座上，吓了一跳，大声喊停车，停车，这时张涛还不知道出事说这儿哪能停车。我一想停车也没用，又朝张涛喊：山局病了，快去医院。

潘处：后来呢？

冯远飞：车往医院开，我赶紧给办公室主任老申打电话报告情况，接着又给山局的爱人秦馆长打电话……

潘处：再后来呢？

冯远飞：车进医院大门口直奔急救室，申主任已经打过去电话，医生护士等在那儿，一齐把山局从车上抬进急救室。不久，秦馆长也赶来了。

潘处：说说抢救情况。

冯远飞：没等打急救针，山局睁开了眼，很吃惊，问这是哪儿？我告诉他医院。他问怎么到了这里？我说山局你病了。他说我没病，刚做过体检，各项指标都正常，怎么说病就病？我说山局你晕倒在车上。这时他好像记起来了，说市府的会……我说申主任已经请孙副局长去参加了，您只管安心养病。

潘处：医生的诊断？

冯远飞：先照 CT，没发现脏器有病变，怀疑是癫痫。秦馆长否认山局有癫痫，医生又说可能是外界刺激引起昏厥。

潘处：你觉得会有什么外界刺激？

冯远飞：是双规？

潘处：可那时候他并不知道这档子事呀。

冯远飞：哦，哦。是不知道。那……

潘处：你不是讲他是在接了短信后才昏过去的吗？

冯远飞：对啊。

潘处：那应该是与这个短信有关系喽？

冯远飞：这个不晓得。

潘处：现在山局长手机在谁手里？

冯远飞：这个不清楚。可能在秦馆长手里，也可能还在山局那里。

潘处：山局长手机号码是多少？

冯远飞：山局长两部手机，我只知道一部：15192796166。

小杜：冯秘，请重复一遍。好吗？

冯远飞：15192796166。

潘处：接短信的是这部手机吗？

冯远飞：这不清楚。

潘处：（摇摇头）作为秘书，你不应该不清楚啊。

冯远飞：我真不清楚。我怎么会注意这些细节呢？没必要的。

潘处：我现在问了，还认为没必要？

冯远飞：……我也没长前后眼。

潘处：两部手机，都是山实名注册的吗？

冯远飞：应该是，山局有什么必要持有一部匿名电话呢？

潘处：这得问他了，这号人，你就不知他的肠子有多少弯弯绕。

冯远飞：山局……

潘处：不要再替他评功论好了，我们希望你能与他划清界限，配合组织……

冯远飞：我会的。

潘处：要行动，不要空话。

冯远飞：知道。

潘处：我们想知道，山树林局长在你眼里是个怎样的人。

冯远飞：这，很难讲……

潘处：唔，怎么难讲？

冯远飞：要双规了，肯定是有问题，而且问题还很严重，可……

潘处：说下去。

冯远飞：可问题只有你们纪检委清楚。

潘处：那就说说你清楚的方面。

冯远飞：可以实话实说？

潘处：可以。

冯远飞：从山局调来当局长兼党委书记，我就跟他，四年多了，我觉得山局这人还行。

潘处：还行？行在哪些方面？

冯远飞：工作认真负责，平易近人，不摆官架子，生活检扑，当然，外人看到的都是表面现象，……

潘处：问题是你不是外人呀，作为领导秘书，应该能了解领导，更深层次的方面：政治品质是否端正，为官是否清廉，生活作风是否检点……可以说在秘书面前，领导是赤身裸体的。

冯远飞：客观说……

潘处：说。

冯远飞：客观说，我虽然跟了山局四年，但对他的了解也仅限于工作方面，你说的深层次政治、经济、私生活，我真的不很清楚。应该说这方面申主任……

潘处：申主任是申主任，你是你，个人说个人的。

冯远飞：你们和申主任谈了吗？

潘处：谈了。

冯远飞：他怎么讲？

潘处：这不是你该问的。你的责任是讲出所掌握的山树林的问题。

冯远飞：我掌握？我能掌握局长什么问题呢？

潘处：所谓掌握范畴很广泛，涉及一个人的方方面面，大到价值观，品德，小到日常习惯癖好，比方咱市里一领导被双规，他的司机反应这人包里老装着一瓶香水，时不时喷喷。也就是根据这条线索，我们断定此人生活作风有问题。

冯远飞：这是不是有些牵强了呢？

潘处：事实上就是查处了这个人有情妇嘛，还不止一个……

冯远飞：现在抓的那些贪官，差不多个顶个有情妇，可往身上喷香水的毕竟是个别人。

潘处：个案也有意义。特殊个性蕴藏在共性里。总而言之，我们不能漏过任何蛛丝马迹。事实证明，许多案件的侦破靠的就是蛛丝马迹。

冯远飞：可，我……

潘处打断：先别急着把话说死，这对你没好处。我再强调一次，领导秘书是个特殊角色，被人比喻成领导肚子里的蛔虫，知道的情况甚至比领导的家人还多，许多腐败案件就是从秘书身上打开缺口的，所以我们奉劝你要端正态度，为反腐做出自己应该有的贡献。当然这需要一个过程，我们也不急，反正山局长还躺在医院里，跑不了。我们今天就谈到这里，算是先务虚，你回去好好回想回想。下次我们接着谈，希望不要让我们失望……我们知道你有一个幸福的家庭，有一个可爱的女儿。要懂得珍惜呵。

冯远飞：……

小杜：冯秘书你看看记录。

冯远飞：好的。

（五天后又进行了第二次问询。此时山局长仍躺在医院里）

潘处：冯秘书，上次谈话你不怎么接茬，我们还需要向你问询一些事情，请不要介意。

冯远飞：没问题。这是你们的工作。

潘处：这些天，山局长的病情怎么样了？请详细说说。

冯远飞：好的，还没完全恢复过来，神志一会儿清醒，一会儿迷糊，可以讲话，能吃些东西，只是老瞌睡，口吐吃语，可谁也听不明白说的什么。

潘处：清醒的时候正常吗？

冯远飞：也不怎么正常。

潘处：表现？

冯远飞：神情恍惚，自言自语，乱发脾气，不许他爱人秦馆长进病房。

潘处：这唱的是哪出？

冯远飞：不晓得。

潘处：是不是两人感情不好？

冯远飞：不是，两人感情很好。

潘处：这就怪了。该用老婆的时候不用，留着干啥？傻呀！好吧，先不说这个，咱接着上回往下谈，我们已经给你交了底，要对山局长进行双规，不可逆，希望你能好好配合。

冯远飞：好的，没问题。

潘处：说白了，双规，是因为我们掌握了山局长有严重经济问题。这方面你能谈谈吗？

冯远飞：谈山局长的经济问题么？

潘处：没错。谈谈吧。谈谈吧。

冯远飞：我不知道该谈什么。

潘处：有什么谈什么。

冯远飞：问题是没什么可谈啊。

潘处：没什么可谈？一无所知？

冯远飞：对，我怎么能知道领导有什么经济问题呢？他也不会告诉我。

潘处：是不会告诉你，可你是秘书啊，领导整天在你眼皮子底下，打嗝放屁都瞒不住。

冯远飞：就算这样，也不能在我眼皮子底下收受贿赂呵，哪个当官的会那么傻。

潘处：当然会严格保守秘密，可老虎也有打盹的时候，说不上哪回就能露出什么隐私来……

冯远飞：山局还真没在我眼前没有露出什么隐私，况且我也有自己的职业原则。

潘处：什么职业原则？

冯远飞：只管干好自己的本职工作，别的方面，要当瞎子、当聋子、当哑巴。

潘处（皱皱眉）：哦，秘书工作守则有这几项规定吗？

冯远飞：没这种明文规定。

潘处：那就是你自己制定的了？

冯远飞：也算是吧，盗亦有道嘛，各行有各行的规矩，何况……

潘处：哈，冯秘书可真恪守正道呵，不过，这些年我们也没少跟领导秘书打交道，还真没人跟我们讲过这种话。相反都很配合。讲出了许多我们不掌握的线索。我就想，同样是秘书，怎么人家就知道那么多情况，而你就什么不知道？

冯远飞：情况是不一样的，有的秘书与领导关系密切，知道的自然就多。

潘处：那你与山局长的关系疏远吗？

冯远飞：也说不上疏远。属正常。

潘处：正常是什么概念？

冯远飞：就是纯工作关系……

潘处：哈，纯？可真奇葩，现在还有纯的东西吗？

冯远飞：……

潘处：我们也理解你的难处，心有顾虑，揭发顶头上司，十有八九没好果子吃。不过，这方面请你放心，山局长还在住院，但双规已是板上钉钉的事，不会改变。走过法律程序之后，他的去处是监狱，身份是服刑犯人，他丝毫威胁不到你的，我这么说，你还有什么可担心的？

冯远飞：我不担心。只是……

潘处：他的许多犯罪事实我们是掌握的，不掌握也不能贸然采取行动，我们的调查，目的在于认证。比方说，我们已经知道山局长在晕倒前收到的那条短信的内容是：有朋自远方来不亦乐乎……

冯远飞：哦，《论语》里的一句话，你们拿到山局的手机了？

潘处：不用拿到手机也会知道的。

冯远飞：唔。

潘处：事实上这是一句暗号，告知当事人很快要被双规。何去何从须赶

金山寺

快采取措施，所以山局长立马就晕过去，躲进医院里。

冯远飞：哦，是这样的，就像惊悚小说。那么是什么人给山局长发的暗号短信呢？

潘处：自然是知道内情的人，内鬼。

冯远飞：那就赶快查出内鬼来。

潘处：但这内鬼很狡猾，提前注册了一部匿名电话备用。

冯远飞：用侦察手段，匿名电话也应能查出机主的。

潘处：那得这部电话使用过才行。

冯远飞：没使用过？

潘处：对，好像把手机备好就等着打这一个电话。可以肯定，这号码不会再使用了。

冯远飞：哦，这么多学问。

潘处：贪官们贪了钱财，一要保证不被追查，二要把钱藏好，就处处积累想对策想办法。反侦察手段极高。全部心思都用在这上面。好了，我们不说这个了，我们回到山局长的问题上，据说局新办公大楼工程中标人是山局长的关系人，具体说是他连襟的表弟的堂兄，姓黄，黄总，这个人你见过没有？

冯远飞：黄总？没见过。

潘处：听没听说过？

冯远飞：没有。

潘处：可那次招标会你是参加了的呀。

冯远飞：我没参加，山局也没参加，是孙副局长主持的。

潘处：我们与孙副局长谈过了。他说你参加了。

冯远飞：我没有，他记错了，那天……哦，记起来了，开始我进会场一次，很快出来了，因为那天山局要去保税区，我陪他去。

潘处：他当然要回避了，越有猫腻越要避嫌。再说也无须亲自操控，只屑提前把标底透露给对方就行了。

冯远飞：标底是绝密的呀！

潘处：冯秘书你是真幼稚还是装幼稚呀，绝密是对其他投标人而言的，预中标人就是靠这个才能中标。据说那次只有极少数几个人知道工程标的，其中也包括你。

冯远飞：谁说的？孙局？

潘处：别管谁说的，你究竟知不知道？

冯远飞：我不知道，确实不知道。没人告诉我。

潘处：作为秘书，许多情况是不需要别人告诉的。

冯远飞：你说的也对，在领导身边，有意无意会知道许多机密事，可那回招标我没听到什么，再说了，即使听到什么也要严格保密，这是秘书工作的纪律。

潘处：纪律？国家干部，特别是高级领导，都知道以权谋私有违党纪国法，不照样干得挺欢。

冯远飞：也并非人人如此。

潘处：其中就包括你？

冯远飞：可以这么说。

潘处：那是你官小了，要是秘书后面再加个长，就不一样了。我再问你一件事，海威高速工程最终是霍达公司中标，山局长与霍老板是什么关系？

冯远飞：他俩没啥关系，霍老板中标是市里一位领导提前打了招呼，这个都知道。

潘处：哪位领导？

冯远飞：汪副市长。

潘处：这个工程的问题不在于中标环节，而是后来追加了三千万工程款，属不当追加。有人反映是山局长一人拍的板，是不是这么回事？

冯远飞：这还真不是，局领导集体研究过，我做了记录先是安总工程师根据霍达的要求提的动议。意见不一致，不一致不是该不该追加，而是追加多少。霍达提的是五千万，安总认为符合实际，山局让大家谈意见，大多数人认为高了，两千万为宜，山局最后折中为三千万，所谓山局拍板就指这个。

潘处：普遍认为当初的标的并不算离谱，霍达没占多大便宜，因替霍达说话的那位领导面临退休，局里没给他面子。追加，他更使不上劲，说到

尤凤伟中短篇小说集

底，还是山局长送了霍达人情，应该从中得了霍达的好处。

冯远飞：这是暗地里的事……

潘处：当然是暗地里的事，可中国有句老话，叫若要人不知，除非己莫为。有人就揭发山局受了霍达的贿。这事，你是否有所耳闻？

冯远飞：没有。

潘处：那好，我提示一下，追加款拨出后你和山局长去工地视察工程，回来时山局长手里多了一个包，不放后备箱，一直提着，上车后抱在怀里。应该是现金。

冯远飞：是张涛讲的？不过，这情节有点像写小说。行贿，还有比这更笨的办法么？

潘处：那你讲讲聪明的办法是什么？

冯远飞：这个，我没想过。

潘处：为什么不想？

冯远飞：没人给我行贿，所以用不着想。

潘处：你的意思是从没有收受别人的礼品了？

冯远飞：礼品收过。小礼品。

潘处：比如……

冯远飞：比如跟山局出发，走时接待单位会往后备箱放些礼品，我和张涛都有份。

潘处：什么礼品？

冯远飞：土特产之类。也有烟、酒、茶。

潘处：有山珍海味？

冯远飞：有的。

潘处：一份礼品大约值多少钱？

冯远飞：这个，人家不讲，咱也不好问。

潘处：三百五百总会有吧？

冯远飞：能值。

潘处：这种礼一个月能收多少回？

冯远飞：不记得，也不值当记。

潘处：十回八回总会有的吧？

冯远飞：也差不多吧。

潘处：这不就是了。积少成多，合起来总数就是很可观的。

冯远飞：……

潘处：这个暂且不说，回到前面，据说那次回来山局长并没直接回机关，也没回家，他让司机把车停在繁华的金融街上，说有点事要办，让你们回机关了，是不是这么回事？

冯远飞：是这回事。

潘处：你认为山局长下车有什么事要办？

冯远飞：如果那天局长真的收了钱，有可能是找银行存。这只是猜测。

潘处：为什么觉得是猜测呢？

冯远飞：还是觉得如此这般行贿不靠谱，小儿科。应该有更隐秘避人耳目的办法……

潘处：比方……

冯远飞：打卡上。

潘处：哈，更小儿科了，卡，隐秘吗？来去都有记录，冯秘以后如果发迹了，有人给你送钱，可千万别往卡上打呵。

冯远飞：我也发迹不了。

潘处：这很难讲，不是讲，秘书是领导干部的后备军么？当然了，各人的路只有各人往前走。不要走偏，差之毫厘，谬以千里就说山局长吧，省委组织部门已经考察过了，准备提副市长，你看看，他不是自断前程？

冯远飞：（叹口气）可不是，说起来当领导干部也真不容易。

潘处：有什么不容易的，严格要求自己……

冯远飞（摇摇头）：也是说起来容易，做起来难的。

潘处：不贪就难？

冯远飞：不难，会有那么多人知畏而进？有人讲，当利润超过百分之百，就会铤而走险。而以权谋私，没任何成本，就大块的金砖银砖飞进来，一般人是难以抵挡的。山局刚来局里任职时曾让我替他捐过几笔钱的。钱的来处，他不说我不问，心照不宣。后来，捐钱的事就没有啦，怎么回事儿，也能猜到，可要说山局开始收钱，没有证据不能乱讲。可话说回来，有权有势的人，能贪不贪，也不是容易做到的呵。

潘处：哈，你这是受贿有理论啦。

冯远飞：要是一点理没有，怎么官员会如此大面积犯事呢？包括执法者：法院、公安、工商、税务，甚至还有专抓贪官的你们纪检委……

小杜：冯秘书，讲话要有底线呵！

冯远飞：哦，对不起。

潘处：好了，好了，还说山局的那笔钱。我们查了，那天山局长并没在金融街存款，你认为他能提着现金到哪里去呢？

冯远飞：不晓得，也不好猜呀。

潘处：从街头录像看，他上了一辆出租车，消失了。

冯远飞：是这样呵。

潘处：先不说这个，据我们所知，自从山局长进了医院，你全力以赴，整天待在病房里，跑前跑后，医生护士都以为你是山局长的儿子。

冯远飞：山峰，山峰在加拿大，还没赶回来。秦馆长一人忙不过来。

潘处：不是还有个女儿吗？

冯远飞：山花。山花是山局长和前妻生的，关系一直不好，头天到医院看了看，再就不露面了。指望不上。

潘处：这么说就指望你忙活了。

冯远飞：就这么个实际情况呵，怎么办呢？怎么讲我也是山局的秘书呵。

潘处：从前是，现在还是吗？当你知道了要对他实施双规后，事情已发生根本变化，他不再是让人尊敬的领导，也不再享有特权，你的秘书职务业已终结，你对他不再有责任和义务了。

冯远飞：这个，我是明白的，可山局也挺……

潘处（翻翻眼皮）：挺什么？挺可怜？当你知道了他无比贪婪地收取不义之财，害国害民，还会觉得他可怜吗？再讲这种无原则的话该打屁股了。

冯远飞：可是……

潘处：没什么可是不可是，道理只有一个，大是大非之前一定要划清界

对口词 249

限，做应该做的事……

　　冯远飞：应该做的？

　　潘处：就是配合组织上查办腐败分子，为社会清污。

　　冯远飞：我会的，这个觉悟我有，只是……要说山局腐败，以前真没看出来。

　　潘处：你到监狱看看，哪个犯人脸上也没贴着标签，有的看上去满脸忠厚，就说腐败分子，在大会上张口廉政，闭口廉政，而背地里却大揽其财。永不足。

　　冯远飞：是，是这样。电视上刚报南方一市委书记在双规前一天还在会上大讲反腐倡廉，讲他最大的优点是清廉。

　　潘处：在台上个个不是都这么讲么？所以不要被假想所迷惑，凡是知道的线索都无保留地提供出来。我们为什么一再来找你，前面我说过，许多案子都是从秘书那里打开缺口的，我们希望……

　　冯远飞：好的，我明白。

　　潘处：好，很好。

　　冯远飞：……

　　潘处：据我们掌握的情况，新机场跑道工程有三家公司参加招标，而竞标中间发生了异乎寻常的事情，两家公司给出的标底离谱的高，明显是不打算中标，而剩下的那家公司顺利中标，得了大便宜。我们查了查，另两家公司已分别在去年的两项工程中中标，我们怀疑这回竞标是人为操作，演戏给人看，有人反映，中标那家公司与山局长有瓜连，但这家公司的背景我们还不清楚。这方面，你……

　　冯远飞：我见过那家公司的人，不是董事长，山局叫他肖总。

　　潘处：在什么场合见的？

　　冯远飞：顺峰酒楼。

　　潘处：竞标前还是竞标后？

　　冯远飞：后。

　　潘处：他们谈了什么？

　　冯远飞：没听到，我和张涛、肖总的司机三个人在大厅吃自助。不在场。

潘处：肖总的司机？留没留联系方式？

冯远飞：我没留，张涛留了。

潘处：哦。张涛与山局长的关系？

冯远飞：司机与领导的关系呗。

潘处：我的意思是山局长对张涛满意不满意。

冯远飞：不太满意。一直想换他。

潘处：为什么？

冯远飞：山局长爱整洁，张涛懒得刷车，车里面也收拾得不利索。山局长就烦。还有，张涛常趁山局长不用车的空档，拉着老婆孩子出门。

潘处：当司机的不就贪这么点"便利"么？自己不检点，一腚屎，对下面人倒要求得很严格呵。

冯远飞：可是……有明文规定司机不许干私活的。

潘处：有明文规定领导可以贪赃枉法？

冯远飞：当然没有。

潘处：这不就是了。只管自己吃肉不怕撑死，不许别人喝汤，不怕别人饿死。极度的自私。

冯远飞：也是。

潘处：不是也是，是就是。

冯远飞：就是。

潘处：冯秘书，我不得不再次提醒你需从根本上端正态度，我们这是第二次谈话了，仍然没有深入进去。你一直不接茬，你说没有顾虑，那又是什么？真的一无所知？这可能，我们接触过许许多多的秘书，都与你不同，你是另类，就是我说的奇葩。

冯远飞：我算什么奇葩。

潘处：你是奇葩。不是奇葩怎能如此不可理喻？

冯远飞：我知道的说，不知道的不能瞎编呵。

潘处：谁让你瞎编了？只是要你实话实说。

冯远飞：我就是实话实说。

潘处：冯秘书，你的态度是很成问题的，这可不好，对你不好，对你的家人也不好。

冯远飞：潘处长，我不明白你的意思。

潘处：你怎么能不明白，当秘书的可个个是人精啊。

冯远飞：潘处过奖了，不过，我听说潘处长也是秘书出身呵。

潘处：……

小杜：冯秘书，请注意一下态度好吗？我们是为工作而来，这工作就是清除社会垃圾。希望你能理解，配合。

冯远飞：我理解，也愿意配合。

潘处：那好，我问你，在你眼里，山局长属于哪一类人呢？

冯远飞：现在让我说，我还真不好说。这个断语不好下。

潘处：怎么不好下？

冯远飞：要说他是好领导吧，可就要被双规了，要说他是腐败分子，又苦于提供不出证据来。

潘处：提供不了证据，蛛丝马迹也行。

冯远飞：蛛丝马迹？

潘处：对，比方说，他平日的生活是不是很奢侈，穿什么品牌的衣服，系什么品牌的腰带，蹬什么品牌的鞋……

冯远飞：西服是机关集体定做的，我穿的这种，腰带和鞋，都很普通。

潘处：表呢？手表呢？

冯远飞：进口表，应该是瑞士的。

潘处：什么牌子？

冯远飞：没问，黑表盘，挺大。

小杜：是浪琴吧？

冯远飞：这，说不准。

潘处：他，手表换得勤么？

冯远飞：没太注意。

潘处：表是他买的还是别人送的？

冯远飞：不晓得。

潘处：据说山局长有多处房产，这，你晓不晓得？

冯远飞：不晓得。

潘处：怀疑不怀疑？

冯远飞：现在有权有势的人有多处房产不足为怪。山局有，也不奇怪。但怀疑终归怀疑，不是事实。

潘处：如果仅仅是怀疑，我们就不会问你了。

冯远飞：那就是有了？

潘处：不是有没有的问题，而是有多少的问题。

冯远飞：哦。这个到房管部门查查就清楚了。

潘处：要能查出来就不用问你了，这与把贿款打卡上有什么不同？

冯远飞：潘处长，我可以百分百保证，除了山局现在住的地我不再知道山局还有任何一处房产。

潘处（严厉地盯着）：你知道！南京路二十七号……

冯远飞：哦，哦，山海居小区吗？可那是山菊的家呀。

潘处：三百多平方的复式，当教师的山菊买得起吗？还不是山树林买的。

冯远飞：这有可能。

潘处：那么，他儿子山峰？

冯远飞：山峰在国外工作。

潘处：他一家人回国，是住家里，还是另有住处？

冯远飞：有时住家里，有时住另一个地方。

潘处：哪儿？

冯远飞：这……

潘处：打住，再说不晓得就没人相信了。

冯远飞：这个我晓得，去过，和山菊一个小区，不同的楼座，一样的房型。

潘处：一碗水端平呵。想想，还有其他什么线索？

冯远飞：哪方面？

潘处：哪方面都行。

冯远飞：事无巨细？

潘处：可以这么讲，比如他有什么特别嗜好？

冯远飞：特别嗜好？

潘处：他好什么？

冯远飞：好锻炼身体，养生。

潘处：这是好习惯呐，别的呢？

冯远飞：别的？不抽烟，喝酒，不贪杯，也不赌，你别说，还真没发现山局有什么不良嗜好。

潘处：女人呢？

冯远飞：女人？女人怎么了？

潘处：女人不怎么，他玩不玩女人，好不好色？小三，相好，情人……有没有？

冯远飞：这个……

潘处：对，这个，就是这个，希望你如实讲讲情况。

冯远飞：潘处的意思是我一准知道？

潘处：这么理解也可以的。

冯远飞：因为是秘书，就该知道领导乌七八糟的事？

潘处：一般说来，这种事瞒别人可以，瞒秘书不易。换句话说对别人是隐私，对秘书则不是。

冯远飞：这么绝对？

潘处：我还是那句话，先别急着封口，封口对你没好处。今天我们就先谈到这里，你回去好好想想，在这人生的十字路口上该怎么走。我们还会找你的，你想好了，也可以给我们打电话。

冯远飞：……

潘处：明白不明白？

冯远飞：明白。

潘处：再糊涂就不是智商的问题了。

冯远飞：……

小杜：冯秘书，您看看记录吧。

冯远飞：行。

小杜：有问题吗？

冯远飞：怎么把收礼品的事也记上了？

小杜：是的，我们如实记录。这些都是你说过的吧。

冯远飞：说过，这也算个事儿？

潘处：这就难讲，说是事儿就是事儿，说不是事儿就不是事儿。

冯远飞：……

（五天后，山树林局长被双规。他溜出病房，在医院大门口被监控的人拦住。山说要到大门外小卖部买东西，监控人一时不知如何处理，打电话请示，上级答复：既然能走动了，就即刻实施双规。山被带走。又过了三天，冯远飞被找去进行第三次问询，问询人依然是潘处长和小杜）

潘处：冯秘书，我们又见面了。

冯远飞：是。

潘处：不厌其烦来找你，你不欢迎，我们也不情愿呵。

冯远飞：我没不欢迎，说真心话，我很想配合得让你们满意，可那得编造，这对谁，山局，你们，我，都没益处。所以很纠结，早知道有今天，平时该多留意山局的一些事。

潘处：冯秘别说些没用的。再怎么说，我们也不会相信你一无所知，这不符合常理。我问你，知道山局长的情况了吧？

冯远飞：怎么能不知道。从医院里被带走了呗。报纸电视都报了，全岛城都知道了。

潘处：那时候你在哪儿？

冯远飞：病房呵。

潘处：那时病房里还有谁？

冯远飞：没别人，就我和山局。秦姨怕挨骂，送来早餐就撤了。

潘处：是以撤为进吧，之前发没发觉山局长有潜逃迹象？

冯远飞：潜逃？不会吧。

潘处：怎么不会？不是就在你眼皮子底下溜出了病房么？

冯远飞：他说要出去买点日用品。

潘处：这还需要病人亲自去买吗？

冯远飞：我说我去，他说想出去活动活动。

潘处：活动活动？想活动到天涯海角？不，是活动到天堂。

冯远飞：天堂？

潘处：美国、澳大利亚、加拿大，不是贪官眼里的天堂吗？山树林不简单啊，居安思危，防患于未然，得知消息赶紧装病住院，利用这空档让老婆四处活动，找上面人捞。没能得逞，就三十六计，走为上。

冯远飞：事实上，应是逃不掉的。

潘处：怎么说？

冯远飞：早布控了。

潘处：你怎么知道布控了？

冯远飞：明摆着的，到处都是形迹可疑的人，穿白大褂也知道不是医生护士，

潘处：山局长他很警惕吧？

冯远飞：应该是，山局他现在怎么样呢？

潘处：认罪态度很好，积极交代自己的问题。

冯远飞：他的问题严重吗？

潘处：严重。

冯远飞：能判死刑吗？

潘处：这得看法院是怎么判了，这么说吧，就是留下命下半生也是要在监狱里度过了。所以你完全可以打消思想顾虑。

冯远飞：顾虑我是早打消了。

潘处：那就揭发问题，不怕他会报复你。

冯远飞：我本来也不怕。

潘处：这就对了嘛，所以才叫你奇葩嘛。

冯远飞：奇葩，不敢当。

潘处：敢当。你和别人就是不一样嘛，大义凛然啊。不过，如果是面对日本小鬼子，国民党反动派你这么守口如瓶，那是好样的，英雄。但事实并非如此，你与我们对立，不配合，就是立场问题，轻说是同情腐败分子，重

说是包庇……

　　冯远飞：我不想包庇任何人。对于山局长，他的经济问题我确实没掌握，上回说了，有权的人往往把持不住自己，捞好处，贪得无厌，但不能由此怀疑所有人，一网打了满河的鱼，况且怀疑也得有根据，所以就有那句捉贼拿赃，捉奸拿双的话。

　　潘处：哼！对于山树林，我们还真是既拿了赃拿了双。铁证如山。而对于你冯秘书，我们三番两次不厌其烦地找你，是因为我们有足够证据证明你知道山树林的许多问题。

　　冯远飞：潘处长，怎么能如此肯定我包庇山局长，我知道哪方面的问题……潘处长能提示一下。

　　潘处：可以的。去年二月五日，在 doZo 料理，饭后大辰公司许总送给山局长十万元现款，装在一个纸袋里，上面盖一层虫草……

　　冯远飞：啊！这码事我是记得的，可山局长没收那钱。开始不知道虫草下面有钱，回到车上山局对我和张涛说：许总家乡的虫草，很好，你俩分分吧。我问山局你不要吗？山局说家里有。分虫草时我发现了下面的钱，吓了一跳，赶紧报告山局，山局说句这个许老板，坑人也没有这么坑的呀，追上扔给他。张涛一踏油门追上前面许总的车……哎，这事是张涛说的吧？

　　潘处：是张涛。他知道能说出来，而你……

　　冯远飞：我是觉得钱还回去了，就不算个事……

　　潘处：不算个事儿？你以为把钱还回去这事就了了？完事大吉？也太幼稚了，老板有老板的规则，该送给谁的钱一定要送给谁，这是工程的头道工序，绝不可少，一次不行两次，两次不行三次，直到收下为止。

　　冯远飞：你是说归还的十万山局后来又收了？

　　潘处：没错。

　　冯远飞：山局自己讲的？

　　潘处：交代的。不过，要没有张涛提供的线索，我们便无从追查，这一笔就滑掉了。我们很清楚，像这么一笔一笔地滑掉了很多，最后只能算在不明资产中。

　　冯远飞：是这样啊。

潘处：意识到了吗？

冯远飞：嗯。天上不掉馅饼，也不会掉不明资产。

潘处：意识到了，继续说吧。

冯远飞：说？

潘处：说山树林的问题。没真凭实据，怀疑也行，类似前面说的那种情况。

冯远飞：可那次是个例外，许老板也给了我和张涛每人一袋虫草，因为山局不要，让我和张涛分，才发现了问题，许老板没想到会出这么个故障，山局也是，出一桩故障的概率应该是很低的。不可能反复出。

潘处：说来说去，你还是不接茬，不是要你举一反三，虫草事件后再出个别的类似事件，这不可能，但是作为领导身边的人，总会有许多机会发现领导的问题，关键是想不想竹筒倒豆子，全部讲出来。

冯远飞：我想，可……

潘处：可是不知道，是不是？

冯远飞：……

潘处：要不要再提示你一回？

冯远飞：……

潘处：所有贪官都差不多，除了敛财，私生活糜烂。山树林有情妇，我说的对不对？

冯远飞：包养情妇是贪官们的通病，山局有，也不奇怪，但……

潘处：我替你说下句吧：但是，你不清楚。

冯远飞：我确实不清楚。

潘处：那我就继续提示：那女人住在松竹梅小区，小区大门口有一个美人鱼雕塑。

冯远飞：是……张涛说的？

潘处：张涛是个爱憎分明的好同志。

冯远飞：张涛说了那女人的情况了？

潘处：他说了，他说，每回山树林从外地回来，特别是出国回来，都让他把车停在小区外面，自己提着东西进去，说去看一个老战友，很长时间才出来。而你，每回都和张涛一起去机场接，这情况也应该清楚。

冯远飞：这个……我清楚，山局讲是去看他的一个亲密战友……一个战壕里的战友。

潘处：亲密战友？一个战壕里的战友？一个被窝里的战友吧。

冯远飞：……

潘处：难道你没意识到这一点？

冯远飞：有时也从脑子里过一过，怀疑是这码事。

潘处：怀疑为什么不讲？

冯远飞：这毕竟属于个人隐私，不宜散布的。

潘处：哈，隐私，散布，冯秘书，可真有你的，对领导的经济问题不清楚，不了解，讲不出，对领导的隐私，知道又怕散布……

冯远飞：事实就是这么回事嘛。

潘处：事实就是你坚决不配合嘛。

冯远飞：我没说不配合。

潘处：嘴上配合，行动抵触，口是心非。

冯远飞：……我愿意配合。

潘处：真想配合，就说说那女人的详细情况。

冯远飞：女人，年轻，漂亮，有气质……

潘处：你见过？

冯远飞：没。

潘处：没见过怎么知道这些？

冯远飞：我猜想。不优秀山局也看不上呵。

潘处：符合逻辑，但我们不需要猜想，要讲眼见耳闻的。实打实：比方她叫什么名字，有没有工作，在什么单位工作。就是说是全职情妇还是兼职情妇。

冯远飞：这些，我确实不知道，不能瞎说。再说，这些，其实你们纪委已经都清楚了。

潘处：都清楚了还用三番五次找你冯大秘调查吗？

冯远飞：你们到底想知道些什么？

潘处：想知道我们还不知道的，比如那女人的房子是不是山树林给买的，包养费是多少？送了什么贵重礼物？还有山树林是否把赃款藏匿在她那里。

冯远飞：这些，恐怕只有山局知道。

潘处：还有那女人，所以我们才下决心找到她。你和张涛都证明山树林有两部手机。但从医院带走时身上只有一部，另一部不翼而飞，他打私密电话肯定用那部，线索就断了，你在医院陪护，不离左右……

冯远飞：潘处长，我明白你的意思，可我不知道山局那部手机的下落，我保证。

潘处：这个我相信，他也不会让你发现。你判断一下，他会怎么处理？

冯远飞：应该是丢弃，不会转手他人。

潘处：要是转手，首先会转给什么人？他老婆秦馆长？

冯远飞：不会，上面的信息应该是瞒着秦馆长的，也许秦馆长根本就不知道山局有这部电话。

潘处：没错，所以说秘书知道的情况往往比领导的家人多。

冯远飞：……

潘处：山树林住院期间，有什么人来探视过？

冯远飞：没有，要双规山局的事外面都传开了，没人会来。

潘处：这么说，那部手机是让他丢弃了。

冯远飞：很可能。病房卫生间就有垃圾桶，每天收好几回。

潘处：想找到是没戏了。这个环节很重要，山树林心里清楚。

冯远飞：嗯，山局这人大事不糊涂。

潘处：秦馆长知不知道他外面有人？

冯远飞：应该不知道。

潘处：她没向你打探什么？

冯远飞：没有，她不怀疑山局。

潘处：这就好。

冯远飞：好？

潘处：我们可以将山树林背叛她在外面包情妇的事实告诉她，哪个女人都抗不了这一击。说不定，大怒之下，会站出来揭发山树林。这个盖子就揭开了。

冯远飞：有这种可能吗？

潘处：有，这种情况不在少数。

冯远飞：……

潘处：我们觉得，应该有人把这个底透给秦馆长。

冯远飞：谁呢？

潘处：你。

冯远飞：我？

潘处：对，你最合适，你的话她会相信。

冯远飞：……这倒也是，只是……

潘处：有什么问题吗？

冯远飞：问题是到目前为止，我并不能完全确定山局真的有婚外情：那个女人，也只是猜测想象中的一个人。如果当成完全事实告诉秦馆长，这不合适。

潘处：有什么不合适？

冯远飞：在人家夫妻之间人为制造矛盾，特别在这种特殊时刻……

潘处：正是在这种特殊时刻我们才有必要采取特殊手段。一举拿下山树林，何况从各方面分析，山树林是有情妇的，不是张三就是李四，这一点冤枉不了他。是一个，多个，还说不定呢。

冯远飞：不管怎么说，在完全确定之前，我不能贸然对秦馆长说，弄不好会酿成大事。

潘处：什么大事？无非就是夫妻反目，从这上面打开缺口，这也正是我们所希望的，我们，也包括你，懂吗？

冯远飞：懂，可是……这么做，在心理上通不过。

潘处：明知道山树林贪了钱，藏了钱，可就是没办法让他承认让他吐出来，你心里就过得去？

冯远飞：过不去。可这事在做法上还是觉得不妥。

潘处：就算有些不妥，我们也是不得已而为之。

冯远飞：可不可以再做些调查，让那个女人彻底浮出水面来，再……

潘处：时间哪来得及呀，山树林巴不得这么拖下去，越拖他的心理防线越难攻破。

冯远飞：既然这样，组织上可以直接找最合适的人与秦馆长谈嘛。

潘处：我们权衡过，认为由你谈最合适，容易奏效。因为秦馆长更信任你。我已经说得很明白了，不信你会迟钝到如此地步？这是一道迈不过去的坎吗？

冯远飞：在这个问题上，我们的认识不一致……

潘处：这不是认识问题而是态度问题，立场问题！

冯远飞：潘处长就是要扣帽子，我也没办法。

潘处：不是扣帽子，最后我再打开窗口说亮话，到目前为止，仅根据你个人的交代，我们已可以对你采取措施。

冯远飞：我的交代？我交代什么了？

潘处：你跟着山树木收受礼品呀，也是腐败呀，我们粗略算了算，受贿数额已超六位数。

冯远飞：这怎么可能？

潘处：我们会一笔一笔算给你听，让你心服口服。小杜让他看看记录。

小杜：冯秘书，你看看记录，没问题就签上字。

冯远飞：好的。

潘处：再说一句，我们还会见面的，但肯定不会是这里！

（不久，山树林被开除党籍并移交司法部门追究刑事责任，这段时间冯远飞心中一直忐忑不安，也做好了被抓捕的思想准备，他认为潘处长最后认定他六位数的职务得利是存在的，并不勉强，只看追究不追究。而从潘处的不满态度看自己凶多吉少。这时他的一个在市委工作的大学同学杨志给他打来电话，说大头告诉你一个情况，但不许录音。他说少罗嗦，有话就说，有屁就放。杨志说冯大头你知不知道差点倒个大霉吗？他说我知道，不过你话中有话，是不是我得以幸免呢？杨志说你走运。分管政法的齐副书记在听了潘处长对问询你的情况汇报后先是一怔，后打了个哈哈哈。冯远飞问打了个哈哈哈？杨志说齐书记笑说在当下像冯远飞这样的格涩角色，也算得是濒危物种，稀罕哩。可没等再说下去，被秘书长的电话叫走了，没再回来。没法，大家只有从他说出口的那句话进行领会：既然齐书记将你比做濒危稀有物种，是意在保护的。电视上的公益广告不是成天呼吁要保护濒危珍稀物种么？最后形成对你不予追究的处理意见。老冯，你逃过了一劫，改日得好好谢谢齐副书记噢。冯远飞手持电话频频点头，长长吐出一口气……)

空　白

上司出差，秘书江津涛就懈怠下来，早晨睡到自然醒。待拖拖沓沓到了办公室，周主任脚前脚后进来，声调不轻不重地说：终于来了，怎么不开手机？江津涛胡乱解释一通，问主任有事吗？周说没事我会跟腚找你呀？接着就说事。最近市直单位接连发生几起领导人办公室被盗事件，影响很坏。而当事人出于某种考虑，被窃后大都会称未有金钱物品丢失，这就给破案带来很大困难，因此，市政法委建议在重点办公地点安装监控录像，防患于未然。江津涛明白周找他的原委，遂问：是要在岳局长办公室安装摄像头吗？周主任说没错，一会儿技师就到，你负责张罗。江津涛想了一下说：主任我觉得这事有所不妥，让领导人在监控下工作……周主任打断说当然不可以这样，要解决，也不难解决，领导上班进入办公室时将机器关停，下班离开时再开启，就是说监控只在八小时之外，还有，监控设备不连接终端，不具自动备份功能，完全保密。江津涛不再吱声，心想还是上级英明，自己多虑了。

　　安装工作很顺利，装于门上方的小机器开始红灯闪烁。为调试音像效果，光头技师让江津涛面对镜头说几句话。江津涛一时不知所措，技师对他指指老板台，笑说经验证明办公桌是窃贼的重点目标，江秘书就坐过去，过过当局长的瘾吧。无形中江津涛的某根神经被触动，心想仕途中人，有谁会不对前程有所期许呢？权且当成一次梦圆予演吧，就坐过去了。说起来江津涛也算是个有幽默细胞的人，况且此情此景又着实有些滑稽，瞬间灵光一现，遂拖着长腔说句：同志们，现在开会，我今天要讲的第一个问题是反腐倡廉……"窃位局长"的讲演惹得在场人一齐笑起来。

看回放音像效果很好，光头技师又对江津涛交代了设备相关使用事项，江津涛记住了。这码事就OK。

好日子像风，江津涛来不及掰指头数，一周便匆匆而过。岳局长星期一会到机关上班，自己须像往常那般在岳局长进入办公室之前赶到，以应对差命。无法享受"自然醒"，便设了闹钟。起床后亦与往常无二致，清肠，洗漱，草草吃点东西就提着包出门。

还未走出小区手机响了，是妹妹江闲，兴高采烈说刚捡了个大便宜，一个外地人急用钱，卖家传的一尊金佛，她只花三千块就买到手。江津涛听了直叫苦不迭，急问那人还在不在，江闲说走了，江津涛说快去追，江闲说早不见影了。江津涛气愤说傻瓜，你上当了，买了假货，这种骗局报上登过几回了，你还中计！江闲说你也没见金佛，咋就断定是假的？江津涛说我不用看就知道是假的。

江闲的横空出世，让他临时改变了计划。他给周主任打了个电话，问岳局上午有没有活动，周说好像没有，他说那他就请一会儿假，家里有急事处理，岳局那里替他讲一下。

妹妹和父母还住在老房子里。一进门，江津涛就看见那尊拳头大金光灿灿的佛像摆在桌子上，江闲、父母都在，个个神色异常。当是他对金佛的说法在家里掀起了波澜。他冲江闲嚷：别愣着，快跟我去报案。江闲不动，满脸不情愿的样子，江津涛真来了气，说你还真以为捡大便宜是不是？你不想想，天上不掉馅饼，就能掉金子？江闲说不是金子会这么重？妈附声说，我比了比和我的镯子差不多成色。江津涛不再多说从桌上捞起金佛便往墙上擦去，只几下便露出了里面的黑颜色，江津涛把金佛送到江闲眼前，叫她看，江闲脸变得通红，一副要哭的样子。老父亲开言说：我就知道不会有这种好事，说啥也没用了，赶快去报案，把损失挽回吧。

父亲说的正是江津涛请假的目的。他没去当地派出所，而是去了公安局市中区分局，他的大学同学李敏在治安科当科长，找他正对。一切顺畅，报了案，剩下的就是等消息了。

下午到机关未见到岳局长，传达室老方头说岳局自己开车出去了。江津涛知道岳是去处理自己的私事了。不用专职司机，并不意味是公私分明，而是隐匿起自己的行踪。如同一部战争片里鬼子官的台词：悄悄地干活，打枪的不要。这可以理解，谁个没有属于自己的隐私，哪怕是圣人。作为秘书，江津涛能感觉到岳尽量不让自己介入他的私生活中，这说明岳并未把他当成可完全依赖的"自己人"。

晚上下班时，在走廊碰见周主任，点头过去了周主任又回头把他喊住，问是否将安装探头（他习惯将摄像头叫成探头）的事向岳局长汇报，他顿时张口结舌，内心虚慌，那天安装完，曾告诫自己一定在局长回来的第一时间向他报告，甚至今早他心里还装着这件事，只因让江闲的事一搅和，就把这档子事丢进爪哇国。周主任见他不答，又追问一句，江津涛只得承认还没向局长报告，随后补上缘由，就是上午请假了，没见到岳局长。周主任听了顿时失色，抬声道：小江你简直是在开国际玩笑，这么要紧的一件事情能给忘了？玩忽职守呵！江津涛心里清楚周主任批得对，便不吱声。周主任挥挥手说还不赶快去看看探头在什么状态，是不是还在录？江津涛不敢急慢，连忙去取了岳局长办公室的备份钥匙，开门进去，他发现摄像头红灯闪闪仍处于工作状态。天哪，这意味着不知情的岳局长一个上午都被监控设备录了像。江津涛想明白这些顿时吓得发了毛，哆嗦着手上前去关机，因位置高，够不着，便搬过来一把椅子，站上去把摄像头给关了。尔后，又像怕被人当小偷抓那般匆匆离开现场。回到自己的办公室，仍惊魂未定，捶胸顿足懊恼着自己的疏忽大意。这疏忽是不可原谅的，说轻了是玩忽职守，说重了就是戏要领导，问题严重，却已无法挽回，现在要考虑的是要不要向岳局长汇报，汇报肯定遭到严厉批评；不汇报莫准能打个马虎眼蒙混过去，问题是一旦让局长知道，后果将更严重，会怀疑他的忠诚，要知道领导对秘书的审视忠诚总是第一位的。总而言之，这是件让他左右为难的事情，他想到让周主任帮着拿个主意，又怕再挨他的批，遂打消这个念头，好在到明天见到岳局长还有些时间，可以好好想想，看有无两全之策。

下班后走在街上，他给老同学李敏打了个电话，问是否将那个行骗人抓到，李敏笑道水货你还真是性急呀，哪能这么神速啊。他干笑一声，水货是他在大学时的外号，出处是他的名字三个字都是三点水旁。叫水货也算传神。李敏又说：不瞒你说，要不是你老同学的案子，能不能立案都难说，如今满大街都是行骗的人，抓不过来啊。他说晚上和侦察的哥们坐一坐吧。李敏说不必，要坐也等到案子破了再说，不过这个案子破的希望还是有的，现场在繁华区，四面八方都有监控……

江津涛打个怔，一下子想起岳局长办公室的摄像头没恢复到开的状态。妈的，又昏了头，他一扣电话便急匆匆往回跑。

第二天刚上班，电话响了，是岳局长。他快步奔过去。经昨晚一番缜密思考，已打定主意如实向岳局长报告。他站在门外，大喘一口气，然后如惯常那般用中指关节连敲两下，里面的岳局长也如惯常回声进来。他轻轻推一门见岳端坐，几天未见，面目显得有些黑疲，神情倒与往常无异，他多少有些心安，赔笑道局长有事吗？岳看他一眼说准备一下，和我去一趟机械公司。江津涛点头称是，却没动，把眼光怯怯地投向岳，岳费解地看看他。江津涛不敢怠慢，赶紧将那桩倒霉事岳报告了。岳开始没听明白，问句安了什吗？他说安了摄像头。岳问安在哪儿？江津涛抬手指指门的上方，岳的眼光随着他的手抬上去。这当儿江津涛突然意识到什么，赶紧搬椅子过去将运行中的摄像头关闭。岳狐疑地盯着他看，似乎在心里沉淀这件事情的含意。江津涛不等岳说话就赶紧做检讨，说是他疏忽大意，没及时向局长汇报。岳不语，江津涛又把事情的来龙去脉陈述解释一遍，重点强调这是纪委的指示，是周主任的安排。岳仍不语。江津涛等不来反应，心存侥幸，蹑手蹑脚向门外撤，却被岳喊住。问：安了几天？江津涛回：八天。岳问：这些天一直开着的？他点了点头。岳仍不动声色，而熟知他性情的江津涛却看出了他的恼怒，正想再做进一步检讨，这时岳对他挥下手。他唯命是从，走到门口又回头请示句：岳局长咱们几点出发？岳回答：不去了。

江津涛心事重重往自己办公室返，在走廊上见周主任迈着小快步迎面过来。他猜到是岳局长找他询问摄像头的事，当是自己的过错把周也牵连进去了。他歉意地叫了声周主任，周理也不理，径直往岳那边走去。

回到办公室江津涛的情绪跌到冰点，更意识到问题的严重性，岳断然取消既定工作安排便是证明。让他不安的是自己的错在岳眼里是怎样的性质，就是岳的愤怒是出于对他工作的不满，还是他的过失已经给岳造成了危害？他想昨天岳只在办公室待了半天，下午就独自开溜了，要说在这半天里岳有不可示人的言行让摄像机录了下来，这种可能性并不大，办公室是办公的地方，也是人进人出的地方，但凡有头脑的人，谁会在这种场合玩猫腻呢？比方自己称得上不良行为的充其量是在电脑上玩玩游戏，再就是给女朋友小杜通电话时打情骂俏，如此而已。这么想也便有所安心，觉得岳局长的怒气还是冲着自己的疏忽大意。如这样只要找机会好好向岳认个错就该没事了。

"砰"的一声，门被推开，是周主任。刚才周在走廊上不理不睬，现在御驾亲征连门也不敲，这一反常说明他是征讨而来。果然进门便冲他吼叫：江，江津涛你晓不晓得天让你捅了个大洞，唵？！江津涛诺诺。说起来办公室主任与领导秘书之间的关系是颇为微妙的，表面上秘书受主任的管辖，实际上主任一般不管秘书的事，相反，由于秘书身份特殊，主任对秘书倒多有仰仗，因此，在态度上对秘书很客气。今个周实在反常，可见江津涛真的是捅了大娄子，且连累了他。江津涛不敢吭声，原因也正在此。他忍耐着等周发完火问句：岳局长真的很生气吗？周抢白道：给谁谁不生气！江津涛心中泛起些委曲，嘟囔句：是不是有些小题大做哟，说到家我也没杀人放火。周主任哼声说：没杀人放火，胜似杀人放火。到现在你不知道问题的严重性呵！江津涛怔了一下，他不晓周为什么说出这等话来，他反驳说不就是岳局在摄像头前面工作了半天吗？周主任说你这话说得太弱智了，知道不知道，一个人在独处时完全是一种放松状态，不做假、不设防，想干啥就干啥，想给谁打电话就打给谁，想咋讲就咋讲。这些隐私是不能暴露于人的，现在暴露了。还有，我问你一句，你的私房钱放在哪里？江津涛说我没私房钱这概念。周说是呀，你没娶老婆，可要是娶了老婆又会把私房钱放在哪儿？江津涛不言声，心里却清楚周主任的意思。官员受贿，普遍的事实是从他们的办公室里起出大量现金及存折房产证之类。办公室成了小金库。而盗窃者所以盯上这里道理也正在此。想到这一层江津涛觉出事情确不简单。他想尽管尚不能认定岳在办公室里藏匿着现金物品，也不能确定岳于这半天的时间里在摄像镜头前露出了马脚，然而岳对这件事的耿耿于怀却的确能说明一些问题。看来自己是踏上地雷了。他用认错的眼神望着周主任，说：周主任我知道错了，你说，这事该怎样弥补才好呢？周主任叹口气说：你终于认了这壶酒钱了，认了就好，别的你就不用管了，我来给你擦屁股吧。江津涛赶紧说谢谢。

后来江津涛知道周是如何擦的屁股：借口那台摄像设备质量存在问题，从墙上拆卸下来，换上一台新的。而"废品"就丢弃在岳的办公室里。岳倒是看了一眼，说没用了就送给小孙子当玩物。周赶紧说废物利用，好咧。也确实是好。江津涛不由长吁一口气，从内心佩服周在处理这件事上的老道。即使岳确有不可告人的事体，这般也就消除了忧患。江津涛从内心感激周在自己沉陷危难时施以援手。

岳局长去机械公司视事拖到第二天成行，江津涛陪同。江津涛小心翼翼，察言观色，似乎觉得岳局长对前事并不存芥蒂，由此更对周主任心存感念，于是在离开机械公司时为他也带了份礼品。这在以前是鲜有的事。他觉得今后可以将这类"投桃报李"的事多做一些，以期与周保持更亲近的关系。

江津涛暗自庆幸这次失误的有惊无险，只是高兴得有些早。这天去岳局长办公室送一份材料，刚要出门被岳局长叫住，问句：小江摄像头安上就一直开着没关是不是？江津涛的心"腾"地一跳，条件反射般向装摄像头的地方转过头，语无伦次地说：这个，从安上，我就没动过呀。岳局长说，我问的不是这台，是先前的那台。江津涛松了口气，说那台从安上就一直处于工作状态，没关停过，只怪我责任心不强，没及时向局长……。岳局长打断说：事实好像与你说的不大一样。江津涛张眼望着岳局长，一时不知该说什么。岳局长端杯喝了口茶，放下杯子后又用手轻轻拂几下桌面，这是他心情不佳时的习惯动作。他说小江你想想，好好想一想，把实情说出来。江津涛辩白说，岳局长我说的是实情呵。岳局长又拂几下桌面，把眼光投向窗外，看着风景道：小江，那台机械虽然报废了，可之前录下来的东西还在，不像你说的一直开着，中间关过了一次，时间是从下午五点二十二分十三秒到五点四十二分十十秒。江津涛的心停跳了一下，瞬间觉得胸口憋闷，他记起来了，机器确实关停过一次，就是……他不敢怠慢，连忙把关停摄像头的前因后果对岳悉数讲出。岳说你说你紧张，平白无故有啥好紧张的呢？江津涛一时不知如何作答，愣怔着，岳看了他一眼挥挥手说句津涛同志，你可以走了。江津涛就出了岳局长办公室，头脑懵懵懂懂。他不晓岳局长为何这么在意摄像机是否被关闭过，按道理应该在意运行的时间段才对。他心里翻腾着波涛不自觉进了周主任办公室。周正和干部处的小丁在说话，见他进来小丁很友善地同他打个招呼便告辞了。不等周询问来意，江津涛便对他讲了刚才的事。周主任听了久久不语。他小心翼翼地说周主任现在我的思想混乱了，想不明白岳局为什么对关停的这空白时段这么关注，紧追不舍。周主任点点头又摇摇头，说这事他妈妈是有些让人犯琢磨，超出常规。我想……周主任没把他想的什么说出来，用签字笔杆一次一次往上挺鼻梁上的眼镜架，似乎是这件事情让他把话止住。江津涛也算官场中人，自然明白事关领导须三缄其口的道理，何况他也晓得周是岳的前任李涛局长提拔起来的。也曾有过岳要调换办公室主任的传闻，这样周岳之间的关系便难免微妙。江津涛忽然觉得自己有些让周主任为难了，便要告辞，却让周止住，问句：津涛你对我说实话，你看没看过那台探头的回放？江津涛立刻否认，说没有没有，我干嘛要看那个。周说也许出于好奇？江津涛连声叹气说：周主任你也是秘书出身，干这差事见了是非躲都来不及，还会自找？周将笔杆从鼻梁上挪下来，点了下头。两人就无语。江津涛又抬腿要走，又再次被止住，说事到如今，这事就不能掉以轻心了，得好好想想，分析一下。江津涛点点头，等周说下去，周点上一支烟，吸了口说若大胆假设，岳局被录了不宜曝光的私密，他自己应该知道，探头在他手里，他可以看回放。如此他必然会担心所录内容外泄，而有可能外泄的人唯有你江秘。这个时间段你进出他的办公室，也会被机器录下来，如果机器始终没关停，你也不会被怀疑，因为你没有机会看回放，事实上你把机器关闭了一段时间，当然你自己清楚是怎样造成这个时间空白，而且确实没看回放，但你无法让岳局相信，起码不能百分之百地相信，而这种事情必须要做到万无一失才行，否则后患无穷。岳局的担心恐怕就在这里。江津涛听得一脸哭相，说主任你这么分析不能说没有道理，可我确实没看回放，不知道到底录了什么。周说这是你的角度。站在岳局的角度，他不是不想相信而是不敢相信，事关重大，一旦有失，轻则身败名裂，重则丢掉性命，前有事后有辙呀。江津涛叫苦不迭，说我这不是跳进黄河里也洗不清了吗？周叹口气说：再想想，再想想。顿了一下又问句：津涛你真的没看过录像内容么。江津涛一下子恼怒起来几乎是吼：周主任，连你都不相信我，还怎么让岳局相信？周说又犯糊涂了不是？不是我不相信你，是岳局不相信你。咳，你们一个局长一个秘书，弄到这一步今后还怎么相处呢？江津涛能听出周的话外之音：如不能完全解除局长的疑虑，他今后就不会有好日子过了。

江津涛忧心忡忡，他想赶在下班前再去找找岳局长，努力表明心迹，必要时可对他赌咒发誓。但他没有敲开岳局长办公室的门。他知道岳局长对他的敲门声很熟悉，没反应无非有两种可能，一是不想让他进门，再是岳已离开了办公室。而要证实这一点也不难，他走前几步从走廊的窗户向楼下望去，目光在一辆辆轿车中间巡视着，他发现岳那辆黑奥迪在位，这说明岳仍在办公室里。不给他开门，就是不想见他。他陡地感到一种莫名的恐惧。

下班后回到父母家，刚进门手机响了，是个陌生号码，男声，先问是江先生吗？他说是，你哪位？对方说冒昧冒昧你不认识我。他有些不悦，说不认识干嘛给我打电话？对方说这么回事，想和你做一笔生意。他觉得对方有些离谱，不再回声把电话扣了。妈在旁边问他晚饭想吃点什么。不待他回答，电话又响了，仍是刚才的号码，他犹豫了一下还是接起来，不客气地说：你这人到底是怎么回事呀，莫名其妙。对方也抬高些声音，说不要这么大的脾气呀，我说过了，想和你做笔生意，要做成了，也就不用像现在这样整天点头哈腰给人当孙子。江津涛一惊，来者不善，而且这人对自己现在的状况很比较清楚，秘书不就是给上司当孙子的么？他就不敢掉以轻心，放缓声调说你这人也真是的，咱们连认识都不认识，还有啥生意可做的？对方说不认识才好，要认识这生意就不好做了。他更觉奇怪。问句你到底要和我做什么生意？对方说从你手里买一样东西。他问买什么东西？对方说：一盘录像资料。他惊讶不已，急问道你买什么？对方重复一遍。他说你越说越离谱了，我哪有什么录像资料卖给你。对方说你有，我们知道你有。他想扣电话，却迟疑了一下，又问你到底要什么录像资料？对方一笑说明知故问了不是？他脑子一时转不过弯，停顿了几秒钟，后说你别瞎扯了，我挂了。对方说别挂，别挂，我问你，想不想知道我会出多大的价钱？他说不想。对方说知道了没有坏处，会帮助你下决心。当然，你可以不问钱的具体数目，可以问一下是几位数。他陡地生出几分好奇，顺口一问：几位数？对方说这就对了，该问的一定要问明白才是，我告诉你，六位数。怎么样？他下意识地在脑子里过数字，六位数是在十万到九十九万九千九百九十九的范围内。尽管他清楚这笔钱与自己无关，却仍然惊了一下，心想是啥鸟玩意儿录像能值这么多钱呢？他想说价钱可观，可惜手里没有你要的货。话还未出口，对方讲了，说这事你也不用马上表态，先在心里合计合计，要有做这笔生意的意向，就给我拨个电话，拜拜。挂了。

莫名其妙，江津涛苦笑着扣死电话。父亲问什么人的电话。他说不认识，要用几十万从我手里买一盘录像带。父亲问啥录像带值几十万？他说谁知道呢，我倒想卖，可惜没有。父亲说不定又是诈骗呢，别理他。

吃饭的时候，母亲问他最近和小杜谈得咋样了，他说还那样，母亲说得抓紧点，谈恋爱是逆水行舟不进则退。他说妈成这方面的专家了。妈说这话是你妹妹说的。

真是说曹操曹操到，这时江闲推门进家。见哥哥在，说句哥我正要找你。他说那事我给同学打过电话，说正在侦察，等抓到就给信。江闲说我不是催这事。他问是啥事儿？江闲说今天我一同学步我后尘，也买了假金佛。你帮她报案吧。他问是同一个人作案吗？江闲说俺俩比对了一下，是同一个人。他想了想，说要是同一个人，这案就不能报。江闲问为啥呢？他说你想想就明白，江闲说我想不明白。他说那说明你智慧不够。江闲有些不高兴，嚷道哥你少闹玄，一定要帮我同学这个忙。他只好含混地应承。

出了门，江津涛倒想起母亲的话，觉得还是和小杜联系一下，小杜是市立医院内科护士，是前年为岳局长陪床时认识的。就谈起了恋爱。小杜各方面条件尚可，只是在他意识里总觉得还差了点什么，便把握着节奏，到现在也未建立起男女间实际性的关系。以他现在的条件，在女性眼里可是大大的质优股，对此小杜自然心中有数，可她不给江津涛压力，一切顺其自然，平时很少主动给江津涛打电话，也许这正是她的过人之处。

小杜的电话占线。江津涛总不能在大街上候着，便打车回到自己的住所。刚要再给小杜打电话，手机铃响，是周主任，问他在哪儿，他说在家。周说找个地方坐坐怎样？他能猜到周的约见与岳有关，连忙说可以可以。周说了地方。江津涛匆匆起身赴约。

是一家江津涛从未光顾的茶楼。小单间，清静有情调。当斟上头道茶，女服务员便悄然退身。门刚关上，周主任便满面堆愁说小江怕真的有麻烦了，今天下班时我才知道，岳局长星期天回来，没回家，直接从机场来到机关，在办公室呆了小半天。江津涛听得木然。周主任瞪他一眼，忿忿说难道你晓得这意味着什么吗？那就是岳局长在办公室里给录了像。江津涛恍然大悟，顿时慌了神，连连说没想到，没想到，可……可岳局为啥不回家，来到空空荡荡机关？周主任面呈无奈，说你问我，我又去问谁？反正他到办公室一定有事要处理。问题在于，所有的一切都在他不设防的情况下给录了像。江津涛似在自问：会录下什么呢？周说这个不好瞎猜。江津涛附声是不好瞎猜，心里却开始犯起嘀咕，他知道这次岳外出是去汉河大桥工程的中标单位，标的过亿，后又追加了两千万。这些都是岳拍的板。至于有没有幕后交易，那只有天知地知岳知。别人不好胡乱猜想。江津涛说就算是录了像，录了一些私密，可谁也没看到呀，能看到的只是岳局本人，他完全可以放心。周主任说他不可能放心，给谁谁也不会放心。江津涛问为什么？周主任躁躁地质问，你个江大秘到底是真糊涂还是装糊涂呀！江津涛认真地说这事自始至终发生在我的眼皮子底下，我没做对岳局不利的事，我以人格担保。周主任说可人家要是从人格上怀疑你呢？江津涛愤愤说那就没办法了，大不了不叫当这龟孙子秘书，不过主任你放心，一人做事一人当，这事与你无关，我……周主任边摇头边打断说对你实话讲吧，小江，这事我是难逃干系的，从根上就办了件错事，上面叫装那鸟玩意儿，就立马装，急个啥呢，等岳局回来就晚了吗？结果抢了个孝帽子戴。江津涛不吭声，换位思考，此事周有责任的，岳有怪罪他的理由。这时周用一双显露真诚的眼睛望着他，说：小江，现在咱俩成了一条战壕里的战友，只能共生共死，你对我讲最后一次，到底看没看回放？做没做拷贝？这时江津涛一下子惊醒，不是为周主任的询问，而是想起了先前接到的那个索购录像带的陌生人电话，这件事和眼前的事一下子打通了，想到这一层，他浑身汗毛倒竖，浑身发冷，脸色变得死灰。周主任似乎也发现了出现在江津涛身上的异常，连忙解释道：小江你别误会，我不是不相信你，只因事关重大，必须知个实底，才能制定对策。江津涛一边点头，一边想要不要把电话的事告知诉周。这一刹他又想起刚才周说的一条战壕战友的话，也就有了答案。接下来，就一五一拾说了古怪电话的来龙去脉。听毕周主任长叹一声，自言自语道事情已经很清楚了。又反问句小江，你倒是清楚不清楚呢？江津涛说再不清楚那就傻帽一个了。周说事情已没有退路了，咱们得认真探讨一下，做到知己知彼，妥善处理，力争将事态化解。江津涛点头称是。周说我先分析一下：显然这个电话与老大有关，是老大的相关什么人打的，十有八九是他儿子岳陆军。江津涛说陆军的电话我知道，不是他的。周说他傻呀会用自己的电话打。江津涛说声音也不像。周说这个也好处理，总而言之，老大担心有把柄落在你手里，用这种方式摸摸底。江津涛说我再三表明我手里没有什么录像带。周说单凭空口白话不能解除他的顾虑。对了，刚才你讲他问要不要知道买价是几位数，你怎么回答？江津涛说我随口一问，他回答六位数。周顿时失色道麻烦了，麻烦了！江津涛问咋？你这一问，是贼不打自招说明你手里有货呵？！江津涛瞪瞪眼，意识到自己犯了一个天大的过失。周主任说给谁都会想，你若没有货品出售为何要问价钱？江津涛两手抱起了脑袋，懊悔不已。周叹口气不无埋怨地说：小江，事情让你给复杂化了，成了个死结。江津涛乱了方寸，惶惶说这可咋办呢？周说只能走一步看一步了。江津涛无语。怪异的是，专程去茶楼喝茶，两人都未沾唇，临走时摸摸杯子，已凉。

这一晚，一向嗜睡的江津涛失眠了，翻来覆去想眼前这件事。最让他懊恼是周主任分析的他对"几位数"没来由询问，只凭这一点，岳就会认准了自己是在跟他作对。一旦有了这样的认定，他也就成了他眼里的叛逆者，小人，危险分子，那自己就彻底完了，岳要想整治自己是小菜一碟。他又想，岳对这件事的强硬姿态，一定是建立在对后果的恐慌上，而这恐慌又一定建立在事实的基础上，就是说，在星期一上午，不，还有星期日的"小半天"，岳一定在摄像头前暴露了自己的隐私，不，是罪过，而且岳还清楚，这些罪过暴露之时，便是他毁灭之日。他觉得这样的推断在逻辑上不会错。当然有一点他想不通，就算岳对自己有所怀疑完全可以用更直接更坦荡的方式沟通解决，甚至可以当面质问是否看了回放。我会看着他的眼睛回答没有，他说你发誓，我就发誓。这样事情不就解决了么。可他不这样，非弄些弯弯绕。打匿名电话是能隐身其后，可但凡有点头脑都会想到他是幕后操手。如此处心积虑也只能使人怀疑到他的不洁。江津涛长叹一口气，领略到长夜难眠的滋味儿了。

　　第二天上班，江津涛努力平衡着内心的惶恐，像平常那样去敲岳局长办公室的门，没有应声，他赶紧退回。刚才已在院里看到岳那辆黑色奥迪，说明他在已来机关上班，不开门说明他仍然不想见他，对他冷处理。

　　不一会儿，周主任推门进来，周是机关中唯一进他的屋不敲门的人。这包含了多层意思。周的神情有些异样，说你把那个号码调出来给我，让电信局一朋友查查机主是谁。江津涛迟疑一下说，恐怕不好查，一定是用假证注册的手机。周说不要那么自信，啥事不都坏在这份自信上？江津涛不再言语，拿出手机，周把调出的号码用自己的手机上发射出去，却是忙音。手机又响，接起来说是岳局长呵，我刚离开办公室，是，我这就过去。周看了江津涛一眼，匆匆出门。江津涛想了想，拨了同学李敏的电话，通了也不寒暄，开门见山地说李敏我咨询一个问题，你们办案子，会遇到，就是用假证办出来的手机能不能查出机主来？李敏说水货你怎么想到要查人家手机？莫非是女朋友红杏出墙，要查出是哪个狗男。江津涛说问题可比这个严重，快说能不能查出来？李回答得干脆：难。停停又问，到底遇上啥严重事了，这么气急败坏？江津涛唉声叹气，说太复杂，电话里说不清楚。李说知道了，又说那个事有头绪了，已锁定嫌疑人。江津涛突然想到妹妹所托之事，刚要对李敏讲又打住，想已够乱哪还顾得了那么多。

　　挂了电话铃声又响，是周主任。周说岳局长要去局办公楼新址工地，让他跟着。江津涛问你没说我来了？周说我说了，他没吭声，你应该能理解，稳住神，别节外生枝。放下电话江津涛呆呆站着，心想岳局长是执意要给他颜色看了。越想越气恼，他妈的，这是咋鸟事呀，就算你他妈晓得自己一腔屎，可我老江没见，你非认定见了，这不是明摆着以势压人吗？

他决定与岳谈一谈，申明自己没有也不可能做出有损于他的事情。一天没有出动，等候在机关，可下班前岳没有回来，不晓得是直接回家了，还是怎么的，如果在以前，岳局的行踪（除隐秘的那部分外），他是了如指掌的，而现在什么都不知道，他被"边缘"了。这种情状足以让任何一个做秘书的惶惶不可终日。

下班前来了电话，他跳了一下脚去接，期盼是岳或者周找他，都不是，看了号码他顿时打个战，是那个人，那人说江秘您好，我等电话，你一直没打来，怎么，还没做出决断吗？江津涛愤恨得狠，差点骂出声儿，他咬了一下嘴，冷冷道：你这人发啥个神经，我们不相识……对方打断说我们认识的。江津涛说那你报上名来。对方说你猜一下，江津涛冲口道：你是岳陆军吗？对方说我不是陆军，是海军，说毕哈哈笑起来。笑毕说对你讲，我不是岳家军，不过，你咋一下子将我与姓岳的连在一起呢？江津涛拿手机的手抖了一下，意识到自己又出了破绽，会进一步让对方认定自己手里有岳局长的把柄。他不住在心里骂自己笨蛋。这时又听对方说好了，江大秘书，咱们心里都明白的事，没必要再抖圈子了，依我之见，我们还是做成这笔生意为好，和气生财嘛。但这事不能久拖不决，现在我们还是按商业游戏规则运作，要是不喜欢这种规则，玩别的我们也照样奉陪。但我要给你一句忠告：不要玩火。呵！扣了电话。

江津涛怒火填胸，困兽般在屋子里转来转去。后用座机拨了周主任的手机，问他在哪儿，晚上能不能见一见。周说不行，晚上要陪同岳局接待常州交通局的一拨人。江津涛讲了电话的事。周呻吟道看来是步步紧追呵。这样吧，等这边事完了我给你打电话。

江津涛愣了一会神，又给老同学李敏打去电话，说晚上一起吃个饭。李敏说案子还没破呢？他说与案子无关。

吃饭的时候，江津涛单刀直入，将事情的来龙去脉向李敏和盘托出。又说自己被这事闹得六神无主，失去基本的判断力，请老同学为他给指点迷津。李敏听罢很是感慨，道：水货呀，你们这些人咋就昏到一块去了呢？江津涛问怎讲？李敏说首先是政法委出了个昏招，无论如何也不应在人家办公室里安装监控呵，还有你们主任，在干这件事之前怎能不先请示领导？还有个水货老同学你，这么重大的事就能给忘了。

江津涛辩解：谁能想到会把局长给录了像？

李敏笑笑说：啥叫触霉头呀，这就是了。

江津涛无奈地点点头，说我现在知道人活着最怕什么了，怕倒霉，我算倒了霉了。

李敏说：说起来最倒霉的还是那个岳，误打误撞就犯在你手里。所以才一定要摆平你。

江津涛：用几十万的代价？值？

李敏说点点头：价码是他定的，值不值他心里清楚。

江津涛不解：究竟他干了些啥被录进了机器里，才这么不计成本？

李敏问：你真的没看录像内容么？

江津涛说我说过了，没有，要知道事情会落到今天这般地步，还不如看看，要死也做个明白鬼。

李敏听了把掌一拍说：水货，你这话倒是提供了一种思路。

江津涛问：什么思路？

李敏说：从目前的情况看，他已认定你手里有他的把柄，只要你想弄他，他就得翻船。因为事关重大，任你怎样否认他也不敢相信，因此他将不择手段地对付你，甚至采取极端措施。你明白我的意见吗？

李敏的话不由叫他脊背发冷。他怎能不明白，现如今雇凶杀人的案件是屡见不鲜的。

李敏说：所以，这事你一定要满足他的要求。

江津涛满脸迷惘：怎么满足？

李敏说：卖给他录像带。

江津涛怒气冲冲说：你个李敏咋大白天说梦话，我没有那东西。

李敏说：没，就卖空。你给那人打电话，就说你同意做这笔生意，把东西卖给他。

江津涛把头摇得像货郎鼓。

李敏说：只能这样，现时今官场中人是信奉商业原则的，一经"商业"他也就放心了。比方某人给某人一个工程做，某人就得给某人回扣，某人要是不收，某人的工程就不敢开工，得直等到某人收了，工程才能启动。遵守的便是"商业"原则。

江津涛小心翼翼问：我收他的钱？

李敏说：收，干嘛不收，不收麻烦不了。

江津涛两眼直直的：这不是在玩火么？

李敏：是灭火。

江津涛陡然想起什么：不成不成，他问我要录像带我拿什么给他呀？

李敏：可以不给他。他会想到你会留有备份，录像带拿不拿到手没有实际意义。

江津涛想想觉得也是，说：倒也是，可要是他坚持要呢？

李敏说：那就明确跟他讲，对他给不给没有意义，而对你就不一样了，将把柄留给别人，今后会对你不利，所以必须自保，你要强调这是你的底线。

江津涛仍信心不足，问：这样行吗？

李敏说：行，一定行。现在心虚的是岳，你没听有这么句话说替领导办一百件好事，不如一块儿干一件坏事。所以，你现在无所畏惧。

江津涛的神情有些放松，看着李敏说：你们干公安的就是头大，不服不行呵。停停又说：我是水货，你是干货。

李敏嘿嘿笑起来。

江津涛由衷说：老同学你行，好好干，仕途上一定大有作为。

李敏摇摇头，说：没戏，没戏。

江津涛问：咋没戏？

李敏对他做个鬼脸，说：咱是寡妇睡觉——上面没人呐。

这当儿，周主任把电话打来了。

回到家，江津涛定了定神，便给岳的代理人打电话。刚才与李敏分手后又和周主任在老地方见过，他讲了同学李敏为他策划的谋略，想不到周击掌称赞，高呼妙哉，又说这是一招险棋，更是一招绝杀棋，让他依此而行。周对此事的认同，让他心里多了一层底。

电话立刻通了。如此畅通无阻说明这是一部专备手机。江津涛尽量将话说得平缓。他说那边的小老弟你听着，经过思考，我决定和你做这笔生意，你看怎样往下进行？对方稍稍迟疑了一下，说很好很好，可以往下进行，当然得面谈。江津涛问由谁安排？对方说我。江津涛说可以，那我就等电话了。对方说可以可以。江津涛刚要挂电话，又听对方说江秘有件事最好在见面前敲定一下。江津涛问什么事？对方说你决定要钱了吗？江津涛一怔，心想难道狗东西想变卦？他知道自己如此这般决不是冲着六位数的钱，只是想化险为夷。可如果马上回答不要钱，又会让对方怀疑自己的诚意。他问句你这话是什么意思呢？对方连忙答道别误会别误会，我们的意思是你可以要钱，也可以要别什么，比方，比方某个什么职位……江津涛的脑瓜一下子通亮，岳不想出钱，但愿意在这件事情之后为他升职，这对岳而言是一件很便当的事，而对于自己可称得上求之不得，他觉得岳是个不简单的人，应对这件事尽管进入误区，但在策略上却是恰到好处的。他没有马上回答对方，呻吟许久，方说：后者，可以考虑的。对方一笑说：明智明智，人在仕途，把这条路走顺了才是正理，哈哈……

让江津涛庆幸的是对方没向他索要录像带。可见李敏的分析十分精确。

第二天上班，江津涛仍如惯常去岳局长那里报到，仍以惯常的指法敲门，里面就传出岳局长不同于惯常的回应：请进吧。

江津涛像卸下千斤重担般长吐了口气，同时绽出一丝不易察觉的笑。他推开了门。

彼　岸

年前于洪彬从国外回来，在公司办公室刚落座，秘书安红便敲门进来，她没像往常那样先去饮水机旁为老板泡茶，而是径直走到于洪彬面前，说：于总，有件不大的事，宋部长已处理过了，要不要向您汇报一下？

　　于洪彬将手机掏出来放在桌上，朝安红点了下头。

　　安红说：是这么回事，公司后勤一个杂工跑出去敲诈超市，被公安拘留了。

　　于洪彬说：这与公司没什么关系吧。

　　安红说：是没关系，可那人讲是因为公司欠薪，没钱回家过年，这才去干敲诈的事，这就把公司牵连进去了。

　　停停又说：真讨厌，报上登了。

　　安红说毕递给于洪彬一页剪报。

　　于洪彬很快看了一遍，对这桩敲诈案也就了然于心。记者自然是从公安方面得到的信息，报道俨然是一个案件介绍：徐某，男，18岁，吉林×县人，本市外来务工人员。据犯罪嫌疑人徐某交代，该欲回家过春节，没钱购买车票便铤而走险，给某超市打电话，称已在超市某处放置了爆炸物，随时可以爆炸，让超市立刻将五千元人民币放在某路口处的第某个垃圾桶内，不准报警，待他拿到钱后再打电话告诉炸弹藏在什么地方。超市接到这个敲诈恫吓电话不敢怠慢，立刻疏散顾客，并报了警。警察随之对整个超市进行搜查，结果什么也未搜出，虚惊了一场。接着警察便着手破案，不久便将犯罪嫌疑人徐某缉拿归案。文章结尾是那句不变的"等待徐某的将是法律的严惩"的惯用语。看完报道，于洪彬安下心，说：报上并没透露徐某在哪家公司嘛。

安红说：是宋部长动作快，抢先与各媒体进行交涉。没别的，一家给了个广告。

于洪彬点点头，却没说话。

安红临出门说句：于总明天的政协委员社会调查活动可别给忘了呀。安红也算是个会惴摸老板心理的下属，这么叮嘱一句像老板对这个在政界上的职务很看淡似的，尽管事实上完全不是这么一回事。圈内人都知道，商场中人对"委员""代表"一类头衔是很看重的。

这件事就算过去了，如果不是宋部长的节外生枝，那个前杂工现犯罪嫌疑人"徐某"恐怕永远也不会在于洪彬脑子里过一过。接近中午时分，高个子宋部长进到办公室向于洪彬请示年前向相关部门与个人的答谢事宜，虽是惯例，但每年都有变化，须老板拍板。之后又讲电视台将在午间新闻里重播那起超市案，问于洪彬要不要看看，于洪彬犹豫了一下还是点了点头。

宋部长走到电视机前，打开并替老板调到本市频道，然后虾样哈着腰走出门去。

于洪彬在电视机前面的沙发上坐下，闭目养起神，他有些怪宋多事，就算处理好了也是一件操蛋事，又何必让他再烦一次心。他一度想关掉电视机，却没有，他忽然生出一种好奇心，想看看那个愚笨又胆妄为的"徐某"是幅什么模样。

如中午没有应酬，于洪彬大半在办公室吃午饭，当安红把盒饭摆上茶几，电视里便播起午间新闻。于洪彬边吃边等那条相关信息。似乎安红也晓得老板等着看什么，便站在一旁相陪。没过多久，那条新闻播出了。

新闻是以记者采访的形式展开，先是女记者手持话筒介绍案情，随后镜头摇到犯罪嫌疑人"徐某"身上。与于洪彬预想的大相径庭："徐某"不是个彪形大汉，面相也不呈凶恶，他清瘦腼腆，面对镜头神情犹同一个犯了错等着老师批评的中学生。不知怎的，于洪彬心里顿时有一种极不舒畅的感觉。

接下去是记者与"徐某"的一问一答，镜头却一直对着"徐某"的脸……

你在"那家公司"做什么工作？

杂工。

干了多久？

九个月零十二天。

一直没给你开工资？

嗯。

所以你就去敲诈超市？

嗯。

你知不知道这是犯法行为？

知道。

知道为什么要这么干？

没办法。

什么叫没办法？

想回家过年。

真的连买车票的钱都没有？

嗯。

那为什么你没再给超市打电话也没去指定的地点取钱？

心里害怕。

这是不是意味你已经放弃。

是，不想干了。

你知不知道你为什么会很快被抓住？

知道，不该用那个卡给家里打电话。

为什么急着打那个电话？

告诉爹妈不回去过年了，报个平安好让他们放心。

你认为你的犯罪与你干活的那家单位有没有关系？

有。他们给了工钱就不会干这事了。

你本人就没责任？

有。

那你认为是老板的责任大还是你个人的责任大。

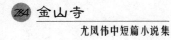

……我个人的责任大。

……

于洪彬的心咯噔一下，他下意识地侧过头看一眼安红，不料正与安红的眼光相遇了。显然"徐某"的回答让他们都感意外。

这条新闻播完，安红上前关了电视，正要往外走，被于洪彬喊住。

于洪彬问：像这种情况，能怎么判呢？

安红想想：少说也得十年八年吧。

于洪彬说：这么重？也没造成太大损失嘛，何况他又自动停止犯罪。

安红说：这案子性质严重。

于洪彬就不吱声了。

有句话叫宰相肚里能撑船，是说大人物心胸宽广。在青岛这块地面，于洪彬也算是个不小的人物了，资产过亿的宏泰集团公司控股老板，市政协委员，还有其他这样那样的体面头衔，到了这份上，心胸狭小装不下事也着实不行。可这一个下午于洪彬心里总觉得有些不对劲儿，做什么都心不在焉，后来静心想想，便意识到是那个犯事的"徐某"还搁在心里，让他不能释怀。清楚了这一点他觉得自己简直有些可笑，才多大点事啊，不就是一个打工的犯了法，犯得上这么走心？他这么对自己讥笑，是想让自己从中挣脱出来，但是并不成功，"徐某"那张还带着稚气的脸一直在他眼前挥之不去，他叹了口气，明白是触动了自己的哪根神经。

快下班的时候，安红打电话叮嘱晚上应酬的事。他说：安红你过来一下，叫着大宋。

很快安红和宋部长一起来到面前。

他说：那个姓徐的……我想了想，应该说咱们也有一定的责任。

宋听着。

他又说：你说是不是？大宋。

宋部长问：于总的意思？

他说：能不能想办法……

宋部长问：捞他？

他点点头。

宋部长看了安红一眼，说：也是事在人为的，就是这事到目前还没牵扯到咱，一出面只怕引火烧身呢。

于洪彬自然清楚宋部长这种担心是有道理的，多年来欠薪问题已成为一个社会热点，弄得企业老板名声很臭，欠薪侵害了工人的利益，当然不对，但情况又是不同的，有的企业确实属恶意欠薪，有钱不给，但有的企业却有着自己的苦衷，就拿他自己的公司来说，为三个政府项目垫资一个多亿，工程完工后也收不进款，人家拖欠公司，公司也只能拖欠工人，又能如何？所以一听政府人员在某种场合批评企业，自己心里就很不服气。

他说：不管怎么，咱们出出面也算对事情有个交代。

宋只是点头，却不说话。点头是出于下属对老板的恭顺，不语是表示对上司的意见有所保留。说起来，宋也算是公司里的老人了，从于洪彬打江山时便鞍前马后，对老板的发家历程及为人秉性也是知根知底。对于今天这件事他觉得老板有些怪怪的，可以说一反常态，从"原始积累"靠"血拼"挖得第一桶金，到如愿以偿将公司做出规模，于一向不是善良之辈，信奉"商场不相信眼泪"，那年一个民工偷工地上的木料，数量有限，且被抓后下跪求饶，本来可以"内部处理"，可于毫不通融硬是将那个人送到派出所法办。类似的事还有。而今天的于像变了一个人，使他感到陌生，心想莫非是觉得发家致富的目的已经达到，需改弦易辙以善为本（他也想起于近来对佛家的书兴趣）？要真是这样就是那句"苦海无边，回头是岸"的话了。

安红倒是赞成于洪彬的想法，叹口气说：那孩子也真是可怜，咱不管他，肯定要判刑，一辈子就完了。

于洪彬问宋：那个"徐某"现在会在哪儿？

宋说：刚刚拘捕应该还在派出所里。

于洪彬又问：那里能不能找找人？

宋说：真要找，也能找到吧。

于洪彬说：那就找找。

刚回国，于洪彬要忙着处理很多事，忙得差不多了，才给家里打了个电

尤凤伟中短篇小说集

话，告诉老婆晚上有应酬，会很晚。应酬是真，"会很晚"却是伏笔了。他知道应酬后必须到汪美那里去报报到，把从国外带的礼物给她，给她一个惊喜，他喜欢看她惊喜时那孩子一般的表情，她的喜悦又会感染他，为之后的"颠鸾倒凤"做好铺垫。

晚上请的是一个外地客户，当然是一个重要的客户，要不也用不着于兴彬亲自出面。酒宴结束，他让手下人陪客人进行其他"项目"，自己则抽身而去，上车后正要给汪美挂电话，电话铃响了，是宋部长，宋讲已通过关系找到那个派出所的所长，一问，"徐某"还羁押在那里，只等着弄好材料便移交分局。于洪彬有些宽心，问你讲了咱们的意思？宋说：讲了，开始他们说不好办，后来听起来也有通融余地，不过人家对咱也有要求。于洪彬听了不觉意外，如今没有白做贡献的事，只要不是狮子大张口，也无所谓。宋部长接着说下去：人家说早闻于总大名，十分钦佩崇拜，很想认识一下。于洪彬在心里一笑，说那就定个时间和他们所里的领导一起坐坐。宋部长说：好，只是要早一些，人不能老关在派出所，有规定。于洪彬想想说好像明天晚上没什么安排，那就明天晚上吧。宋部长问：于总就这么定了吗？于洪彬说行。

第二天于洪彬参加市政协活动，也是惯例，年前政协委员分组去有关部门进行考察，说是收集社情民意，为节后的政协会做准备，作为一个私企老板，能变一个身份出现在人们面前，是件既光荣又有益处的事。

这天考察的单位是市文化局。

傍晚，宋部长和安红都给他打电话确认晚上的事，于洪彬说不变，晚上文化局领导的宴请参不参加无所谓。

下午的活动结束，于洪彬怕节外生枝，赶紧走人。看看表离约定时间还有一个多钟头，他想先理理发，遂驾车前往他通常光顾的那家理发店去，刚到门口，手机响了，他以为还是宋、安，接起来却不是，耳机里一个熟而非熟的女声，冷丁想不起来是谁，正要询问只听对方娇嗔说：哎呀，真是贵人多忘事噢，才几天就把人家忘了，看怎么罚你。他在心里一笑，众多女人用这种口吻与他挂拉当再熟悉不过，并不会走心，相反倒有些拒斥，反感。他一边下车一边生硬地问：快说快说，你是谁？对方一改先前的调笑，正声说：我是李艳。他"哦"了一声，简直有点不相信自己的耳朵，再问：你是李艳吗？对方说：我就是李艳。他的脑子一时有些乱，说话的语气一下子变得亲密，说：李艳你好，你好，你在哪儿？拉斯维加斯？对方说我在青岛。他又一惊，但昼星掩饰着，问：你回来了？对方说：回来了，吓着你了是不是？他努力让自己笑出声，说瞧你说的，怎么会吓着我？我高兴哩，真的高兴。停停又说：什么时候聚聚？今天？哦，今天不行，明天怎么样？李艳说明天不行，我在青岛只能待一个晚上，明早就去北京。于洪彬怔了一下，心想李艳的家在北京，她不直飞北京，而是转道青岛，应该说是冲着他而来，只是不晓为何这么来去匆匆。他说我明白了，你现在在哪儿？李艳说了酒店名字及房间号码。于洪彬说：你等着，我马上过去。他知道，今天剩下的时间无论如何都应该属于李艳。

他立刻给宋部长打电话，告诉他有要紧事今晚不能与派出所的领导见面了。宋部长一听急了，说已这么晚，再改怕来不及。他说那你们就照常进行，替我解释一下。宋部长很是为难，说人家是想认识您于总，不是冲着顿饭，饭局人家不缺。于洪彬晓得宋部长说得不错，但又确实分身无术，便以不可通融的语气说：你协调一下，把饭局改在明晚，就这样。说毕挂了电话。

与李艳的久别重逢在赌城拉斯维加斯。洛杉矶是他这次美国之行的最后一站，把事情办完，便跟旅行团来到赌城。像多数头次来这里的国人一样，赌是要赌一下的，只是要先给自己定下一个输的底线。他的底线是一千美元。一上来手气很旺，不到午夜便赢了五万多，曾想收手，只因兴起，就有些忘乎所以，一心想抱个大金娃娃，回去也好对人炫耀一番。然而好运并没有持续多久，过了午夜便开始输，且一输到底，不仅将赢到手的钱如数吐出，还越过了既定底线，输了五千多，只怕输光连国也回不去，才悻悻住手。

回到酒店一时睡不着，便拿出在路上随手接过的小广告浏览，是一些印刷精美的色情招揽。于洪彬是见过世面的人物，面对摆出各种狂放姿势的全裸半裸女体，也没多少感觉，只是觉得很逗，特别是那些自我标榜的推销词，看了让人忍俊不禁。其中有一幅是个看上下四五十岁的老女人，推荐词为：只有赏识我这种年纪的女人，才能得到唯这种年纪才会带给你的快乐。于洪彬哑然一笑。

他一帧帧确如看"西洋镜"般地往下翻看，后眼光在一个东方女性那里停住，他冷丁觉得这个女子十分面熟，对了，像他的中学同学李艳，他的神经立刻绷紧，两眼迅速盯着照片下面的英文信息看，这女子的英文名字叫玛丽，年龄26岁（他知道当不得真），国度为"东方"。推荐词为：像花一样美丽，似水一般温柔，如风一般和煦。同样好笑，可这回于洪彬却没能笑得出来，他心想假若该女就是同学李艳，那么她的自我评价并不离谱，当年李艳是班级里最为出色的女孩，又漂亮又雅致，是众多男生暗恋的对象，也包括他本人。李艳的父亲是军人，高一时她随父转京，离现在已不觉二十年。

当是鬼迷心窍，于洪彬油然生出招见这个酷似同学李艳的赌城妓女的念头，除想确认两者是不是同一个人外，还有他一时说不清楚的东西，他也知道，假若这人就是李艳，那将是一次十分尴尬的同学相见，特别是对于李艳。

然而于洪彬意欲已决，怕自己改变主意，便立刻拨了那印在小广告上的电话号码。

快到酒店时宋部长打来电话，口气如刚完成一件艰巨任务般轻松，说已取得派出所同志的谅解，将饭局改在明晚。于洪彬说好。刚要挂电话，又听宋部长说：于总这遭可不能再变啊。他说不会。宋又跟上一句：雷打不动？他说雷打不动。挂了电话，于洪彬顿觉轻松，请人临时取消，出尔反尔，是件极失礼的事，要不是老同学非见不可，断不可能如此行事。现在宋部长把这事解决，也就可以从从容容与李艳相聚了。想到立刻就会见到李艳他不由得有些激动。见一个妓女竟会如此，与他的身份真的不符，但却真真切切，其原委怕也只有于洪彬自己知道。

再次相见，于洪彬眼中的李艳已与赌城那个风尘女子玛丽简直判若两人，李艳上身穿一件素雅高领羊绒衫，下身穿条牛仔裤，面施淡妆，长发披肩，于洪彬一下子看到中学时代李艳的影子，他的心为之一动，即刻生出与李艳做爱的欲望。如此急切，在他的性经历中亦不多见。当然，他知道不可如此，面对"淑女"，自己也应该拿出"绅士"做派。

他先请李艳到餐厅用餐，后又来到咖啡厅，这时他才告诉李艳今晚本来有应酬，又讲了事情的来龙去脉，他讲这些无非是告诉李艳她在自己心中的位置是何等的重要，不料李艳听了很是不安，一再询问会不会因为自己误了拯救那个打工青年。他安慰说不会，已与公安的人另约了时间，一切会按计划进行。李艳这才放了心，并大赞于洪彬善良，不像许多有钱人那般为富不仁。又为此敬了于洪彬一杯酒。

回到李艳的房间，两人皆有醉意，于洪彬急不可待地将李艳抱上床，边抚摸边倾诉对她的思念之情，他知道这"老一套"并非是惯常的性爱游戏，而是发自内心，这中间既有对青春年少时异性偶像的追念，更是对拉斯维加斯那一夜不同寻常"性史"的难以忘怀……

一切皆在情理之中，当李艳应招而至并认出嫖客竟然是当年的同学时，确实很尴尬，但很快也就"随遇而安"了，沦为异国妓女的她毕竟已不是二十年前那个骄傲的白雪公主。两人一起怀旧，回忆着中学时光的人与事，沧海桑田，自有一番感慨，然而无论思绪追寻有多远，他们终归要回到现实中来，这现实就是昔日的男女同学眼下他们的身份只是妓女与嫖客，又该如何面对怎样收场？这真是一个难题。

于洪彬在头脑里经过一番"战斗"，终于决定跟着感觉走，他要求李艳留下来，李艳没吱声，看了他很久，然后走过去像恋人那般将头俯在他胸前。

开始他不行，这使他很惊慌，也知道症结所在。李艳问他是不是不习惯戴"那个"？他承认了，李艳说那就不要。然而取下来仍不理想，他同样晓是为了什么，而奇妙的还是李艳对他的洞察入微，她下了床，从包里拿出一张纸递给他，他看了，原来是李艳的体格检查表，他断然想不到李艳会如此待他，心兀地一热，也就在那瞬间，他知道自己行了，没问题了，事实也正如此。

那晚李艳帮他圆了一个久远的梦，给了他超乎寻常的快乐，也使他心存一种超乎寻常的感激。这也正是一接李艳的电话，便清楚自己断不可不见的原委所在。

这一回从开始便很顺利，犹同轻车熟路，最终达到尽善尽美。这也在他的预料之中，然而这回李艳的所为再次令他惊异，于温存有中她对他提出一项请求：一定救救那个可怜的孩子，打工不容易啊。他誓言般地回答：一定。

送走李艳，于洪彬继续参加政协活动，今天考察的是金融单位，考察组选的是农业银行。于洪彬多少有些失望，因为他的公司是在"建设""交通"两家开户，如能去这两家中的一家，那是再好不过了，借机与行领导联络一下感情，对今后的借贷大有益处。

有句成语叫"聋子的耳朵——摆设"，而对于他们的考察，耳朵却是唯一需要的。人家讲你听。把业绩讲得天花乱坠，若不久爆出该领导成了贪污案犯，也一点不会吃惊。

中午新任行长出面陪大家吃饭，不料这位姓佟的行长于洪彬是认识的，不仅认识还有过"瓜葛"，许多年前于洪彬炒过一阵子股，那时佟在证券做事，低头不见抬头见，不久两人就熟了，他时不时请佟吃饭，从他口中摸点涨落信息，有一回倒真的大赚一把，作为答谢他塞给佟一万块钱。后来他的公司渐渐强势股市又走低，他便抽身不做，与佟也疏远了，不想如今佟已成了银行的一把手。

佟在人前并未显出什么特别，对大家"一碗水端平"。只在离桌时才向于洪彬靠过来专门打招呼，笑说：多年不见于总发达发达。他也笑着回应说：多年不见，佟行长高升高升。两人相对点头，算是心照不宣。随后佟问：于总今晚有没有时间？他心想当是佟不忘旧情，想单独请他，如果不是还有派出所那档子事，借机聚一下也是件好事，他刚想说今晚不行改日由他做东，佟却抢在前面说：于总是这么回事，今天是建行行庆，十分隆重，晚上的宴会可能书记、市长都会出面，省里秦副省长也参加，规格很高，我这里多出一张请柬，就给你了，于总做企业，出席出席还是有必要的。他一时说不出来话，佟问：怎么，抽不出身？他结结巴巴说：啊，不，不……佟说：那就去吧，晚上见。说毕走了。

一时间于洪彬的头胀胀的，不知该如何是好，也真的是个难题，派出所那里已爽约一回，这回又讲好"雷打不动"，要再有变，那是怎么也说不过去的。何况还有李艳对他的请求，按说……可佟讲的这事对他的诱惑又太大，有机会与市里的头面人物走近关系，不仅是佟说的"有必要"，而是千金难求啊。

整个下午，他都为自己该如何取舍而犹豫难决，弄得心情很糟，那位秃顶副行长讲的什么一句也没听进耳。他对自己也有些不理解，以前遇到的一些事也不比眼前这件小，却从没像现在这样叫他大费脑筋，这究竟是怎么回事？他搞不懂。

他决定占一次卜，让"天意"，帮助取合，这是他遇事难决时通常采用的一种决断方式，但并不大张旗鼓，而是自做自释，方法有些"小儿科"：将需要选择的两方面分别写在两块纸上，将纸揉成团，在手里（或口袋）弄混，然后从中任取一颗。于是便有了天意之告诫。以他以往的经验，这种简单易行的卜问常常会收到满意的效果。

这次仍如此类推，在会议室私下做起了"手脚"，结果抓到的是"履与公安之约"，他一时是高兴的，颇觉释然事情得以解决也就心无旁骛。

如果到此为止，也就不会再节外生枝，但事情并非如此，于洪彬思前想后总觉得这事还有些拿不准。他心想假如今晚市里的一、二把手都到场，那是无论如何都不应错过这个机会的，因为今后公司的几个"大动作"都需仰仗他们的关照。有没有这种关照结果是大不一样的，当然，而且对于一、二把手是不是一定会出席，佟说的只是"可能"，不定准，若是有事来不了，事情就大打折扣了，那倒不如一落一稳去见公安方面的人，把"徐某"的事情搞定。

他觉得有必要把事情搞搞清楚，这也并不难办，他走出会议室，在走廊里给安红打电话，让她给她的在市委办公厅工作的同学打电话，确认一下市里两位领导今晚是否要出席建行庆典。打完电话他等着，他晓得安红办事的效率，果然很快安红便回了电话，给他的答复是肯定的：书记市长一起参加。

收了电话，于洪彬的精神多少有些恍惚，觉得像丢了一件重要的东西，但很快便恢复过来，他已拿定主意：出席建行的活动。

难题是如何为另一件事情做善后，自然还得交给宋部长，让他再做协调。尽管身为上司，可以让下属做任何事，但这事件弄成现在这种情形也确实不成样子，自知理亏，于是与宋部长的讲话态度十分地和缓，且先不说自己的决定，而是把事情的过节对宋部长讲了。倒是出乎他的意料，宋部长非但没叫苦，还表示完全理解，说遇到这种情况任什么事也得让路。他听了心里暖暖的，关切地问：那么派出所那里？宋部长说于总放心，一切交给我处理。他说好，这个"好"字自是一语双关的。

　　第二天上班，于洪彬仍沉浸于头天晚上那一幕幕难忘的回味中，说打上了一支兴奋剂也毫不为过。但他毕竟是个负责任的人，心里还惦记着让他丢掉的那件事，他叫来宋部长，问派出所方面有什么反应？宋部长说也没什么，只是说于总太忙就以后再聚吧。于洪彬问：他们不高兴了？宋部长说也无所谓。于洪彬问：那么"徐某"的事呢？宋部长说晚了。于洪彬问：晚了？宋部长点下头，说今天一上班我就给派出所打电话，向他们询问情况，他们说人和材料都转到分局去了，对此已无能为力。于洪彬听了不语，这结果也是能想到的。你不给人家面子人家自然……他心里怅怅。

　　良久，他问道：能不能在分局那里再找找人？

　　宋部长想了想，然后论证般地回答：一，是可以的，二，有难度，三，我觉得于总没必要再为这件事分心了。

　　于洪彬无语。

　　这事到此为止。不久于洪彬便淡忘了。只是在春节期间李艳从拉斯维加斯来电话，讲话中间询问"那个打工青年"的事情办好了没有，他才记起"徐某"这个人，他打了一个艮，说，办好了，你放心好了，说这话时他心里多少有些发虚，不仅有关诚实，还有他新的人生理念受挫。可再一想又心定了；自己也毕竟为此做过努力嘛，事情不成，只怪"徐某"运气不好，要不怎么正赶在"茬口"上自己就有事脱不开身呢？

　　后来李艳再来电话，也就不提"打工青年"的事了。于洪彬也就彻底把那个人忘掉了。"时间能改变一切"也真的是这样。

残余时间

副市长邓兆基也算是见过大世面的人。考察呀，观摩呀，出席会议呀，满世界飞。有比较才有鉴别：他觉得在众多国际机场中洛杉矶机场是最老旧不堪的一个，灰蒙蒙的像个大仓房。每回进出港他都在想着同一个问题：这么富的一个国家，这么知名的一个城市，怎么就舍不得拿出点钱建个与其相称的国际航空港呢？

当然，这回，十月二十五日，晚上九点，在他推着机场行李车走向韩航检理处时，他同样在想这个让他一直不能释然的问题。说起来，如此耿耿于怀，可能与他分管市建的职务心理有关。他觉得老美让人匪夷所思。

他乘坐的 KE012 是洛市至首尔至青岛的航班，当地时间 0 点 10 分起飞。通过多次体验，他觉得坐这个航班比由北京转青岛的国航更便捷，机上的服务也周到让人舒心，那些不会说汉语的空姐比将汉语说得呱呱却一副拒人千里之外样子的空姐更让人觉得亲切贴近，她们能让乘客感受到发自内心的关爱。

本次航班是一架空客巨无霸，办理登记手续的人很多，嘈杂如集市。不比来程，秘书小黄会帮他办好一切再送抵安检口，而返航则需亲力亲为，有些不适应。等办完行李托运他的额头泌出一层细细的汗珠。他摸出手绢擦了擦，吐出一口气来。

应该说，接下来就可以心身放松了，且可享受在免税店购物的乐趣。大凡回国的都会在登记前买些物品，比如中华烟、茅台酒化妆品之类。国人在国外买国货应当不是出自"爱国"考虑，也不是这里的便宜，而是货真。他不用买这个，烟酒家里泛滥成灾，也不用担心有人会送假货。他穿过烟酒柜台，径直走到化妆品柜台，站下后对着货架三指两指柜台上便集满了一大堆女士用品。需要费些心思的是如何让售货员分装，一般来说，他对老婆和对小祝能做到一视同仁，不像有些同僚那般，宠爱"小朋友"歧视"老同志"，他不这样，他同样对待，只是因为年龄不同，所需的化妆品的功效有异，他要注意的只是不要"穿帮"，以免引起不必要的麻烦。

登机入座都很顺利。一起按部就班。当飞机关闭了舱门开始向跑道滑行时，广播里响起要求乘客关闭手机与电脑的告知，可能考虑乘这个航班的中国人多，所以除英、韩两语广播还有汉语。这就给像邓兆基这样不懂外语的人莫大的便利。邓兆基从兜里摸出手机，发现有一个短信记录，号码是儿子的，他并不在意，刚才就是儿子把他送到机场的，该说的都说了，打个电话无非是再道一次别，如此而已。恰这时，一个空姐从不远处笑容可掬地注视着他，用意不言自明，于是他便不按出来看了，关了机。

飞机正点起飞。尽管已过零时，舷窗外面的城市仍然灯火辉煌，有部电影叫《西雅图不眠之夜》，洛杉矶亦是。大洛杉矶地区真大呀，听说它由六百四十几个卫星城市组成。飞机飞了近半个小时，看看下面还有亮儿。

飞机升空后已不明方向，却清楚是由西向东，因航向与地球自转对冲，那么回去比来时要多出两个小时的航程。这样他觉得痛苦，尽管是商务舱，座椅再宽大也不是床铺，难以入眠。他觉得出国是百般的好，就是在飞机上睡不好觉，让他觉得美中不足。

他发现自己所在的商务舱没有满员，除了一男一女不晓是夫妻还是情侣的老美，其余都是亚裔男士。当是三个韩国人，一个日本人，和包括自己在内的两个中国人。刚入仓时，他和那位与自己年龄相仿的矮胖同胞眼光相逢时，两人都礼貌性地点点头，然后各做各的事。现在他看看这个坐在自己前排的同胞的后身，西装革履，头发染的乌黑，判断出他应当也是个出国公干的官员。他庆幸两人没坐相邻，这样省得在路途中不可避免的交谈，要晓得与陌生人说话是件很累人的事。坐在自己身旁的是那个已过不惑的日本人，他冷不丁觉得与电影《平原游击队》里的那个鬼子官长得很像，庋脸、尖下巴，眼睛骨碌碌地转。开初，这"鬼子官"表现出对他最大限度的热情，一遍一遍冲他笑，嘴里哇里哇啦，意欲沟通，他听不懂，就是听懂也不会回应。像大多数国人一样，他对日本人历来心存芥蒂，杀了那么多中国人还一个字儿不赔偿，点头哈腰顶个屁！可能因为得不到回应，热脸对个冷屁股，"鬼子官"慢慢变得安静了。

因为飞机起飞正是午夜后，乘客稍事休息便开始休息，机舱里只有微弱的光，电视屏幕始终在播放模拟画面：本次航班正飞行在洛城与旧金山之间的海岸线，清晰而逼真。画面上方的滚动字幕为：残余时间 11 时 26 分，也就是从此时此刻到达目的地首尔所需时间，其实正确的说法应该是剩余时间 11 时 26 分。从头一次乘韩亚航班他便对"残余"两字感到诧异，觉得韩国人的翻译水平太欠水准，在汉语里，"残余"不属于时间方面的概念，且"残"字无形给人一种不祥的感觉，特别在噤若寒蝉的飞行中应有所规避。他曾将自己的这种看法讲给一个空姐，让她把他的意思转告给公司。可两年过后情况依然如故，要么空姐不当回事，要么是她的上司不当回事儿，他有些愤愤然。

正这时前面的矮胖同胞"啊"了一声，随即将座椅左转九十度，偏着身子对他惊呼怎么回事？这么回事？！他愣怔了一下，矮胖国人指着电视屏给他看，声音仍充满惊悸：飞机往回飞了！往回飞了！他赶紧抬头，果见原本已飞过旧金山的飞机在掉头回飞，这是他从未遇见过的情况，头脑立刻闪出一个不祥的判断：飞机出了故障！这判断让他惊恐不已，似乎顷刻间便难以支撑坠进苍茫大海。他哆嗦着嘴唇重复着矮胖同胞的惊愕：咋地往回飞了?！咋的，往回飞了?！恰这时，有两个空姐推着小车过来送饮料，若无其事地甜笑着询问：coffee or tea？自然顾不上这个，矮胖同胞起身指着屏幕用英语向空姐询问，从神情上看两人也似乎意外，其中一个拿起舱内电话讲起话，挂了电话用英语对矮胖同胞讲，他听不懂，可从同胞变得释然的神情看出事情不具危险性，果然国人转告他的是：一位乘客得了急病，需就近返回旧金山医治。他摇头不止，虽然只是虚惊了一场，可这惊魂体验让他十分地不快，在心里骂了句操蛋。不过那矮胖同胞的情绪转变的倒快，脸上泛出欣慰的笑容，同时向他伸出手，说句幸会，我姓周，他回声我姓邓。

飞机降在旧金山机场。病人下机就医，飞机等待重新起飞。这是段很难熬的时间。邓兆基所在的商务仓里，除没心没肺的美国人继续睡（也许根本就没醒），其他人都显出焦躁不安的神情，他前面的同胞老周则从包里取出从免税店购买的物品把玩观赏着，聊以打发时间。他在心里琢磨老周是何许人等，从年龄、装束、体态看他应该是国家机关的厅局一级官员。再深一层，不经意间从他的眼神里透出的坚定且强蛮的气派，应当是单位的一把手。可是一般官至厅局级的领导出国都会有一干人跟随，比如自己这次赴美就是带了一个园林团，考察结束其他人如期回国，他则到洛市看望在南加州理工大学读书的儿子，这位老周当是出于相同或相近的缘故独行也莫可知。

这时，邓兆基陡地想起手机上还有一条儿子发来的信息，觉得可趁飞机还在地面时看看，便打开调出，只见上写：爸，刚接妈急电，得知你回青后组织便找你谈话，务必做好准备，切切！他全身打了个激灵，血液止流，脑子里火花样闪出"双规"二字。就在这两个可怕字眼跳出的瞬间，邓兆基感觉到胯间有一道热流涌出，尿裤子了，他知道这个也顾不上管了。毁了！全毁了！他自己对自己讲。他木然了，所有的意识都一点一点从身体中逸出，只剩一个空壳。

他兀地打个激灵，赶紧再次查看手机，发现儿子发信息的时间为二十三点十七分，正是他办理登机手续最忙乱的一刻，由此才没有注意到。他立刻拨了儿子的电话，欲将事端确认。不通，再拨还是不通，他冒出了汗，是儿子关机睡觉了？还是手机有问题？因频繁出国办公厅特意为他配了卫星电话，一直是好用的呵，这到底是怎么回事呀，他无从猜测，惶惑而沮丧。

他甚至都没察觉到飞机从停机坪滑向跑道。直到轰鸣声起，他才意识到飞机正重新升空。转眼望时旧金山的灯光已在舷窗下面闪烁。意识的回归让他重新陷入无尽的恐惧与痛苦中，那是翻肠绞肚的煎熬。"双规""双规"多少人以此为起点，走上了不归路，现在轮到了自己，侥幸在冰冷的现实中坍塌，生活中的一切美好都将化为乌有。为了这美好自己曾付出过多少艰辛，遭受过多少屈辱。一切已覆水难收。

飞机重登路程，夜已很深，机舱里的乘客开始入睡，邓兆基哪里睡得着，他神经质般将目光一遍一遍投向电视屏幕，客机正飞越在太平洋腹地，这是一个让人忧心一旦遇险可是叫天天不应叫地地不灵的位置，上方打出的字幕为：残余时间八小时二十二分，狗日的残余时间，尚有自由身的残余时间，一旦时间归零……

一种几近绝望的情绪紧揪着他的心，几年来所担忧的结局终于猝不及防地来到面前，让他难以接受。其实危机始终是存在着的，这一点他比谁都清楚，支撑的是侥幸心理：大家都是一腔不干净，咋就会单单砸在自己头上？他想起一个朋友对他说过的一句话：世界上最可怕的事是倒霉。倒霉现在就落在自己头上，这应该无话可说。尽管心里一百个不情愿、拒斥，却不得不来面对，做鸵鸟是不成的，必须把现实接受下来，并进入问题的实际。他想，既然将自己列为"双规"对象，说明有关部门已掌握了自己的问题，那么掌握了多少？全部还是部分，还有，事情究竟是怎么败露的？是谁举报了自己？检举者又是出于什么动机？

如同应对他心理上的剧烈波动，飞机开始了颠簸，且愈来愈厉害。舱里的灯光变明亮了，响起了空姐让乘客系安全带的提示。邓兆基所在的商务舱除了那一对美国男女照睡不误外，其余都醒过来，包括前座的老周，他边系安全带边嘟囔：咋这么颠呢？声音明显透出不安，许是出于壮胆的心理，老周把座椅转向后方，与邓兆基打了个照面。邓兆基冲老周点下头，说现在正在太平洋中间，这里气流最严重，每回都这样的。老周说要是中美之间铺设铁路，我百分之百地坐火车，不坐飞机。邓兆基没回应，心理却是赞同的，谁都晓得飞行中的颠簸是不可避免，且不会酿成事故，但在心理上却难免受压迫，不怕一万就怕万一嘛。所以那个影视大腕"葛大爷"就坚决不坐飞机嘛，这时只听老周说老邓你别不在乎，还是系上安全带吧。他怔了一下，方意识到自己把这事忽略了，怎么会这样呢？他兀自不解，他又想到刚才对飞机的颠簸完全没有恐慌心理，以前可不是这样，只要一颠簸心就提到嗓子眼儿。他的心兀地一沉，端地把事情想明白了："死猪不怕开水烫"，现在自己就是一头待宰的猪，死了都无所谓。他甚至想就算飞机出事，从某种意义上说倒是成全了自己，得以解脱，身败名不裂，免于审判，自己的家人，当然还有小祝，就可免于伤害和冲击……此时此刻，他终于能够理解那些破产者选择自杀的勇气所在。

老周又给了他一个后脑勺。

他再次把目光投向电视屏幕：客机仍身在太平洋中间。残余时间四小时二十分。他陡然醒悟：不对。这是到达首尔机场的时间，加上在回程换机以及从首尔飞到青岛的空程，还需要增加四个多小时，就是说自己的自由身会延长四个小时，总共八个小时，这一发现不免让他心里窃喜，可转念一想，即使能苟延残喘更长些，却没有任何实际意义，该怎样还会怎样。唯一的变数是能在韩国逗留，寻求政治庇护，但这又是完全不可能的，自己在经济上犯事，与政治沾不上一点儿边……

且慢！如果一定挂拉政治，也不是没有说词的，比如自己职务上的升迁，年初，赵市长"到点"，改任人大副主任，以自己的年龄，政绩论，是最合适的接替者，可上级最终选择了大肚子景副市长，明显不合理。说轻了是政治歧视，说重了就是政治迫害……

……可这样的理由怎么能讲得出口呢？难道让韩国人来决断中国官场的一干糗事？当然不可能的。

留韩避难是荒唐的想法，是自己乱了方寸才产生这完全离谱的想法，韩国不是美国，如果能在登记前看到儿子发来的信息，倒可以留在美国。现在的情况是即使你有天大的本事，也不能让飞机掉头飞回去了，就算乘客中又有人生病，也只能就近直飞首尔，首尔已遥遥在望。

九九归一，回国受审是板上钉钉的事，是条唯一的路。老婆让自己做好准备，不是别的，是如何加以应对，减轻处罚。

一位空姐悄悄走来朝他莞尔一笑，问：coffee or tea? 他说咖啡。空姐给他倒了咖啡，对他再笑一下，转身离去，望着空姐的背影，他冷丁想起小祝。两人长得并不相像，可他就是联想到小祝，同时想到与小祝在一起享受欢乐时光那一幕幕，俱往矣，他的心猛然一痛。

由小祝他又想到老婆姜敏，心中顿生不快，有一种怨恨的情绪升腾而起，不是因为她传递的信息太晚，可以肯定地说她是在得知后第一时间通知儿子，问题不在这里，而是自己最终走上绝地姜敏是推波助澜的人。在她眼里，钱财比丈夫的前程更重要。自己的恩人加伯乐的前任市委书记，后来调任省人大常委会副主任的冯老，那天当着他夫妻的面征求他想去文教口还是城建口，不待他开口，姜敏赶紧回句城建口。冯老皱皱眉，不过后来还是让他去了城建干局长兼书记。他自是晓得姜敏代他选择的用心所在，当时他十分反感，在心里发誓要当清官绝不走歪路，然而后来他终于没能守住自己的誓言，收了第一笔。回想起来，那简直是一场攻与守的战争，姜敏是对方的生力军，联合起来向自己发起进攻。一堵墙塌了第一块砖，很快就一块一块塌下来，任什么也阻挡不住的，本来最亲的人把自己往绝路上推，可谓是大私灭亲了，所以他一直对姜敏心有怨怼，直到后来遇见小祝，好上了，自己对姜敏非但没有负疚感，倒有一种报复的痛快。心想，你个姜敏不是喜欢钱吗，那就和钱一块过吧，咱各得其所谁也不欠谁。而此时此刻，他倒对小祝有种负疚感。小祝为了自己一直不谈婚论嫁，也没有取而代之的企图，甚至也不想从自己身上捞钱。这种反常一直令他不解，小祝不为这不为那，到底又是为了什么？爱情？自己一个半老头子且貌不惊人，能让一个如花似玉的年轻女子产生爱情？他觉得可疑。当是为了解开心中这个谜团，今年小祝过生日他送她一个卡，小祝不接，当时他心里打了一个怔，想莫非是小祝对这钱的来路有所质疑？何况他也知道这种心存警惕的质疑是正常心理，多少"女人"由于收受了"对方"来路不明的钱财在该人犯事后受到挂连，弄得狼狈不堪，可是他自己清楚，他给小祝的这个卡是一笔不会涉案的干净钱。三年里他的两位老人相继去世，在县城里留了一座空屋，他委托堂兄替他卖了，钱如数打进了这个卡。他觉得如果小祝确是为钱的来路担忧，足以证明她是个好姑娘。那么多人却是见钱眼开来者不拒的。基于这种心情，他觉得更应该让小祝收下来。于是他再次把卡递向小祝，说句：你不接咱们的事到此为止，小祝笑问这么严重？他说是。小祝问送我钱做啥？他说你总得有一个自己的窝呀。小祝没吱声，后晃晃脑袋说卡我收下，可密码先不要告诉我，一旦改了主意可以收回，当时他笑了，笑着笑着眼里就有了泪，怕小祝看见，赶紧去了洗手间。当时的一幕他至今记得清晰。他很后悔当时依了她，没说出密码，事到如今，再见面已无可能，她对自己的付出最终落得个颗粒无收。想到这儿，他觉得甚是愧对小祝。

危难之际顾不上什么男女私情，他开始考虑自己的"后事"，这自不是个新问题，当看到儿子那个"不妙"的信息后他就在思谋这个问题：东窗事发，自己会受到怎样的惩罚，死刑应该不至于，判无期的可能性也不大，应该在十年至二十年之间。这对于人的一生而言不可谓不漫长。如果仍"行走"在官场，二十年滋滋润润优哉游哉一晃就过去了，多少离退休的人都发出"人生如白驹过隙"的感叹，可要是待在监狱中那就漫长难熬了。当然或许会有转机，比如运作个"保外就医"应该没问题，满打满算，在里面顶多呆个三年五载，出来头一件事就是与姜敏离婚，离开这骚娘们儿！

"咔嗒"！一束白光射进舱内，是那"鬼子兵"拉开了舷窗挡光板。哦，天快亮了。邓兆基神经质地抬头。客机正指向日本列岛，残余时间为两小时十一分，他的心又揪了一下，剩下的时间委实不多，人最痛苦莫过于知道一步步迈向悬崖却不得驻足。如果时间能够停止，他宁可永远待在这架不落的客机上。

一束光像一个信号，一个指令，咔嗒，咔嗒，舱内窗遮板陆续被提起，晨光从不同角度照进来，原先的寂静也变得喧嚣，乘客蜂拥上洗手间，老周回来后问句老邓睡得好吗？他说不好。老周说睡不着很痛苦。他"啊啊"着，心想操蛋的是应该倒过来：很痛苦，睡不着。

空姐送来了早餐，韩亚的餐饮是西餐与韩餐两种，提前预订，他订的是西餐。想到有可能是今生在飞机上吃的最后一餐，他便没有一点胃口。却发现老周正挽起袖子大享韩国餐，风卷残云一会儿便吃光。当是睡好吃好换来好心情，他把座椅转过来面对着邓兆基，从西装口袋里摸出一张名片，说以后要到我那儿一定找我。他说一定一定，看过名片，知老周是南牟市市委书记兼人大常委会主任。南牟是省内一个大市里的小市，小市也是市，作为一把手那是手眼通天的，他心里兀地蹦出一个念头：这遭说不定能让他帮点什么忙呵，刚要掏名片，又觉不妥，遂说句对不起没有名片了，反正有你的电话，我会主动联系你。老周一笑说没问题。

饭后，空姐送来了咖啡和茶。

老周并没有把座椅转回去，似乎想与邓兆基攀谈以打发"残余时间"。他缓缓咂了口茶，问：老邓你是做什么工作的呢？邓兆基说教师。他并没有说谎，从政之前他是市郊一所中学的语文教师。在时任市委文教书记的冯老去学校视察后，他的命运发生改变，走上仕途，被提拔为副校长，不久又升为正校长。这有些不合常规的升迁把他自己都弄懵了。冯老是伯乐，问题是许多同事各方面都比自己优秀，冯老偏认定自己是黑马。后来还是冯老的秘书小庄无意中透露出其中的蹊跷：他的长相特像冯老那个在车祸中丧生的独子，那次视察冯老在看到他那一瞬间简直惊呆了，也就记下了邓兆基三个字。邓兆基得知这一信息可谓是又惊又喜，想不到爹娘给的这张脸竟成了踏入官场的通行证。他想既然冯老将对儿子的深爱寄托在自己身上，那么便不应让冯老失望，所以后来每逢父亲节母亲节他都要登门探望，带些并不贵重却能显示是孝敬长辈的礼品。冯老夫妇并不把事说破，却也心照不宣地予以接受。由此下来，他与冯老之间便形成一种诡异无比的关系。不言而喻，这关系让他在仕途中一步一个脚印走到今天，要不是冯老后来调走，肯定不会出现现在面临翻船的局面。他叹了口气，问老周道：当一把手很忙吧？老周说忙，除了党委还有人大这块，而且政府、政协工作的大事也须拍板。他明知故问：公安司法方面也过问？老周说可不是，只兴不出案子。他问也包括经济方面的案子？老周说经济案子也是案子，更挠头，搞不好就捅娄子，前些日子我们把交通局长"双规"了，立即组织突审，他吓蒙了，竹筒倒豆子，全部交代。这时省里的一个大头头来电话询问情况。邓兆基听得汗毛倒竖，急切地问后来呢？老周说落下白纸黑字，只能移交司法。他问那大头头？老周说不高兴是铁定的了人们本来要提拔的人叫咱双规了，把事弄拧巴了。咳，这是一个教训，搞啥个突审，缓缓再说嘛。可谓说者无意听者有心，邓兆基虽说是市级官员，却并不熟悉司法方面的事，如今大祸临头，必须全力自救。他试探着说人人觉得官场风光，却不知要担负很大的风险，老周一笑说所以还是像你这样当一名普通教育工作者就很好，撑不死、饿不着，一辈子平平安安……老周的话不由让邓兆基打个怔，可不是的，若自己一直留在学校，现在不就么事没有了么？自然这么说为时已晚。他说只是没长前后眼……老周打断说这不对，不看自己看别人，没吃死羊肉还没见活羊走？他问那是为啥？老周说有句话叫人在江湖身不由己，官场也是江湖，同样身不由己。他问咋的身不由己？老周一笑，说只因你未身在其中，便不晓内里，新官上任，想的都是好好干，别出事，特谨小慎微，可时间一长就把握不住自己了。他故作幼稚地问：为什么呢？老周莞尔一笑，说只为当官的也是人。老周的话着实让邓兆基惊了一跳，曾有句"领导也是人"的话广为流传，是对领导人犯错误的一种开脱说词，可这话由身为领导者的老周嘴里讲出来，听起来就有些意味深长了。假如一句"也是人"就能堂而皇之地为自己的过错开罪，那无论做什么都是无须顾忌的。老周又说是人就有念想，各种各样的念想，没有例外。他问没例外？老周反问句你说人世间有圣人么？他不知道怎么回答，只知道自己不是。老周说没有，要有，圣人一定是塑在庙里，只因不吃不喝无欲无求，才金身不败嘛。邓兆基简直是瞠目结舌了，却晓得老周说的是心里话，所以能无所顾忌袒露胸膛是因为他们是萍水相逢的"路人"。可问题不在这里，自己也是"圈里人"，哪怕此刻已经成了准犯人，也是不敢用一句"也是人"来为自己辩护的呀。老周意识的怪异让他感到匪夷所思，这时他陡然想到这些年十分盛行的"金屋藏娇"现象，这个问题既困扰着局内人也困扰着局外人，他想听听老周有什么高见，便向他询问，老周说道：这其实不应成为一个问题，答案明确，人也是动物，看似"人物"实则"动物"。他说男人成了"动物"可对发妻不公呵。老周哼了声说：有啥不公的，上帝把雄性造成这副德行有什么办法，据一位外国专家的观察，公牛不与曾交配过的母牛再来第二回，公鸡一生差不多要和四十一只以上的母鸡"上身"，至于人，男人同样具有喜新厌旧的本能，这就是天地造化，也是女人必须接受的一种宿命。邓兆基只听得瞪眼，心想如果老周的这套理论能有效抚慰被遗弃怨妇们的心，那对整个社会的"维稳"功莫大焉，只是女人们未必买账。他陷入沉思，他觉得尽管自己做孬事都有份儿，可毕竟知错认账，而老周不同，他理直气壮，对所有的不良行为都能找到其合法性。老周成了"精"。

老周把座椅转了回去，他望着他那乌黑的圆头顶像望着一个怪物般心惊肉跳，他把气一丝一丝地吐出来。抬头看看，客机已经从日本本岛穿过，直指韩国海岸线，残余时间为一小时零三分，不知怎的，那个被他否定的念头再次从头脑中跳出：滞留韩国可不可以？可不可以？可不可以？

这个问题一直持续到飞机在首尔机场落地。

从舷窗看出去的机场正被晨曦所弥漫。早班航班停在停机坪蠢蠢欲动。他陡地发现其中有一架美国航空公司的客机，那一刹枉念又一次升上心头：要是能乘上这架飞机返回美国，那该多好。美国真是个不可思议的国度，既从中国吸纳精英，同时也藏污纳垢。痴心妄想换来的自然是万分沮丧。下飞机时，他像被人押解着的行尸走肉，直到登上换乘的飞机。找到座位后他四下寻觅老周，看见老周在后面四、五排，趁老周转身时他招招手，老周也对他打招呼。他惦记着老周，还是觉得会有事情让他帮忙。

载他回国的是中国民航航班，坐下后便有种身陷囹圄的感觉。这确是个无须看守的飞行监室，只待两小时后飞机落地便会移交出去给戴上铐子。他心里充满了绝望，却也明白要利用这个空档进行自救，最关键的是飞机落地之后。他算了算，从降落到走下舷梯（抓捕人员一般都等候在这里）大约是一刻钟时间，必须要在这有限的时间内亡羊补牢，与必须联络的人联络，首先是冯老，不是父亲胜似父亲的冯老，告知自己刚从美国回来，给他带了些保健品（是事实）很快送过去，如他已得知自己处境险恶，会婉言拒绝，这便是信号，那就要恳求他帮帮自己，是他把自己托到"树上"，要跌下来时还需要他把自己接住，相信他会这么做的，已经失去了一个儿子他肯定不情愿再失去另一个。接下来要联络的是苗总、郁总和孔董、苟董，这些年他们变着法对自己"表示"，现在得立马归还，当然归还的不是现钱而是借条，借条早已写好，搁在家里姜敏知道的地方，只要接了他的电话，姜敏会知道怎么去做。只要这几笔"大数"解脱掉干系，其余无大碍，前提还是冯老出面，他会这么做的，除亲情的因素外还因为他没把柄在自己手里，在当上副市长的第二年，姜敏曾登门送去一个"大额卡"表达谢意，冯老一怒之下把她哄出了门。冯老是个清白之人，以老领导的名义帮他可无所顾忌。所谓"借条"都晓得是怎么回事，上面想较真，会戳穿，不想较真，便会借此放你一马。冯老的作用就是放马归山，当然还得看是不是有人存心把自己往死里整，这么想脑子里跳出一个人来——常委、常务副市长关某人，若早知道有今天，当初就该放弃与他的竞争。其实一开始自己就清楚不是"马超"的对手，自己的后台冯老已调到省里，鞭长莫及，而关某人的后台是现任市长，一件本来可以拎得清的事没能拎清，可见自己的道行尚浅，他断定如果有人对他落井下石，那就是关某人。

转念一想：何不让姜敏给关打个电话，就说自己在美国给他夫人和女儿买了化妆品（把准备给姜敏和小祝的都奉献出来），等上班带给他，这有些反常的举动关会明白自己对他举起了白旗，当会心生怜悯，放他一马。

他长长吁了一口气。

还有，还有什么？还有什么？对了，准备好手机。

说起来，邓兆基还是个守规则的人，他把手机擎在手里，急切地等候，在听到飞机轮子与跑道的撞击声立即开机，他先拨冯老的电话，通了，可很快又没了声音，他一怔，再拨，这回完全没有声音，他狐疑地看看机屏，发现一片黑，是没电了，那一刻，他像被电击中，心在哀号：老天灭我！老天灭我呀！这种情况平常人人都会遇到，可此时摊在邓兆基身上，就真算得上是致命一击了……

邓兆基瘫坐在座位上，脑子里一片空白，直到舱门打开，乘客鱼贯下机，他才回到现实，现实残酷，让他绝望无奈他摇头不已，一路上绞尽脑汁的盘算全付诸东流，"自救"宣告失败，一切已不可逆转。当清楚了这个，他反而能够客观公正地看待这件事情：自己酿成的苦果只能吞进肚里去，何况本来就知道敛财有风险还一错到底，又有啥话可讲？只能按倒霉处理了！

老邓，你咋的了，脸色这么难看，病了？邓兆基一怔，从遐想里回过神，见是老周拖着手提箱从后面走来，这时他才看清，舱内的乘客已经寥寥无几。

没啥没啥，他慌乱地搭讪，站起身取下行李箱，随老周往舱门外走。当走到廊桥时他头脑灵光一闪，冲走在前面的老周说：周书记能用用你的电话吗？我的没电了。老周慢下来，从兜里掏出手机，递给他，调侃句：到家了，向老婆报道？他顾不上罗嗦，立刻拨了冯老的电话，操蛋，没人接，平常一打就通，怎的愈急愈出状况呢？他不敢耽搁赶紧拨了自家电话，占线，他简直怒不可遏了，在心里大骂：臭娘们真不知死活，火烧房子了还煲电话粥？赶紧又换拨姜敏的手机，关机。他绝望了，其实他知道姜敏只要在家手机就关掉。他血冲头顶，擎手机的手直打哆嗦，这两个电话打不通便意味着刚刚升起的希望又破灭，没有一点办法了。这时他看见老周在廊桥拐弯处面向他招手，他晓得自己绝无回天之力了。看来这就是自己的命，命无法抗拒，只有接受下来了。退一步说，毕竟已经把儿子送出去了，读书的费用也不成问题，至于姜敏，她对这一天或许早有心理准备，所以一切都不用为她操心，她会活得滋润。他定了定了神，也就在这时，他的眼前油然现出一张甜笑着的秀脸，那是小祝，他的心用力一跳，随之一种难以言尽的情愫在心中荡漾开来，眼顿时有些湿，他向前面的老周示意稍等，便立刻给小祝拟短信，随着手指在键盘上疾速的跳动，一行字便现于屏幕之上：小猪，祝你生日快乐。老邓。他眼望着这行字，看看，再看看，然后按下发射健，就像了结了一桩重大夙愿那般长吁了一口气。他心里明白：即使小祝再单纯，在生日过去很久之后，"老邓"又一次祝生日快乐，她当会晓开这其中的玄机：自己生日的数字就是那"一个数"大卡的密码，是的，她会晓得，一定。

接下来，他追上老周，还了手机也道了谢，后颇为不解地问句：老周你也没急事，干嘛这么急活活地奔呢？老周说咋没急事？我得快马加鞭赶回去，上面正等在那儿要和我谈话哩。谈话？！邓兆基一惊：双规？！老周莞尔一笑：啥个双规？是升职。下一步会到大市里干副职。他"啊啊"了两声。老周又说：老邓，我先走一步，再见再见。

邓兆基却停下脚，望着前面老周急匆匆远去的背影，他的心像一扇陡然推开的窗，豁然一亮，想上级领导找自己谈话，除了"双规"之外，还应该有另外一种可能，就是像老周那样对自己进行升职前的例行谈话。意识到这一层，一直压抑在胸里的那口积气一丝一丝从他的七窍中透了出来，他感觉到于绝境中看到一线生机，自己会安然无恙。老周能，为什么自己就不能？他一下子记起那次借去省城开会的机会去看望冯老，谈到自己在市里的处境，特别谈到有关某人压着，自己便无出头之日，冯老轻轻一笑说，有什么可泄气的，出水才看两腿泥哩。他想莫非那时冯老便已替自己运作了？当然，他也清醒，在双规没有被完全排除之前，自己便不能彻底得到解脱。这要看自己的命，而可怕的是命运的答案很快就会呈现于他面前：如果在廊桥尽头等候他的是秘书小黄，那自己就算逢凶化吉，假若是几个不认识的人，那就是在劫难逃了……是这样，一定是这样的。

上天保佑，他深深地吐出一口气，然后屏声顿息向廊桥拐角处一步一步捱过去……